KB160218

자기 앞의 生

자기 앞의 生

| 문 | 학 | 과 | 행 | 동 | 소 | 설 | 선 |

001

윤정모장편소설

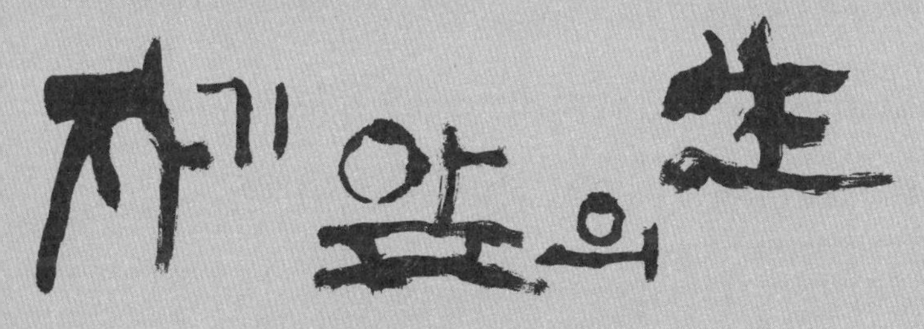

문학과 행동

작가의 말

아주 많이 궁금했다. 국제분쟁에는 왜 항상 거대국가들이 개입하는가. 지구상의 쿠데타는 어찌하여 다발성 종기처럼 완치를 모르는가. 쿠웨이트를 먹자고 미국에 조작여론까지 의뢰했던 이라크는 또 어찌하여 의뢰국에 의해 되먹히고 말았는가. 중남미국가의 반군들은 무슨 조건으로 미국의 후원을 받고 있는가. 미국과 러시아는 왜 또다시 힘겨루기를 시작하는가. 21세기 이 개명천지에 세계의 민중들은 어찌하여 아직도 난민이 되고 총알받이가 되고 자본과 국가권력의 희생양이 되어야 하는가. 우리나라는 어찌하여 백년이 넘도록 일제와 친일, 그들 세력이 장악하고 있는가.

정경모 선생님이 생각났다. 선생님께서는 6 · 25 당시 맥아더 사령부에 근무하셨고, 국제정세와 역사, 비밀문서 등에 해박하신

분이었다. 그분의 저서들을 꼼꼼히 읽었다. 나름으로는 역사와 사회를 언급해온 나조차도 까맣게 몰랐던 사실들이 수두룩했다. 욕심이 생겼다. 교과서에서 다루지 않았으니 내가 밝혀보자.

책을 싸들고 미국으로 건너갔다. '양심의 소리', '앤서', '국제연대', '전쟁지대 구호단체', '아메리케어스' 관계자들을 소개 받거나 'KPFK' 방송 기자 등을 만났고 반전시위들을 따라다니면서 3개월을 보냈다. 귀국해서 3년을 구상했고 1년간 연재했다.

자료 인용을 기꺼이 허락해주신 정경모 선생님께 누가 되지 않기를 바라며 아울러 깊고 깊은 감사를 드린다.

광주항쟁을 증언한 소설 속 박한길은 허구의 인물이지만 그의 증언은 모두 사실이다. 박한길의 히스테리는 고문 후유증과 프락치의 공작에 희생당한 국내 어느 운동가의 모습을 접목한 것

이다.

항쟁에 대한 보고문은 도청사수 시민군 박남선의 저서 '오월 그날'에서 빌어 왔다.

미국에 기거하는 동안 먹여주고, 재워주고 교통비며 용돈까지 챙겨준 송하네, 장승이, 미용이, 취재원을 찾고 운전기사까지 되어준 창영이, 간담회를 열어준 청년들, 목사님과 신도들, 내가 만났던 모든 분들에게 뜨겁게 감사의 마음 전한다. 그리고 시인 이규배, 그가 연재 지면을 제공해주지 않았다면 이 소설은 세상에 나오지 못했을 것이다. 고맙고 또 고맙다.

박근혜가 대통령직에서 파면되던 날 나는 하늘을 우러러보며 소망했다. 올해는 역사와 교과서가 바로 잡히고 정의가 실현되

는 참된 민주국가, 그 원년이 되게 하소서….

2017년 3월 10일 윤정모

차례

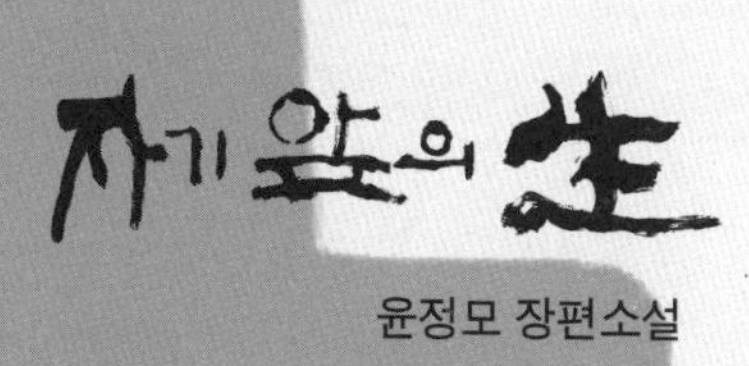

윤정모 장편소설

1부

현재 이 시간

I

교대시간 30분 전이다. 마지막 점검을 하면 오늘 일과는 끝난다. 뇌수술, 코마 환자 모두 안정적이다. 하반신마비 환자 얀은 상체를 일으키고 앉아 있다. 그에게 모니터가 제거된 지는 오래고, 체온과 혈압체크는 간호사 몫이다. 경숙이가 혈압계를 풀자 얀이 애교를 부려 말했다.

"미세스 한, 나의 천사, 화장 좀 해주시겠어요?"

"알았어요. 잠시만 기다려요."

차트 입력을 끝내고 돌아가 사물함 서랍에서 화장품을 꺼냈다. 얀이 그녀 귀에 대고 속삭였다. 입김이 축축했다.

"오늘은 더 예쁘게 해주세요. 그가 올 것 같아요. 꿈에 봤거든요."

경숙은 정성을 다해 아이라이너를 그리고 눈두덩엔 펄이 든 보라색 아이섀도를 발라갔다. 얀은 28세 유대인 청년, 중환자실 장기 환자다. 마스카라를 올리고 연한 검은 색으로 눈 둘레를 스모키로 처리한 후 입술에 핑크색 립스틱을 발랐다. 머플러를 둘러 머리치장까지 끝내자 얀이 눈웃음을 치며 물었다.

"어때요, 섹시해 보여요?"

"나도 반하겠어요."

얀은 게이다. 그의 연인 아딜은 20일 전에 자기 나라로 떠났다. 그날 그들은 병실에서 오럴 섹스를 했다. 스카이다이빙을 하다가 착지 오착으로 바위에 부딪혀 하반신 마비가 된 얀은 성 불능이다. 그럼에도 그들은 서로 뜨겁게 주물러댔다. 오럴을 할 때는 경숙에게 나가 있으라거나 담요를 뒤집어썼는데 아딜이 떠나던 날은 그런 염치도 지키지 않아 경숙은 병실 밖에서 한 시간 이상 서 있어야 했다. 아딜이 돌아가고 배변기를 살필 때 얀은 자기 입이 살아 있다는 것이 얼마나 축복이냐고 흐뭇해했다.

"거울 좀 주시겠어요?"

얀이 거울을 보고 섹시한 미소를 연습할 때 교대 근무자가 들어왔다. 가슴이 큰 흑인 간호사는 환자들이 좋아한다. 환자들은 그녀 가슴을 보고 있으면 성기 끝이 찌릿찌릿해진다고 했다. 뻔뻔한 환자가 만지려고 들면 그녀는 젖가슴으로 코를 눌러 숨통을 끊어줄 거냐고 엄포를 주었고 어떤 환자는 숨이 막혀도 좋으니 그렇게 해달라고 간청했다.

업무를 넘기고 탈의실로 왔다. 무균실 담당 희옥이가 먼저 와서 옷을 갈아입고 있었다. 경숙의 입이 별안간 봉선화처럼 타악, 터지려고 했다. 그녀는 화장실로 달려가 거울 속 자신을 응시하며 남편이 일러준 말들을 주문처럼 외웠다.

'존재는 현재다. 사람에겐 현재밖에 없다. 과거나 미래는 머릿속에만 있으니까 없는 것과 같다. 나는 없는 것에 끌려 다닐 수 없다. 특히 한국인만 보면 과거가 현재의 옷을 입고 튀쳐나오는데 여긴 직장이니 조심해야 한다.'

거울 속 얼굴이 알아들었다는 표정이다. 남편의 지침은 항상 효과를 발휘했다.

주차장 행 엘리베이터는 1층에서 갈아타야 한다. 시신대기실 앞을 지날 때 안에서 비명 소리가 들려왔다. 어린 여성의 목소리였다. 경숙은 걸음을 돌려 대기실로 달려 갔다. 시신에 옷을 입히려던 간호보조원이 벌벌 떨고 있었다.

"왜, 사망자가 되살아난 거야?"

"그, 그런 것 같아요."

간호보조원이 시신의 성기를 가리켰다. 빳빳이 서 있었다. 실리콘 때문이었다.

"가서 테이프를 가져와요."

이 환자는 남창이었다. 24시간 풀가동을 위해 실리콘 시술을 받았다고 면회 온 친구가 말해주기 전에는 경숙이 자신도 환자의 코마 상태를 믿을 수 없었다. 인종과 신체에 따라 성기의 형태가 조금씩 다르다 해도 혼수상태의 환자가 계속 발기 상태라는 것은 들어본 적이 없었다. 혹시 감각이 무의식에 쫓겨 성기로 피신한 것인지도 모른다 싶어 슬쩍 꼬집어보았으나 미세한 반응도 보이지 않아 담당의사에게 물었다.

– 원인이 뭘까요?

의사가 놀리듯 대답했다.

– 왜요, 해부해서 보여줘요?

간호보조원이 테이프를 가져왔다. 경숙은 성기를 위로 꺾어 눕히고 테이프를 붙였다. 성기가 다시 서지 않도록 두어 번 더 붙인 후 말했다.

“이제 옷을 입혀 봐요.”

보조원이 경이롭다는 듯 물었다.

“그렇게 하는 걸 어떻게 아셨어요?”

“이 환자, 내 병실에도 있었어요.”

경숙은 실리콘이라는 말은 하지 않았다. 영령이 머물러 있다면 듣기 싫어할 수도 있을 것이었다. 그녀는 망자에게 작별 인사를 하고 시신대기실을 나왔다. 엘리베이터를 타고 지하층 버튼을 눌렀다. 저승으로 먼저 간 환자들이 흐린 사진처럼 스쳐갔다. 교통사고, 추락, 총기사건, 칼부림에 내장이 너덜너덜하던 모습들…… 엘리베이터 문이 열렸다.

자동차 시동을 걸 때 불쑥 한 이름이 떠올랐다. 앤디, 3년 전 정신 병동에서 돌봤던 환자였다.

– 타인의 영혼이 항상 내 의도와 생각을 비틀어버려요. 내가 평화를 얘기하려고 원고까지 준비했는데 그 영혼이 선수를 쳐서 전쟁을 얘기해요. TV나 라디오에서 3에서 5분간만 얘기해달라거나 짧은 멘트를 부탁하면 10분이나 20분을 지껄여요. 그것도 생방으로요. 그때 나의 영혼은 뭘 하고 있느냐구요? 타인의 영혼이 내 영혼의 목을 발로 누르고 있어요. 그 순간에 그걸 의식하느냐구요? 아뇨, 상황이 종료되었을 때 알아차려요, 그리고 시궁창에 빠져 있는 내 영혼을 보는 거죠. 행위의 소유자는 타인인데 시궁창에 빠지는 것은 언제나 내 영혼이라구요!

그는 정신분열증 환자였다. 자기 속에 타인의 영혼이 들어와 있다, 제발 그 영혼을 쫓아내 달라고 호소하던 그가 어느 날 경숙에게 '미국은 은폐와 시간의 지우개를 가장 잘 이용하는 국가다' 라고 하더니 그녀 귀에 대고 '내 타인의 영혼은 정부예요' 라고 속삭였다. 그는 한때 샛별처럼 떠오르던 명 연사(演士)였다. 테드 토크(TED TALKS)에도 출현해 호응을 얻자 정부에서 스카우트해 갔고, 시민들에게 관제 강연을 하다가 정신병이 된 것으로 생각은 했으나 그날 근무 병실이 교체되는 바람에 깊이 새겨두지 못했는데 6개월 전 그의 자살소식을 들었다. 환의를 끈처럼 꼬아 목을 맸다던가. 맞아! 그랬어! 앤디가 들려준 귀속 말은 SOS(구조요청)였어. 그걸 이제야 깨닫다니!

핸들에 이마를 묻었다. 오래 기다렸던 말들이 줄줄이 흘러나왔다.

"그랬어, 내 입에서 말이 쏟아져 나오기 시작한 것도 6개월 전부터였어. 그러니까 나의 이상증세는 망각에 대한 무의식의 반란이었던 거야. 피해의식보다 가해, 원망보다 자책감이 팽창했던 것도 그 탓이었어. 후천적인 멘탈 반응에는 다 외부요인이 있다지 않던가."

차 한 대가 들어서며 경숙에게 출차할 거냐고 물었다.

2

아내가 도착했다. 평일보다 30분이 늦었다. 담당 환자가 사망했거나 교대자가 지각을 한 모양이다. 용하는 욕탕에 더운 물을 틀어두고 거실로 나왔다. 현관 쪽에서 다소 과장된 아내의 목소리가 들려왔다.

"냄새 죽인다, 꽃게지?"

"알배기야, 많이 먹어. 물 받아 놨으니 먼저 씻고."

"땡큐, 서방님."

아내가 옷을 벗어 던지고 욕실로 들어갔다. 오늘은 토요일, 일주일 중 아내가 유일하게 집에서 자는 날이다. 용하는 '오후에는 돌아온다.'는 쪽지를 남기고 집을 나섰다. 약속시간은 10시, 제시간에 도착하려면 지금 출발해야 한다.

약속 장소 노래방은 올림픽로 8가에 있다. 버스에서 내려 5분 거리다. 건물 뒤쪽 주차장에 성조기를 꽂은 BMW가 보였다. 스트리트티셔츠 사업을 하는 곤이의 차다. 노래방에는 벌써 모두 도착해 잡담을 나누고 있었다.

"지구에는 국가가 너무 많아. 한 바퀴 도는데 이틀밖에 안 걸리는 땅덩이에 국가는 200개가 넘어."

곤이 말을 미미가 받았다.

"통합, 통일 팍팍 해버리면 활동가들이 할 일이 없어지잖아? 용하형 같은 사람, 지루해서 못 살 테고."

용하가 안으로 들어서며 물었다.

"이상적인 국가는 몇 개여야 하는데?"

곤이 즉각 대답했다.

"인본과 평등, 정의를 실현하는 독립행정부를 갖는다면 지구 전체가 하나의 국가라 해도 괜찮지 않겠어요?"

"인간 자체가 부패 바이러스라는데 독립행정부가 지켜지겠어? 부처님, 예수님의 이상까지도 역이용하는 게 인간이잖아."

미미가 덧붙였고 창우가 뒤를 이었다.

"엊그제 KPFK 방송에서 팔레스타인 작가가 말하데요. 이 시대는 약탈자와 고리대금업자들 세상이다, 이런 부도덕한 세력을 종식시킬 수 있는 방법은 오직 하나, 어버이 같은 지도자가 나서서 전 세계를 한 가족으로 다스리는 것이라고……."

용하가 되받았다.

"실현 가능성으로 보면 전 세계가 한 가족이 되는 것보다 하나의 연합국이 되는 길이 더 빠르지 않겠어? 국가야 2백이든 3백이든 서로 불가침 조약을 맺으면 되고, 위반하면 경제, 과학, 문화 모든 것을 봉쇄해 버리는 거지. 그렇게 하면 살아남을 국가란 없을 테니까."

미미가 물었다.

"봉쇄라면 미국이 북한에 하듯이 말예요?"

창우가 받았다.

"미국이 북한에 하듯이? 그건 인류에 대한 저주야."

다시 미미가 나섰다.

"인류에 대한 저주, 끔찍하다. 오랜만에 만났는데 희망적인 이야기 하자."

곤이가 끼어들었다.

"희망적인 얘기는 용하 형의 전매특허잖아? 뒷담화는 부패한 재료와 같다, 그런 일에 감정 낭비하지 말고 희망적인 일에 집중하라……."

그런 말을 했을 때 이들은 '집중할 희망이 어디 있는지 자신들은 알 수 없으니 형이 좀 찾아 달라' 고 했는데…… 용하가 말머리를 돌렸다.

"곤아, 넌 아직도 성조기 꽂고 다니더라."

911 뒤로 성조기를 달고 다니는 것이 유행이었다. 성조기를 달지 않으면 반反국가인으로 몰려 테러를 당하기도 했기 때문이었다.

"형이 이런 일을 자꾸 시키는데 성조기라도 달아야 하잖아요."

미미가 핸드백을 열고 돈 봉투를 꺼냈다.

"형이 바쁠 텐데, 본업부터 처리해 줍시다."

미미는 패션 디자이너다. 키가 150센티 정도로 작지만 일처리는 여장부라 별명도 작은거인이다. 노래방도 그녀 언니가 운영하고 있어 아침 시간에는 모임 장소로 이용하는 것이었다. 창우가 얇은 봉투를 내밀었다.

"형, 난 얼마 넣지 못했어요."

"괜찮아, 형편대로 하는 거야."

미미가 곤이 봉투까지 모아 용하 앞으로 내밀자 곤이 말했다.

"형, 이번 공습 희생자들 중 75프로가 노약자들이라면서요?"

"어린이 사망도 500명이 넘었대."

창우가 말했고 미미가 덧붙여 물었다.

"아이가 불타면서 죽어가는 동영상을 봤어요. 물을 끼얹어도 소용이 없었는데 무슨 총을 맞았기에 그래요?"

"백린탄이야. 신체에 불이 붙으면 전소할 때까지 꺼지지 않아. 국제적으로 사용이 금지되었는데도 그들은 계속 쏘아대고 있어."

"잔인하고도 야만스러운 전쟁범죄자들, 지구상에서 언제 그런 범죄국가가 사라질까요?"

"싸움을 걸 국가가 사라지는 날, 지구가 하나의 국가로 되는 날."

용하가 돈 봉투를 포개어 잠바 안주머니에 넣고 몸을 일으켰다.

"나 먼저 가볼 테니 뒤에들 와."

미미가, 일찍 끝나면 전화를 해라, 오랜만에 만났는데 점심이라도 함께 하자고 했으나 용하는 오늘은 어렵겠다고 대답한 후 노래방을 나왔다. 모금 봉투를 전달하면 미장원에 들러 머리를 깎을 생각이다. 비치클럽 시니어 파티는 3시부터다. 술과 프리토킹, 대화 상대도 마음대로 선택할 수 있다니 아내에게는 좋은 시간이 될 것이다.

연대사무실에는 톰 혼자서 용하를 기다리고 있었다. 그는 용하가 들어서자마자 쪽지부터 내밀었다. 쪽지에는 '원더풀 백화점 지하 1층 주차장 흰색 냉장차' 라고 쓰여 있었다.

"이 차 운전을 좀 해줘야겠어요. 아주 중요한 일이에요."

"어디로 말입니까?"

"라스베가스."

왕복 8시간 거리다. 거기에 다녀오면 파티에 갈 수가 없다. 아내를 위해선 반드시 가야 할 파티였다.

"미안합니다만 오늘 저는……."

"내가 발목을 다쳐서 그래요. 무리한 부탁이라는 것 압니다만……."

톰의 파란 눈이 피로해보였다. 잠을 자지 못했는지 피부도 파리

했다. 이라크의 첫 번째 전쟁 때만 해도 그는 젊었다. 인간 띠 시위 주동을 위해 며칠씩 잠을 자지 않아도 펄펄 날아다녔는데 매력적이던 금발이 흰색으로 바래가고 있었다. 용하가 말했다.

"주소를 주세요."

"냉장차에 기사가 있어요. 그가 알려줄 것입니다."

용하는 모금한 돈을 건네주고 사무실을 나왔다. 아내에게 문자를 넣어둬야 할까. 급한 일로 멀리 간다, 밤늦게 돌아올 것 같으니 혼자서 저녁을 먹으라…… 서두를 것 없다. 그는 휴대폰을 도로 넣고 택시를 탔다.

백화점 일반 주차장에는 흰색 냉장차가 없었다. 두 번째로 돌아볼 때 50대 남성이 다가왔다.

"냉장차를 찾습니까?"

"그렇습니다."

"따라오세요."

냉장차는 검품장 초입에 세워져 있었다. 사나이가 차 뒷문을 열고 안에 든 수량을 확인하라고 했다. 의약품 박스들이었다. 소독약 50박스, 감기약 30박스, 진통제와 어린이 아스피린 30박스, 비타민이 100박스. 페이퍼에 기재된 수량과 동일했다.

"샌프란시스코와 산타바바라에서 실어 온 것이오. 항생제는 라스베가스에서 싣는다고 했어요."

의사 처방전 없이는 구하기 힘든 항생제가 라스베가스에 있다는 뜻이고 그것이 차를 몰고 가야 할 중요한 이유라면 이 냉장차의 최종 목적지는 뉴욕일 것이다. 뉴욕에는 아메리 케어 등 NGO 단체들의 본부가 여럿이다. 전에 어떤 민간단체에서 북한 어린이를 도울 때도 서부에서 뉴욕으로 종횡하면서 조력자가 있는 곳에 들러 의약품이나 펀드를 모은 적이 있었고 그때 상황과 유사하다면 운전은 릴레이 방식으로, 용하의 임무는 라스베가스까지라고 파악되었다. 사나이가 냉장차의 키를 넘겨주며 만날 사람에 대한 설명을 했다.

"잭팟 카지놉니다. 고객 주차장에 차를 세우고 카지노 보안실로 들어가서 지배인 밥을 찾으세요. 그가 차를 인수해 줄 겁니다."

"돌아올 때 차편은 개인적으로 해결합니까?"

"밥이 방법을 알려줄 것이오."

15번 도로를 타고부터 좀 한가해졌다. 아내는 저녁까지 잠을 잘 것이다. 오후에 상황을 봐서 문자를 넣어도 된다. 아내에게 문제가 발생한 것은 6개월 전이었고 증세는 터진 모래자루처럼 입에서 말이 쏟아져 나오는 것이었다. 짐작컨대 발단은 북핵이었다. 북한의 탄도 미사일이 미국을 겨냥한다는 뉴스가 여러 매체에서 홍정거리로 주고받은 날 아내가 동료를 잡고 말했다.

– 우리 남편 물리학자였다는 것 알지? 그이가 해준 얘기야. 북한이 원자로를 완성했을 때부터 미국은 시비를 걸다가 나중엔 협박을 했대. 원자로를 없애라고. 대신 경수로를 세워 전기만 생산하겠다면 건설은 물론 완공 때까지 연간 50만톤의 중유를 공급하겠다……

북한은 시키는 대로 했는데 미국은 약속을 지키지 않았다더라. 경수로발전소가 25%도 진척이 되지 않은 상태에서 중유공급도 중단해버렸고. 그래서 콘크리트덩어리만 남게 되었대. 경제봉쇄는 더 철저해지고. 북한은 살아남기 위해서, 대항책으로 다시 핵을 만들기 시작했는데 미국은 집요하게도 협박을 하고 있는 거지. 코끼리가 고양이 밥그릇을 가지고 우롱하는 꼴 아냐?

발단은 국제원자력기구 사찰에서 비롯되었다, 미국은 무조건 다 보이라고 주문했고, 북한은 휴전협정을 평화협정으로 바꾸어주면 사찰에 응하겠다고 맞섰다. 애초 평화협정 같은 것은 마음에도 없었던 미국은 '핵에 대한 의혹을 해소하지 않는다면 군사행동도 불사하겠다.' 고 협박 같은 성명을 발표했다. 그리고 클린턴은 국방장관에게 전투 준비를 명령했다. 장관은 합참의장, 주한미군사령관, 이하 4성장군 이상의 군 수뇌부 전원을 펜타곤에 소집하고 제2한국전쟁에 대비한 작전계획을 세웠다. 계획서 OP.5027에 의하면 미군 57만, 전함 200척, 항공기 1200기에 5척 항공모함으로 편성, 미국이 소유하고 있는 전투력의 반 이상을 투입하는 것이었다. 개전 뒤 90일간 미군이 각오해야 할 사상자는 5만2천명, 이는 월남에서 10년간 미군이 입은 피해와 맞먹는 숫자였다. 한국군 사상자 49만, 서울의 민간 피해자는 100만, 더 큰 문제는 한국과 일본에 산재한 원자력발전소가 단 한 기라도 폭격을 맞는다면 인근 주민들의 참화는 상상조차 할 수 없다는 것이었다. 클린턴은 시뮬레이션 결과를 보고 받고 미군의 피해를 줄일 수 있는 다른 방법을 찾으라고 재명령을 내렸다. 어떤 방식으로든 전쟁을 하고 말겠다는 뜻이었다. 카터가 이 소식을 들었다. 카터는 전쟁을 막아야 한다는 사명감에 클린턴의 만류에도 불구하고 아내와 함께 38선을 넘어 김일성을 만났다. 작전계획서를 본 김일성은 약 5분간 숨도 쉬지 못하더라고 했다. 전쟁이 현실화되면 북한은 지도에서 사라질 것이었다. 이때 카터가 제안한 것이 원자로를 경수로로 바꾸는 것이었다.

김일성은 그 제안을 받아들였고 카터는 귀국했으며 김일성은 충격을 이겨내지 못한 채 보름 후 사망했다.

닥터 리가 아내를 진단했다.

– 기억의 속성은 항상 현실과 만나고 싶어 한다. 작은 꼬투리만 보여도 곧장 달려 나온다, 사람에겐 그 속성을 조율하는 기능이 있는데 네 아내에겐 그것이 느슨해진 것 같다, 말의 통로를 잃은 사람들에게 잘 나타나는 현상이니 교회라도 나가 말벗이라도 가지게 해라.

닥터 리의 조언대로 교회에 나갔더니 아내는 먼저 사람에게 취해 버렸다. 취한 사람은 자기 존재를 강조하고 싶어 하고, 그런 욕구에는 논리가 없다. 아내는 목사 부인을 잡고 동창이자 친구인 닥터 리의 과거사를 들춰댔다. 닥터 리는 아내를 오진을 했고 그 대가로 자신의 과거만 까발려진 셈이었다.

– 내 남편에겐 의사 친구가 있는데 그 친구는 고등학교 때부터

동물 섹스에 관심이 많았대요. 방과 후엔 말과 소, 개, 염소, 가축들의 섹스 장면을 찾아다니며 그들의 섹스 시간을 재고 그에 대한 책을 사서 읽기도 했다네요. 환갑을 넘긴 내 남편의 고등학교 시절인데, 그때 그런 일을 했다는 게 믿어져요?

아내가 밤과 낮을 거꾸로 살아온 지도 20여 년, 그간 대인관계가 거의 없었다. 사람을 만나면 말이 하고 싶은데 자신에게는 특별한 사건이나 추억이 없어 남편과 측근의 이야기를 차용했다는 것이 용하의 진단이었다. 기억과 추억은 사건과 시간을 합친 것이다. 아내에게 기억이나 추억이 될 만한 사건을 만들어 주는 것이 최선의 처방이다. 토요일마다 외출할 계획을 세우고 적당한 소재를 찾고 있을 즈음, 아내가 말했다.

– 나 또 사고를 쳤어.

며칠 전 신문에 유명 시니어 여배우가 미국에 온다는 기사가 났다. '할미꽃' 이라는 영화가 미국에서 상영하게 되어 홍보 차 온 배우를 아내는 자기 동창이었다고 말했다.

– 그녀는 학교 때부터 끼가 다분했다, 좋은 영화가 오면 헌책방에 교과서를 팔아서도 그 영화를 봤다고, 글쎄 내가 한국인 간호사들에게 떠벌리고 다녔다니까.

– 동창 자랑 좀 한 거잖아. 괜찮아.

– 동창 아니야. 신문기사를 읽는 순간 고등학교 때 내 짝 얼굴과 비슷하다는 생각을 했어. 그 생각들이 그런 거짓말을 만들어낸

거야.

아내는 말을 하기 위해, 말의 재료를 만들기 위해 거짓말까지 생산하게 된 것이었다. 용하는 아내의 그런 증세의 원인을 먼저 알아야 할 것 같아 인터넷에 들어가 정신과 심리 코너를 뒤졌다. 이유 없이 울거나 웃으면 조울증이나 우울증일 수 있지만 말을 하기 위해, 말의 재료를 만들기 위해 거짓말까지 지어낸다는 사람은 없었다. 아내와 가장 근접한 증세로는 '스트레스나 말에 굶주린 사람들이 말이 많아진다.' 였고, 그래서 '프리토킹 클럽' 을 선택한 것이었다. 대화 상대를 마음대로 고를 수 있다는 비치클럽 시니어 파티, 9시까지만 돌아가면 입장할 수 있을 것이다.

잭팟 클럽 고객 주차장은 거의 만원이었다. 카지노에 온 사람들이 많다는 뜻이었다. 하긴 토요일이었다. 용하는 두 바퀴를 돈 뒤에야 자리를 잡고 카지노 보안실로 올라갔다. 보안실은 코인을 파는 창구 뒤쪽에 있었는데 길을 잘못 들어 슬롯머신장으로 들어갔다. 사방에서 기계 돌아가는 소리, 코인 떨어지는 소리가 요란했다. 웨이트리스가 술 쟁반을 들고 10불, 20불짜리 고액 기기 앞을 오가며 술 서비스를 했다. 시가를 문 노신사가 웨이트리스의 엉덩이를 손등으로 쓰다듬다가 용하를 보고 눈을 찡긋했으나 용하는 고개를 돌려버렸다.

밥은 순시 중이라 사무실에 없었다. 용하는 주차장 번호를 적어 놓고 샌드위치와 물을 사서 트럭으로 돌아왔다. 그가 한참 자고 있을 때 밥이 자창을 노크했다. 인수인계는 간단히 끝났다. 다음 목적지와 거기에서 싣는 의약품에 대해 묻고 싶었으나, 그건 금지된 질문이었다.

"귀가길 차편이 필요하지요?"

밥이 먼저 물었다.

"네, 그렇습니다만."

"따라오세요."

밥이 한 승용차 쪽으로 앞서갔다. 대형 세단이었고 60대 여성이 조수석에 앉아 머리를 젖히고 잠들어 있었다.

"LA서 오시는 단골 고객입니다. 아침에 와서 저녁엔 귀가하는데 보시다시피 저렇게 취했어요. 당신이 대신 운전을 해 주시면 좋겠는데……. 아, 물론 거절하셔도 됩니다만."

"아니요, 제가 하지요."

용하는 차에 올랐다. 부인은 깊이 잠들었는지 코만 골았다. 라스베가스의 번잡한 시가지에는 황혼이 내리고 있었다. 밤이면 불야성이 되는 도박의 도시, 찰나의 기대와 쾌락으로 건강한 시간이 소멸하는 곳, 중소기업을 가진 사람이 하룻밤에 빈털터리가 되는 곳이기도 했다. 아주 오래 전 아내가 보고 꺽꺽 울었던 영화가 생각났다. 제목이 '라스베가스를 떠나며'였던가, 주인공이 청소년들에게 집단섹스를 당한 후 샤워실에서 하혈을 할 때 아내가 울면서 소리쳤다.

– 어서 병원에 가 봐! 세균이 침범하면 자궁을 잃을 수도 있어!

그때만 해도 겨레운동본부가 잘 돌아갈 때였고 아내도 할 일이 많았다. 용하가 주로 바깥 연대에 주력했다면 아내는 안에서 회원들 챙기는 일을 했다. 경조사는 물론 젊은이들 연애사까지 관여하면서 자기가 연애하듯 홍조를 띠곤 했는데…….

차가 '웨딩 처치' 앞을 지났다. 5백불만 있으면 누구나 결혼할 수 있는 교회, 인디언 전통예복을 입은 남녀가 교회로 들어가고 있었다. 저녁 결혼식을 하는 모양이었다.

용하는 속력을 올렸다. 시속 150마일, 이대로 가면 9시 전에는 도착할 수 있다. 사방이 캄캄할 때 여인이 깨어나 다급하게 말했다.

"화장실에 가고 싶어요."

"휴게소가 나오면 세우죠."

여인이 용하의 팔을 잡고 참을 수 없으니 아무데나 좀 세워 달라고 했다. 도로 주변은 사막인 것 같았다. 적당한 갓길에 차를 붙이자 여인이 총알처럼 튀어나갔다. 돌아오기까지 5분 정도, 그 시간이라도 이용하고 싶어 라디오를 켰다. 창우가 언급했던 KPFK 방송, 멕시코에 본사를 둔 이 방송국은 전쟁과 평화, 시위에 대해 가장 빠르고 진실한 보도를 한다. 팔레스타인 사태를 좀 더 정확히 알고 싶은데 주파수가 잡히지 않았다. 재정난에 허덕인다더니 제한 방송을 하는 모양이다.

여인이 돌아왔다. 요의는 없었지만 쉬지 않고 달리자면 미리 비워 두는 것이 좋을 것 같아 용하도 밖으로 나갔다.

오줌을 누면서 하늘을 보았다. 굵은 별들이 후드득 떨어져 내렸다. 불모지에 도박장을 세운 것도 창의적 발상이었다던가, 현대 산업문명 거의가 미국에서 시작되었다고 했다. 영화, 석유, 자동차, 도박, 컴퓨터까지. 인류의 삶에 이로운지 해로운지를 떠나 결과적으로는 인구 1프로에 봉사했다고 99프로 시위 때 한 연사가 말했다. 이런 세력이 달이나 화성을 개척하면 지구의 모순을 그대로 옮겨갈 것이니 다음에는 화성탐사 반대 시위를 하자고 조크를 한 사람도 있었다. 어디선가 지독한 냄새가 풍겨왔다. 스컹크 짓이었다. 용하는 서둘러 차로 돌아왔다.

운전석에 올라앉을 때 여인의 손이 갑자기 용하의 그곳을 움켜잡았다. 생전 처음 당해보는 일이었다. 손을 떼어내자 여인이 더 힘껏 눌렀다. 용하가 물었다.

"어쩌자는 겁니까?"

"한번 하고 가요."

용하는 머릿속을 뒤져 적당한 대답을 찾아보았다. 겨우 생각난 것이 침대였다.

"부인, 침대가 있는 곳으로 갑시다."

여인이 손을 치우고 CD를 틀었다. 엘비스 플레스리가 빨리 키스를 해달라고 보채기 시작했다. 용하가 반응을 보이지 않자 여인은 CD를 끄고 잠을 청했다.

차가 LA로 들어섰다. 여인의 집은 금융의 거리 근처 올리브 스트

나드 쪽이라고 했다. 초입에서 차를 세우고 시계를 보았다. 9시 반이었다.

"이제 직접 운전하실 수 있을 것입니다. 집에 바쁜 일이 있어서요, 안녕히 가세요."

용하는 차에서 내려 한국인이 운영하는 콜택시를 불렀다.

3

"중국 3천 장, 중부 아메리카 2천 장, 미국 전역은 아직 집계를 하지 못했고 남미 쪽은 곧 물량을 확답해 준다 했습니다. 그리고 영국에서도 5백 장 주문이 들어왔습니다."

매니저가 보고를 했다. 다른 곳은 고정된 판매 노선이지만 유럽 쪽은 처음이었다.

"영국이라니? 그쪽은 인도 등 아시아 쪽이 장악하고 있잖아?"

"K팝 공연이 있답니다. 3월 말에 런던, 프랑스에서요. 한류들이잖아요. 공연장 앞에서 K팝 가수들 얼굴이 찍힌 티셔츠를 팔겠다는 겁니다."

"어떤 사람이 그런 생각을 해낸 거야?"

"영국에서 자동차회사 주재원을 하다 퇴직당한 사람입니다. 귀국하지 않고 장사를 해 볼 생각이라는데 잘되면 여름방학에도 유학생들을 풀어 판매하겠다네요."

몇 년째 불경기다. 국경지대 장사도 바닥이었다. 밀입국자들 상대로 가게를 넓혀왔던 아리조나 왕 씨도 폐업을 해서 암울했는데 유럽 쪽에 진출한다는 것은 고무적이었다. 곤이 물었다.

"K팝 아이돌은 여럿일 텐데 프린트 얼굴은 누구로 정할 거래?"

"소속사와 상의해서 결정하겠답니다."

곤이는 그래픽 디자이너에게 물었다.

"기존 프린트는?"

"중미 쪽은 예년대로 체게바라, 밥 말리, 차베스, 삼바여왕으로 하고 미국은 마릴린 먼로, 빌리 홀리데이, 퓨지스(소외된 사람들에 대해 노래하는 유색인 그룹) U2……."

스트리트 티셔츠의 생명은 프린트다. 곤이는 주로 초상권 사용료가 없는 영웅이나 유명인, SF나 게임 속 영웅 등을 찍어왔다. 백인 지역에는 존 레논, 밥 딜런, 엘비스 프레슬리가 구매력이 좋아 불법 제작을 한 적이 있었다. 소심해서 얼굴 변형을 너무 심하게 했고 별로 닮지도 않아 기대만큼 팔리지 않았다. 수년 전에는 마오쩌둥(毛澤東)을 찍었다가 곤욕을 치르기도 했다. 중국 쪽 바이어에게 주문을 받았을 때 곤이는 중국인들이 가장 좋아할 영웅으로 루쉰과 마오쩌둥을 생각하고 각 5백 장씩 찍었더니, 바이어는 마오쩌둥이라니, 누구 사형당할 꼴을 보고 싶냐? 라고 펄쩍 뛰었다. 중국인민들에게 마오쩌둥은 신과 다름없어서 초상을 사용하면 신성모독이 된다는 것이었다. 이미 찍어둔 상품, 버릴 수가 없어서 계절이 반대이자

지구 끝인 아르헨티나에 풀었다가 중국대사관의 호출을 받고 다섯 시간이나 해명을 했다.

"중국 쪽 프린트는 누굴?"

"김수현 어때요? '해품' 인가 하는 드라마에서 최고 정점을 찍었대요. 한류로서도 탑이고."

"탑 스타, 좋지. 한데 어떻게?"

"얼굴 살짝 변모시키면 될 것 같은데, 많이는 말고 알아볼 정도로 말예요."

"그러다 이 사무실 지붕까지 날아가게? 김수현이 눈감아준다 해도 중국 팬들 극성이 결국은 블랙홀이 될 거라구."

"그럼 초상권 없는 배우나 가수 중에 선택하지요."

곤이는 작년에 다녀간 사촌누나의 말을 떠올렸다. 전인권은 작가회의 행사 때 공연협조를 잘 해주어 감사패를 주었다면서 사람이 목소리로 저항성을 표현할 수 있다는 것을 처음으로 알았다고 했다. 사촌누나는 시인으로 한국작가회의 이사였다.

"전인권을 찍어. 이미지 좋은 사진으로 골라서 말이야."

"전인권이라면 비주얼도 끝내주죠. 선글라스, 긴 머리, 모델 포스도 만점이지만 문제는 허락을 받아야 한다는 거죠."

"그냥 찍어. 책임은 내가 질 테니까."

매니저가 그래픽 디자이너에게 물었다.

"오늘밤 안으로 포토샵까지 끝낼 수 있겠어?"

디자이너가 대답하기 전에 곤이 덧붙였다.

"프린트 하단에 한자 이름도 함께 찍는 게 좋겠어. 친절해서 손해 보는 일은 없을 테니까."

"원단은 어떻게 할까요? 영국 것은 최고급을 써야겠지요? 스타도 상인도 한국인이니 말예요."

경기가 좋을 때는 최고급을 썼다. 여성용은 30수 싱글에 비싼 염색, 스와로스키 스톤으로 장식했고, 번쩍이는 옷이 불티나게 팔렸으나 요즘은 유럽의 대중패션도 검소하다고 했다.

"남성용은 20수, 여성용은 30수를 쓰고 염색은 중저가로 하지."

"그렇게 하겠습니다.

"중국 시닝(西寧) 쪽에 핑크색 자연 목화가 있다고 했지? 면포 공장과 수입 절차에 대해 알아보도록 해."

책상 위 전화기가 울렸다. 사환이 받고 곤이를 찾는다고 했다. 회의 중이라 모바일 폰을 꺼두었더니 사무실로 한 모양이다.

"나야, 다블 비유티."

아내일 줄 알았는데 미미였다.

"우리 바깥이 입 청결제를 런칭해. 진희 씨랑 함께 와. 음식도 많이 주문해놨어. 떡, 잡채, 갈비는 집에 싸 가도 될 거야."

"다른 사람에게도 연락했어?"

"지금 하는 중이야. 그럼 그날 봐."

사람의 '인연' 에는 몇 가지의 형태나 색채가 있는지 알 수가 없다.

살면서 수많은 사람을 만나고 헤어지지만 모두에게 특별한 색채가 있는 것도 아니다. 미미에게는 물감으로도 표현할 수 없는 환상의 색채가 있었다. 그녀를 만난 것은 89년 2월 겨레운동본부에서였다. 같은 학교에 다녔지만 낯이 설었다. 첫 인상은 인형처럼 작고 예쁘다는 것이었고, 보호해 주고 싶은 생각이 들었지만 기회가 없었다. 고등학교 동창 지섭이가 온 것은 북한 평화축전 참가 준비로 한창 바쁠 때였다. 일손이라도 도우라고 용하 형에게 소개시켰더니 청춘남녀의 호르몬 작용에 대해 계산이 젬병인 형이 녀석을 미미 작업장으로 투입했다. 그로인해 미미는 풍기문란으로 자기비판을 당했고 그때 곤의 마음 전체가 우울한 색채로 휘덮였다. 하지만 그건 사실이 아니었다. 일을 끝내고 너무 피곤해서 둘이 한 장소에서 잠이 들었던 것뿐이었는데 그런 누명을 쓴 것이고 그것이 오히려 지섭을 자극했다.

– 나, 미미랑 진짜로 연애해 볼 거야.

그때 곤은 자신의 마음에 피어 있던 환상의 색채를 지워내고 친구에게 당부했다.

– 잘 보호해라. 상처 주는 일, 절대로 없어야 해.

지섭은 미미를 잘 돌보지 않았다. 동거를 하면서도 일 년의 절반 이상은 다큐를 찍는다고 밖으로 나돌았다. 주의를 주면 '야, 미미는 요정이 아니라 여장부야, 해결하지 못하는 게 없다.' 고 했다. 미미는 지섭을 사랑했다. 그의 뒷바라지를 하려고 학교까지 그만두고 생활전선에 뛰어들었음에도 지섭은 결국 떠났고 미미는 혼자서 아이를 낳았다. 7개월짜리 미숙아였다. 밤낮으로 일하느라 그렇게 된 것이었다.

"사장님, 회의 계속할까요?"

공장장이 물었다.

"대충 끝났잖아? 각자 알아서 자기 일들을 하지."

곤이는 밖으로 나왔다. 아내와 프리다 칼로의 특별전을 보기로 했는데 내일 가자고 알린 후 그리피스(Griffith) 천문대로 차를 몰았다. 그리피스는 자신과의 대화가 필요할 때 찾아가는 장소였다.

윌 셔를 지나 비버리 힐 쪽으로 들어섰다. 그 어디쯤 샤론 스톤이 살고 있을 것이다. 원초적 본능 등 섹스 심벌로만 알았던 그녀가 수전 서랜든, 숀 펜, 알 파치노 등과 함께 '이 전쟁 안 된다, 열아홉, 스무 살짜리 우리의 어린 자식들을 전쟁터에서 죽이는 일을 절대로 허락할 수 없다!' 고 이라크 전쟁에 반대를 선언했을 때, 경숙 누나는 감격해서 울었고 미미도 열광해서 그들을 위한 국제 팬클럽 사이트를 열겠다고 했다.

멜로스, 산타 모니카, 선셋 가를 지나면서 차가 많아졌다. 헐리우드였다. 배우들 발자국이 찍힌 도로 옆에서 초상화 아르바이트 할 때가 생각났다. 헐리우드 배우들의 얼굴은 초등학교 때부터 그려댔다. 사촌형이 모아 둔 사진들은 게리 쿠퍼, 록 허드슨, 비비안 리, 나탈리 우드 등이었다. 그들은 제법 잘 그릴 수 있었음에도 흘러간 배우들이라 헐리우드에서는 1불에도 사 가는 사람이 드물었다.

편 데일에서 좌회전을 했다. 거기서부터 굽이굽이 돌아가는 산길이다. 낭떠러지에나 심하게 굽은 길은 긴장감이 있어서 좋다. 10분쯤 올라가자 천문대가 나왔다. 곤은 주차장에 차를 세워두고 전망대로 올라갔다.

LA 시가지가 한눈에 내려다보였다. 오른쪽엔 제임스 딘 흉상이 었다. 흉상 너머에는 헐리우드의 심볼, 커다란 낱글 간판들이 걸려 있고, 그 글자판들이 세상을 향해 우리가 영화의 메카 헐리우드를 정복했다! 라고 선언하는 것 같다. 세계를 제패한 영화산업, 새로운 소재에 강박증을 내는 이곳 영화인들……. 지섭은 그건 급물살이다, 멀미가 나서 견딜 수 없다면서 도망을 쳤다. 그리고 세계 각지로 떠돌다가 작년에 '생명' 이라는 다큐를 찍어 국제전에서 특별상을 받았다.

곤은 제임스 딘 흉상으로 고개를 돌렸다. 제임스 딘은 사촌 형의 우상이었다. 머리 스타일, 잠바, 주머니에 손을 찌르고 다니는 것까지 그대로 따라하더니 대학 대신 서울 충무로로 갔다. 멋지게 웃거나 걷는 법, 머리를 쓸어 올릴 때의 포즈가 일품이었는데도 수년간 단역만 찍다가 무기력증 병을 얻어 하향했다. 집안에서 형은 인생을 낭비한 실패자의 본보기였다. 곤이 유학을 가겠다고 했을 때도 아버지가 '너도 네 사촌형을 닮았냐? 시간이란 벌레한테 청춘 다 파먹히고 껍데기로 돌아올 참이냐?' 고 형을 빗대 나무랐다. 곤이 교수가, 입학하기 어려운 학교다, 보내주는 게 좋을 거라고 설득하자 아버지는 한국의 피카소가 되기 전에는 돌아오지 말라면서 겨우 허락해주었는데, 화가는 입문도 못했으니…….

폰이 울렸다. 경숙 누님이었다.

"미미네가 런칭 파티를 한다는 것 알아?"

"전화 받았어요."

"알았다, 그럼 그날 보자."

용하 형 안부를 물으려고 했는데 전화를 끊어버렸다. 경숙 누님의 전화 매너는 항상 그랬다. 형은 말의 이음새를 고무줄처럼 늘리는 반면 누님은 고무줄을 당기자마자 타악 놓아버리는 스타일이었다. 행동도 그렇다. 살집이 있는 누님은 통통 튀는데 깡마른 형은 오히려 느릿하다. 형을 처음 만났을 때가 떠올랐다. 헐리우드 거리에서 초상화를 그리고 있을 때 형이 헐은 밀짚모자를 쓰고 다가왔다. 미국에서 한국 농부의 밀짚모자를 썼다는 것도 희한한데 벌어진 이음새를 붉은 색실로 꿰맨 것이 눈에 설어 쳐다보았더니 형이 능청스럽게 말했다.

– 집사람이 그럽디다. 밋밋한 밀짚에 붉은 색실, 리본같이 예쁘지 않냐고.

경숙누님은 바느질에 젬병이었다. 흰 셔츠의 단추도 그때그때의 실로 꿰매느라 총천연색인데도 당자들은 신경 쓰지 않거나 그게 더 보기 좋다고 믿었다. 세상과는 체온이 다르지만 사람들에겐 항상 1

도쯤 높은 이들 부부를 곤은 사랑했다.

또다시 폰이 울렸다. 사무실이었다. 곤은 간다고 대답하고 차로 돌아갔다.

4

미미는 벽난로 불에 솔방울을 올렸다. 하나가 주먹만 해서 다섯 개를 더 올렸는데도 벌써 더미가 그득하다. 처음 미국에 와서 모든 것이 엄청 크다는 것이 거의 공포였다. 까마귀가 거위만한 것은 그렇다 치고 다람쥐가 고양이만 했을 때는 에그, 내 다람쥐! 라던 엄마의 말이 생각나 자신까지 징그러워졌다.

솔방울이 타면서 더미가 조금 주저앉았다. 세 개를 더 올려놓고 욕실로 갔다. 남편은 자쿠지의 기포가 목덜미에 감기는 것이 기분 좋은지 눈까지 지그시 감고 있었다. 오늘 생산라인을 가동했다. 완벽한 제품을 위한 연구가 거의 1년이나 걸렸다. 특허를 내고 생산을 결정했을 때 남편이 물었다. 당신 직장 그만두고 이 사업에 합류하는 게 어때? 지분도 그녀 모자에게 50프로나 돌려둔 터라 거절할 수 없었다.

미미는 벽난로 앞으로 돌아와 다시 솔방울을 올렸다. 솔 냄새가 아궁이의 입김처럼 풍겨 나왔다. 이 냄새는 남편이 좋아해 입 청결제에도 첨가했다. 이 사업에서 미미가 맡은 일은 외판원 관리, 미팅 진행, 광고 기획 등이었다. 오늘 슈트를 빼입고 왔던 브라질 남자가 생각났다.

– 브라질 이민자입니다, 사용언어가 포르투갈어라 꺼려하신다는 것 알고 있습니다. 하지만 영어는 잘 합니다. 히스패닉 계열 상점에도 영어는 하잖아요, 제가 물건 파는 데는 소질이 좀 있으니 믿고…….

캘리포니아에는 히스패닉 계열 사람들이 압도적으로 많고 그들 중엔 영어가 부족한 사람도 태반이라 포르투갈어가 불리했음에도 미미는 그를 채용했다. 자세가 안정되어 있었기 때문이었다. 그 남자는 필시 안정된 가정을 가졌고 그런 사람은 대체로 성실했다.

광고는 미주 중앙일보와 일간스포츠에 계약을 했다. 전면 5단에 10일간, 라디오에는 하루 7번, 다이렉트 TV에는 7번을 의뢰했다. 다이렉트 TV는 한인들을 위한 케이블 방송으로 미국 전역에서 시청할 수 있었다. 사업가들이 한인 타운에서 미국 주류로 확대할 땐 반드시 이용하는 광고 망이기도 했다.

상품을 베스트셀러로 만들자면 코스코, 홀 푸드 마켓(whole food market)이나 트래이더스 조(trader's Joe)에 집어넣어야 할 것이다. 남편을 웨스트 서플라이 쇼(west supply show)에 출연시킬 수만 있다면 더할 나위가 없겠으나 그건 하늘의 별따기만큼 어렵다고 했다.

자쿠지 돌아가는 소리가 멈췄다. 남편이 욕조에서 나온 모양이다. 미미는 쇠망에 집게를 걸어두고 안방으로 들어가 유향을 피웠다. 중동에서 온 유향에서도 솔 냄새가 났다. 입청결제에 솔 냄새가 나는 것은 유향을 첨가했기 때문이다.

남편이 가운을 걸치고 나왔다. 미미는 유향 그릇을 창가에 놓고 잠옷을 입었다. 침대에 오르자마자 남편이 미미를 끌어안았다. 용하 친구 닥터 리가 젊은 아내와 사는 남자들은 거의 대부분 섹스 런닝, 그러니까 매일 섹스를 해줘야 한다는 강박증을 가지고 있다고 했다. 열세 살이 많은 남편에게도 그런 증세가 있다.

남편이 애무를 시작했다. 살갗이 뜨거워질 때 방문이 열렸다. 아들 시언이었다.

"Are you having a sex or what?"(지금 섹스 하는 거야 뭐야?)

전에 없던 일이었다. 노크도 없이 문을 연 것은 그렇다 쳐도 아들이 어미에게 대놓고 섹스를 하느냐고 묻다니, 매우 당황스럽지만 우선은 엄마의 체신을 지키는 것이 급선무였다.

"아니, 근데 무슨 일이야 이 밤에?"

"Nothing!"(아니야!)

아들이 문을 닫고 나가자 남편이 따라가 보라고 했다. 아들은 자기 방 책상에 앉아 노트북 속의 영상물을 들여다보고 있었다. 몰두한 옆모습이 조각처럼 선명한 것이 지섭이와 판박이다. 아이들은 키워 준 사람을 닮기도 한다는데 시언에게는 취미활동까지 지섭의 유전자가 개입하고 있었다. 생명을 완성시키는 데 아무 도움도 주지 않았던 존재가 생물학적 행세는 해야 한다?

오래 전이었다. 남편은 시언에게 생명의 승리자라고도 했다. 턱없이 부실했던 육신에서 아이는 자기 생명을 지켜냈다는 뜻이었다. 아들은 자신의 의지로 자기 생명을 지켜냈음에도 자기를 버린 아비를 닮는다는 것이 미미는 언짢고도 불편했다.

아들이 의자에서 일어나 천장 등을 껐다. 벽 쪽 TV가 번쩍이는 것이 USB 영상을 그리로 옮겨서 보는 모양이다. 미미는 소파에 앉아 뒤로 가는 시간 여행을 시작했다.

진통이 시작된 것은 야근을 할 때였다. 7개월짜리 아기가 밖으로 나올 리가 없는데도 양수가 터졌다. 경숙 언니가 보내준 앰뷸런스를 타고 가면서 미미는 신께 빌었다.

– 지금 저에게 남은 희망은 뱃속 아이뿐입니다. 신께서 저를 돕고 싶으시다면 이 아이부터 살려주세요.

아이는 생명을 가지고 태어났으나 기형이었다. 인큐베이터에 든 앙상한 아기를 바라보고 있을 때 경숙언니가 말했다.

– 나의 가족으로 수속을 했으니 수술비는 혜택을 받을 거야.

– 수술이라니요?

항문이 없는 기형, 항문 폐쇄증이라고 했다. 아들이 정상이 아니라는 것보다 태어난 지 사흘 만에 수술을 해야 한다는 것이 더 충격이었다. 지섭을 잡아두기 위해서, 늘 다른 곳으로 떠도는 그 넋이라도 붙잡으려고 아기를 가졌던 것인데 지섭은 겁에 질려 뒷걸음질 치다가 영영 떠나고, 아기마저 이 지경이라면 지금 벌을 받고 있는가? 아기가 수술실로 들어갈 때 미미의 입에서 이런 말이 흘러나왔다.

– 죄는 제가 지었습니다. 벌은 제가 받아야 하니 아기의 고통은 저에게 주십시오.

아들은 위공장루설치 수술을 받았다. 배에 천공(穿孔)을 내고 배설물 튜브를 삽입하는 수술이었다. 경숙이 휴가를 내고 아이를 돌봐 주겠다고 했지만 미미는 그 친절을 거절했다. 자기 손으로, 자기 힘으로 아이를 정상으로 만들어야 한다고, 그래야만 지섭이를 잡아두려고 했던 자신의 의지가 죄악이 아님이 입증될 것 같아서였다.

아기가 백일이 되던 날 항문성형 수술을 했다. 수술실로 들어갈 때 아이의 눈이 한참이나 엄마에게서 떨어지지 않았고 그때 미미는 아이의 조그만 눈 속에 들어 있는 거대한 영혼을 보았다. 그 영혼이 말했다. 엄마, 수술 잘 끝내고 올게요. 오, 그래, 위대한 영혼, 내 아들 시언이, 엄마는 널 믿어. 작은 육신으로 받은 수술이 버거웠던지 아기는 좀체 마취에서 깨어나지 못했다. 그럼에도 미미는 아이의 약속을 믿었고 아기는 그 약속을 지켜냈다.

시언이가 자기 방에서 나와 주방으로 간다. 탄산수라도 가져올 모양이다. 미미는 아들의 방안을 들여다보았다. 벽걸이 TV에 걸려 있는 영상은 기형아를 안고 활짝 웃고 있는 목사의 얼굴이었다. 가슴이 철렁했다. 그건 지섭이가 찍은 다큐였다. 아들이 침실로 왔던 까닭도 저 영상물 때문이었다? 한데 저 필름은 어디서 났지? 제 아빠에 대해 아는 바 없으니 아이가 스스로 찾지는 않았을 것이다. 그럼 지섭이가?

벽난로로 가서 불을 피웠다. 불길이 살아났다. 미미는 그 속에 욕설을 던져 넣었다. 나쁜 놈! 아들이 다섯 번이나 수술을 해도 단 한 번도 오지 않았던 작자가 이제 와서 애비라고 작품을 보내?

네 번째 수술은 배설물 튜브를 빼내고 장과 항문을 연결하는 시술이었다. 잘 끝냈음에도 출혈이 멈추지 않았다. 아기는 지쳐 눈도 뜨지 못했다. 의사는 다시 수술을 해야 하지만 아기가 견뎌낼 것 같지 않으니 마음의 준비를 해 두라고 했다. 그렇게 되면 아기는 제 아빠 얼굴도 보지 못한 채 하늘나라로 가는 것이다.

미미는 제 아빠의 얼굴이라도 보여줘야 한다는 생각에 쫓겨 한국으로 전화를 걸었다. 지섭은 지금 남아공에서 만델라가 갇혀 있던 감옥을 답사 중인데, 그 감옥이 섬이라 본인이 전화를 해오지 않는 한 연락할 길이 없다고 그의 누나가 알려주었다. 제 아빠를 볼 때까지라도 아기를 붙잡아두어야 하는데, 반드시 그래야 하는데……. 미미는 아기의 가녀린 손가락을 잡고 약속을 했다. 시언아, 아빠 보고 싶지? 지금 아주 멀리 계신단다. 수술만 잘 끝내면 아빠를 볼 수 있어. 내가 널 업고 아빠한테 가기로 했거든. 그때 아기가 눈을 떴다. 알았다는 신호였다.

퇴원한 후 한국에 전화를 걸었더니 지섭이 연락을 해오지 않아 미미의 부탁을 전하지 못했다고 했다. 아기의 까만 눈이 약속을 지키라고 보채는 듯해 미미는 차에 아기를 싣고 여행을 떠났다. 지섭이와 함께 다니던 곳이었다. '분노의 포도' 현장이었넌 24로드, 그 영화를 찍었던 몬트레이, 태평양을 낀 아름다운 패블비치, 클린트 이스트우드의 별장을 지나 신혼부부들이 선호한다는 물개가 서식하는 바위 계곡 앞에서 미미는 아기에게 말했다.

– 이 자리에서 니 아빠가 그랬단다. 우리 여기 와서 결혼식 올릴까? 아가, 그때 내가 말했어. 결혼식은 많은 사람의 축복을 받는 거라고, 한인타운의 어른들과 지인들을 모셔놓고 떠들썩하게 하자고…….

그 다음 목적지는 미네소타 로체스터였다. 헤밍웨이가 입원해 있던 정신병원, 그때 지섭은 흥분해서 말했다.

– 헤밍웨이가 KGB에 가입했던 적이 있단다. 장난으로 그랬다는 설도 있고 미합중국의 팍스 아메리카나 패권 정책에 진저리가 난 반작용이었다는 설도 있는데, 진실은 단 한번도 KGB를 위해 정보를 제공한 적이 없다는 거야. 세계적인 인물이 소련이라는 한 국가에 낚여들 리가 있었겠어? 그런데, 이 양심적인 좌파 어르신께서 심한 우울증을 앓았단다. 노벨문학상을 탄 뒤부터 부쩍 심해졌다나. 수시로 자살 시도를 했고 그로 인해 정신병원에 입원을 했어. 메이오라는 병원에 가명으로 들어가서 전기치료를 받기도 했는데, 병원장이 그의 실체를 알고 FBI에 밀고를 했단다. 헤밍웨이가 그걸 몰랐겠어?

늘 감시를 당해왔는데? 즉시 퇴원을 했고, 얼마 후 그는 자살하고 말았어. 친구와 지인들의 전언에 따르면 그 병원이 헤밍웨이 자살을 재촉한 거래.

지섭은 헤밍웨이 작품을 좋아했다. 특히 '누구를 위하여 종은 울리나' 에서 안젤모가 폭탄을 옮기는 과정은 그대로 영상이라면서, 인류의 삶을 선행으로 이끈 사람들의 다큐를 그런 기법으로 찍겠다는 것이 꿈이었다.

병원을 돌아보고 나올 때 아기에게 열이 났다. 차로 하는 긴 여행이 무리를 주었던 것이다. 이틀간 입원시켰다가 돌아오는 길목, 한적한 바닷가에서 미미는 태평양에 떨어지는 낙조를 바라보며 혼자만의 이별 의식을 가졌다.

– 지섭 씨, 잘 가. 당신은 아이를 낳은 적이 없어!

남편이 다가왔다. 미미가 일어나 그의 손을 잡았다.

"시언이가 영화를 보고 있어서 얘길 나누지 못했어요. 어서 들어가요. 내일 아침 미팅이 있잖아요."

자리에 눕자 남편은 곧 잠이 들었다. 미미만 곁에 있으면 항상 잠을 잘 자는 사람이었다. 아낌없이 주기만 하는 남자, 그것이 행복하다고 하는 남자, 그의 이름을 처음 들은 것은 라디오에서였다. 라디오 코리아에서 아침마다 한의와 양의가 번갈아가며 건강에 대한 방송을 했다. 그는 한의로서 주로 당뇨, 고혈압, 통풍 등을 언급했는데 그날은 허약한 어린이들의 체력 강화에 대한 이야기를 했다. 아들이 세 돌이 지나도록 걷지도 못해 그의 병원을 찾았을 때 아들에게 한 그의 첫마디가 '도련님, 참으로 장하십니다.' 였다. 미숙아에 신체적 기형까지 극복하면서 스스로 생명을 지켜냈다는 뜻이었다. 신생아 중 5천에 한 명은 시인이처럼 아기 스스로 생명을 완성시킨다면서 다음 말을 덧붙였다.

– 아이 눈을 보세요. 참 깊지요? 장수하는 사람들이 그래요.

장수까지 한다니, 기쁨보다 모욕감을 느끼고 얼굴을 붉히자 그가 말했다.

– 병원에서 그랬죠? 18세가 되면 정상인이 된다고. 그때까지 체력을 다지고 키를 키우면 돼요. 그 일은 내가 돕겠어요. 여자애라면 엄마 키만 해도 귀엽겠지만 남자애니까 좀 더 커야겠지요? 우선 6개월만 약을 먹여봅시다.

베이비시트에 방세 내기도 벅차던 때라 미미는 우선 한 달치만 지어달라고 했다.

– 돈 때문이라면 6개월 뒤에 내도 돼요. 효과가 없으면 안 내도 되구요.

6개월이 되는 날까지 아이는 걷지 못했다. 걸으려고 힘을 쓰긴 했지만 그것이 약 덕분이라는 확신도 없어서 발걸음을 끊었는데 그가 약상자를 들고 찾아왔다.

– 알라스카 산 녹용을 증류시킨 것입니다. 하루에 반 티스푼씩

먹이세요.

그는 본래 아이들 성장에 관심이 많았다. 오래 전부터 성장에 도움이 되는 약초를 찾고 싶었는데 이제 그 길을 찾아 떠난다. 숲, 사막, 해안 등 미국 전역의 자연지대를 돌다보면 1년은 걸릴 거라면서 엉뚱한 부탁을 했다.

– 그간 집이 비어서 말인데요, 아이 데리고 우리 집에서 살아주지 않겠어요?

모기지도 없으니 공과금만 부담하면 된다는 것이었다. 때로는 황당한 계기가 운명의 고정 핀이 되기도 하는 모양이었다. 좋은 집에 공짜로 살라는데 외면할 까닭이 없었다. 미미는 아이보개로 언니를 초청했고 그에 대한 서류까지 그의 후배가 작성해주었다.

미미는 잠든 남편을 바라보며 속으로 말했다.

"당신은 LA로 돌아온 뒤에도 집에 오지 않고 하숙을 했어요. 우리가 떠날까 봐 그랬다지요? 결국은 내가 찾아갔고 한 집에서 살자고 한 뒤에야 들어왔어요. 당신, 얼마나 특이한 남자인지 알아요? 처음 만난 순간부터 내가 좋았다면서요? 내가 당신 어머니처럼 작아서 그랬다면서요? 그런데도 당신은 내게 청혼하지 않았어요. 아내와 사별한 지 오래 되었다는 것도 알고 있는데 말예요. 그래서 내가 먼저 청혼했죠. 정직하게 말해서 처음엔 이용이 목적이었어요. 특수학교에 보내야 할 아들에게 보호자가 필요했거든요. 그때 당신 수락의 말이 참 웃겼어요. 얼굴이 벌개지면서 아들이 18세가 넘으면 나보다 20센티는 더 클 거라고 했죠? 아들은 지금 162, 정확히 14센티가 더 커요."

미미는 이불 속으로 들어가 남편의 허리를 꼭 끌어안았다.

5

강 목사가 전화를 걸어 티나의 유품이 있으니 찾아가라고 했다. 그가 운영하는 '노숙자 쉼터'는 노르만디 14가에 있고 며칠 전 티나가 거기서 죽었다고 했다. 티나, 그 이름은 지겹게도 싫어서 먼먼 곳으로 던져버린 공이었다. 그 공이 되돌아와 지금 창우의 머리를 후려치고 있었다.

"거북하면 내가 소각해줄까요?"

강 목사가 물었다.

"아니오, 지금 가겠습니다."

티나, 티가 나서 그렇게 지었지만 미국에서는 꽤나 괜찮은 이름이라던 그녀는 흑인혼혈이었다. 그녀의 엄마는 창우 할머니가 된장을 배달하던 포주집 양색시였다. 피난길에 가족 모두를 잃고 양색시가 되었다는 티나 엄마는 할머니를 좋아했고 할머니도 명절 음식을 챙겨먹이곤 했다.

티나가 LA의 창우네로 보내진 것은 이민 4년째…… 그 애 나이 9세, 창우는 15세 때였다. 티나가 온 지 보름쯤 되었을 때였다. 학교에서 돌아와 보니 집에 아무도 없고 티나는 창우 책상 위에서 가랑이를 쫙 벌리고 앉아 있었다. 팬티도 입지 않은 것이 이상해서 창우가 물었다.

– 너 왜 그러고 있니?

사실 창우는 그 애가 자기 집에 온 것이 싫었다. 한국애도 아닌 흑인애가 왔다는 것도 기분 나쁜데 하는 짓도 완전 새끼 갈보였다.

– 오빠, 나한테 올라탈래? 난 오빠가 좋아. 돈 안 받을 테니 올라타.

창우는 그 애가 검은 벌레처럼 징그러웠다. 흠씬 패주고 싶은 걸 꾹 참고 '다시 그러면 뒤지게 때릴 거다' 고 엄포만 주었다.

할머니는 LA에 와서도 된장 장사를 했다. 주문한 집에 배달까지 하느라 집을 비우는 일이 잦았다. 창우는 빈 집에서 티나와 만나는 것이 싫어 할머니나 아우가 올 때까지 집 밖에서 시간을 보내곤 했다. 몇 달이 지났을 때였다. 무심코 방문을 열었더니 그 애는 책상에 앉았다가 기다렸다는 듯 치마를 걷어 올렸는데 허벅지 맨 위, 성기 쪽에 꽃이 꽂혀 있었다. 뒤뜰에 피어 있던 과꽃이었다. 아이는 가늘고 검은 다리를 비비 꼬며 어서 오라고 했다. 그 애는 매춘부 딸이었다. 본 것이 그것이라 흉내를 냈을 뿐이었을 테지만, 소년 창우는 진저리를 치며 아이를 끌어내려 문밖으로 패대기를 쳤다.

– 나가! 우리 집에서 당장 꺼지란 말이다!

이틀 후 그 애는 정말로 창우 집에서 나갔다. 할머니가 목사에게 의뢰해서 다른 집에 입양을 보낸 것이었다.

티나가 백인의 혼혈이었다면 어땠을까? 그래도 징그러웠을까? 조금이라도 이쁜 마음이 있었다면 아홉 살짜리 아이가, 좋아하는 감정을 그렇게밖에 표현할 수 없었을 것이라고 이해심이 생겼을까? 그 애가 다시 찾아온 것은 2년 후 학교 앞이었다. 하필이면 아이들과 땡땡이를 치던 날이었다. 찢어진 셔츠를 입고 담벽에 기대 서 있던 그 애가 창우를 불렀을 때 창우는 침을 뱉은 후 친구들에게 말했다.

– 미친년이야!

티나는 그길로 창우 집에 갔고, 입양해 간 집 남자가 성폭행을 했다는 사실을 할머니에게 털어놓았으며 그 이후 보호시설로 보내졌다는 것은 나중에 전해 들었다. 그리고 소식이 끊어졌는데 매춘과 마약으로 살다가 '노숙자의 쉼터'에서 생을 마감했다는 것이었다.

인류의 조상은 아프리카에서 태어났다고 했다. 그들이 먹을 것을 찾아 유럽으로, 호주로 가서 토양에 맞는 모습과 피부색으로 변했다던가, 변종한 인간은 그런대로 살아가는데 원초적 모습인 흑인은 계속해서 수난을 당하고 있다. 그 이유는 뭘까?

노숙자 쉼터 앞에 차를 세웠다. 뭔가를 소각하던 강 목사가 잠깐 기다리라면서 안으로 들어갔다. 강 목사는 입양아였다. 미국에서 좋은 신학교를 나와 매릴랜드 대학에 교목을 했다. 스펙이 좋은 그가 무슨 까닭으로 노숙자 보호 사업가로 변신했는지는 알 수 없지만 아침저녁으로 코리아타운을 돌며 노숙자를 찾거나 데려간다는 소문을 교민들은 다 알고 있었다.

"티나가 남긴 것이 이것입니다."

목사가 가져다 준 것은 A4 반절지의 노란 봉투였다. 그 속에는 편지 한 통과 오래 모은 복권 종이와 여권 등이 들어 있었다. 창우는 편지부터 열었다. 상위 오른쪽에 89년 5월이라는 날짜가 적혀 있었다.

[오빠, 미안했어. 정말 미안했어. 오빠에게 보인 내 행동과 수치심들, 그 기억들이 내 몸 전체에 못으로 박혀 있어. 오빠, 난 오빠를 좋아했나 봐. 그래서 더 미안하고 죄스럽고…….]

내용은 그것이 전부였다. 쓰다만 그 편지를 20년이 넘도록 간직하고 다닌 것이었다. 창우는 소각 중인 강 목사 곁으로 다가갔다. 드럼통 안에는 티나의 여름옷가지들이 타고 있었다. 창우는 불길 위에 복권 종이와 여권을 던져 넣고 마지막으로 편지를 올리면서 마음속으로 빌었다.

티나야, 너의 수치심도, 나의 미안함도 함께 가져가거라.

6

닥터 리가 좀 늦어진다고 했다. 그와 가까워진 것은 중학교 2학년 때였다. 형이 그를 소개하면서 이름은 이혁기, 내가 가정교사를 하는 집 아들이다, 덕 볼 일이 많을 테니 잘 사귀어두라고 했다. 공부는 곧잘 하면서 하는 행동은 영 이상해서 싫다고 했을 때 형은 자기와 신분이 다른 친구는 단위가 높아지는 수학과 같으니 풀고 배우도록 하라고 했다. 용하는 친구를 어떻게 수학처럼 푸는지 알 수가 없어 눈이 마주쳐도 고개를 돌렸는데 혁기가 적극적으로 들러붙었다. 그의 관심이 용하가 아닌 용하가 키우는 가축에 있었다는 것은 나중에 알았다. 토끼를 사육할 때였다. 어느 날 그가 와서 토끼 한 쌍을 암수로 분리해 놓으며 말했다.

– 서양 어떤 집에서 토끼를 애완동물로 키웠는데 하도 새끼를 낳아 대서 각방으로 분리시켰단다. 그런데 수컷이 밤새도록 발로 바닥을 치며 암컷한테 보내달라고 시위를 했대. 그래도 내버려둘 작정이었는데 이웃에서 신고를 하는 바람에 합방을 아니 시킬 수가 없었단다. 그러니까 성욕이 강한 토끼 녀석들의 섹스 시간은 얼마나 걸리는지 내가 한번 재봐야겠으니 내일까지만 이대로 두라는 거야, 알았지?

밤새도록 서로 애타게 불렀는지 바닥을 쳤는지는 토끼장이 집 뒤에 있어서 듣지 못했지만, 혁기가 합방을 시켜주었을 때는 정말로 질풍같이 올라탔고 시계를 재던 녀석은 3초! 하고 외쳤다.

고2 때 녀석은 친구들 면전에서 리비도, 인터코스, 벌바, 바자이나, 칸트, 칵크, 스펌이란 말들을 읊어댔다. 영어로 말해서 알아듣는 친구들도 없었다. 한번은 그 용어 해석을 반 친구들에게 팔려던 적도 있었다. 벌바와 바자이나는 10원, 그밖에는 20원이라고 했다. 의사인 아버지의 원서 포르노에서 기껏 훔쳐 왔으나 아무도 흥미를 가지지 않자 그는 멍청한 학생들에게 답을 알려주는 선생처럼 적선을 했다. 새끼들아, 칵크는 니네들 좆대가리란 말이다!

"많이 기다렸지?"

닥터 리가 들어왔다. 얼굴은 상기되었고 입은 조금 벌어져 있었다. 그 입으로 3초! 하던 생각이 나서 피식 웃는데 그는 자리에 앉자마자 '지금 한 남자의 정신 감정을 하고 돌아오는 길'이라고 서두를 펼쳤다.

"정신과 의사들은 출장 감정도 하고 그러는 거야?"

"정신과 의사들이 모여서 공동 진단을 한 거야. 의사회 사무실에서."

"어떤 남잔데?"

"39세의 남자, 할리우드에 사는 배우야. 몸매, 인물 타고났어. 유명세도 좀 있는데 그가 자기 자신을 2백만 달러에 내놨어. 배우자나 연인용으로 말이야. 매수자가 이성이든 동성이든 상관하지 않으며 상대가 원하는 일, 그러니까 사람이 할 수 있는 일은 그게 무엇이든

다 해 줄 수도 있대. 섹스, 놀이, 게임, 진심까지도 연기나 흉내가 아닌 성심과 성의로 말이야. 자기 심장은 진심을 창조하는 특별한 기능도 있다나."

"그게 감정 받을 일이야?"

"더 들어봐. 그 남자, 어느 날 갑자기 현대인들, 그들이 타고 있는 삶의 배가 보이더래. 그 배에는 자기 욕망을 채우고 소모하는 일에 일생을 허비한 사람들이 타고 있었고 자신도 그중 한 명이더라는 거야. 인간의 정신과 생각이 이처럼 한쪽으로만 기울면 인류는 결국 침몰할 거라는, 그런 깨달음이 오더래나? 동기치곤 좀 황당하지 않아?"

"그럼 2백만 달러는 뭐야?"

"그 돈 전액은 기부를 할 거래. 인류의 배가 중심을 잡을 수 있는 일에 투신하는 단체에 말이야."

부시가 북한을 악의 축이라고 몰아세웠을 때, 어느 행동단체가 북한 돕기 모금운동을 했고, 그때 성과가 좋지 않자 한 액티비스트가 자기가 조지 클루니나 브래드 피트였으면 좋겠다, 그러면 많은 펀드를 얻을 수 있고 그 돈이면 북한 어린이 전부를 먹일 수 있을 것이라고 푸념하던 것이 생각났다.

"정신감정 결론은 어떻게 났는데?"

"'진보성 강박장애'로 내려졌어. 자신이 행동해야만 기우는 배를 잡아둘 수 있다, 그런 생각에 쫓기고 있는 거지."

전에 들려준 '양극성 장애' 가 떠올랐다. 왕성한 창의력, 과격한 행동, 보통 사람보다 3배 더 깊게 느껴지는 지독한 외로움, 수치심, 상승과 추락을 동반하는 고급형 정신병……. 반 고흐, 수만, 차이코프스키, 헤밍웨이도 앓았다던 양극성장애와 진보성 강박장애에는 어떤 차이가 있을까?

"한데 그런 증세로도 의사들이 공동회의까지 열고 그래?"

"매수자가 정신감정을 의뢰했거든."

"매수자라니?"

"돈 많은 상속녀야. 정신적인 문제만 없으면 연인 삼아 한 평생 살고 싶다고 우리 협회에 의뢰한 거지."

인생이 수학보다 어려운 것은 패턴대로 다 겪어볼 수 없기 때문이다. 수학은 고난도의 문제라 해도 방법만 알면 풀어낼 수 있지만 인생은 그렇지 못하다. 하지만 의외의 변수는 항상 존재한다. 2백만 불, 그걸 NGO 단체에서 접수한다면……. 용하가 톰 클락을 추천하려는 찰나에 닥터 리가 화두를 돌렸다.

"그래, 날 보자고 한 이유가 뭔가?"

2백만 불은 이 녀석 혼자서 좌지우지할 돈이 아니다. 성사될 확률이 희박한 일은 펼치지 않는 것도 지혜다. 용하는 자세를 가다듬고 자신이 가져온 문제를 열었다.

"자네, 애니멀 섹스엔 마음이 깃들어 있지 않다고 했던 말 기억하나?"

"애니멀 섹스는 한때 내 관심사였지만 섹스에 마음 운운한 기억은 없는데? 한데 그게 왜?"

"인간 섹스에는 마음은 물론 영혼도 깃들어 있다, 치정이며 그리움 등이 그에 속한다, 프로이드가 그걸 증명했고 그래서 자네가 프로이드로 전향했다고."

"아마 이렇게 말했을 걸? 인간은 무의식도 성의식이 지배한다, 모든 행위는 성의식의 반사작용이다, 고로 인간의 성의식은 정신이자 영혼이며 그게 생존의 큰 축(軸)이다."

"그 말이 그 말 아닌가?"

닥터 리가 말을 중단하고 빤히 쳐다보았다. 그 눈길이 핵심이 뭐냐, 그냥 말해보라고 재촉했다.

"동물들 섹스엔 본능밖에 없다면 꿈은 어떤가? 동물들도 꿈에 섹스를 하나?"

라스베가스에서 돌아왔을 때 집안의 모든 불은 꺼져 있었다. 아내가 잠이 든 것 같아 발소리를 죽여 침실로 갔다. 방문 손잡이를 잡으려던 순간 방안에서 이상한 소리가 들려왔다. 아내의 교성이었다. 남자가 있는 모양이었다. 모른 척 집을 나가주어야 한다와, 두 눈으로 확인해야 한다는 생각으로 잠시 갈등하다가 문을 열었다. 어두운 침대 위에서 몸뚱이가 격렬하게 출렁거렸고 뒤이어 절정의 소리가 높아지더니 가장 극점에서 이름을 불렀다. 용하 씨, 아아, 여보. 아내는 꿈속에서 용하 자신과 섹스를 하고 있었다.

"꿈을 꾸는 동물은 있지만 꿈에 섹스를 한다는 보고는 들은 바가 없는데, 용하, 너 어젯밤 몽정했어?"

사람들은 아내가 맑은 영혼을 가졌다고 했다. 사실이다. 성격이 투명해 잡념도 많지가 않다. 언어 선택이 서툴러서 성기를 '자지' 라고 말하는 등 다소 직설적이긴 해도 그녀만큼 괜찮은 여자는 이 세상에 없나. 기운만 있다면 매일 섹스를 해도 절대로 물리지 않을 여성이었다. 그런데 자신에게 문제가 생겼다. 언제부턴가 발기가 되지 않았다. 아내가 눈물겹도록 노력해주어도 그의 성기는 1센티도 일어나지 않았다. 그때 그가 말했다. 난 괜찮아, 정말이야. 아내도 당연히 괜찮을 거라고 생각했다. 60대 여성은 남편의 성 리듬에 적응한다고 믿었다. 그런데 아니었다.

"아내가 잠자면서 섹스 하는 걸 봤어."

"그게 어때서?"

"그 바보는 꿈속에서도 내 이름을 불렀어. 그게 얼마나 비참하던지……."

"자네 혹시 임포인가?"

"난 아내를 사랑해. 그녀는 내 인생이 잡은 단 하나의 행운이야. 내 심장에는 항상 그녀에 대한 사랑과 고마움으로 꽉 차 있어. 내가 만약 그녀 대신 죽거나 생명을 줘야 할 일이 있다면 난 기꺼이……."

"임포, 얼마나 됐어?"

"그런 사람에게, 내 목숨보다 더 소중한 사람에게 내가 해줄 수 있는 게 아무것도 없어. 부부로서 가장 기본적인 일도 말이야."

"쉽게 말해. 비아그라를 원하는 거지?"

"맞아, 최소한의 의무라도 하고 싶어."

"검사부터 하고 와. 건강에 별문제가 없으면 오늘 밤 당장 실전하도록 해 줄 테니까."

닥터 리가 처방전을 쓰더니 그 종이를 구겨버리고 새로 작성했다. AST, PET-CT, HS-CRP 등에 갈매기 표를 넣는 걸 보니 종합 검진서 같았다.

"겁먹지 마, 어디 문제가 없나 확인부터 해보는 게 처방에도 안전해."

"그럼 오늘 거사를 치를 수 없다는 거 아냐?"

"검사, 특급으로 했어. 별문제 없으면 오늘 오후에 약 가져갈 수 있을 거야."

용하는 처방전을 들고 수납으로 갔다.

7

시니어 클럽, 남편이 한국에 가면서 꼭 들러보라던 곳이었다. 인테리어가 특이했다. 벽면을 낀 바와 중앙에 놓인 넓은 원탁, 호텔 로비에서처럼 낮은 탁자와 의자들이 지그재그로 놓여 있었다. 손님들이 많았고 대부분 남자들이었다.

"헤이, 비유티! 여기 미남들 많아요. 이리 오세요!"

원탁 쪽 남자가 불렀다. 일행이 많았다. 나는 입이 한 개야. 여러 사람과 동시에 얘기할 수 없단 말이지. 경숙은 미소로 거절하고 안으로 들어갔다. 빈 테이블 의자에 코트를 걸고 앉자 나이 지긋한 남자 웨이터가 와서 작은 맥주병을 놓아주었다.

"여성분은 무료에요. 맥주만요. 다른 걸 원하면 따로 주문하세요."

"알았어요. 잘 마실게요."

컨트리 싱어 복장을 한 백인이 다가왔다.

"당신, 일본인? 중국인?"

남자가 앞자리에 앉으며 묻자 그녀가 대답했다.

"외계인."

"그럼 당신은 별나라 말을 해요?"

프리 토킹, 질도 내용도 모르면서 선불리 대답한 것 같아 경숙은 그의 복장으로 말머리를 돌렸다.

"여긴 대화를 하는데도 특별한 복장을 해야 하나요?"

"자신이 원하면 그래요. 어떤 배우는 자기가 젊었을 때 출연했던 옷을 입고 오기도 하고, 승마와 사냥할 때 입는 옷, 슈트, 청바지, 제 각각이오."

차림과 대화에 어떤 함수관계가 있느냐고 물어보려다가 그만두었다. 이야기를 할수록 자신의 밑천만 내보일 것 같아서였다. 남자가 물었다.

"난 마티니를 하고 싶은데 숙녀님께서는?"

"대화에 술도 필수인가요?"

"당연한 것 아니오? 지난주에 만난 사람이 한 말인데 나이가 들면 입도 게을러져서 술로 기름질을 쳐주어야 한답디다."

"입이 게을러져요?"

그럼 난 술을 마시지 않아야겠군, 경숙은 행동수칙을 그렇게 정했다. 자신의 입은 너무 부지런해서 탈이니까. 남자가 말했다.

"여기 오면 기발한 말 아주 많이 배워요. 당신처럼 외계 말을 하는 사람들도 있어요. 아직 당신의 외계어는 들어보지 못했지만."

남자가 웨이터에게 술을 주문한 후, 전에 있었던 한 사건을 들려주었다.

"아까 그 웨이터, 이곳 회원이에요. 돌아가면서 웨이터를 해요. 작년에 헐리우드 만년 엑스트라가 술이 취해 옷을 다 벗었는데 웨이터 녀석이 그랬어요. '어르신, 늙은 육신은 추해요, 어서 옷을 입으세요.' 그 뒤부터 젊은 애들을 웨이터로 쓰지 않아요."

한국에서 만들었다는 70대 커플의 섹스 다큐, 그때 언급되던 말들이 떠올랐다. '늙은이 섹스는 자연미가 없다, 몸은 늙어도 마음은 늙지 않는다, 난자 없는 섹스와 본능의 관계가 궁금하다……' 남자가 고개를 바짝 들이밀고 물었다.

"당신은 전천후, 여자는 다 그렇지?"

경숙은 고개를 뒤로 빼고 무슨 말이냐고 되물었다.

"나도 비아그라 없이 세 번 가능한데?"

"그래서요?"

"실험해보고 싶지 않아요?"

뭐야? 아랫도리와 얘기하는 곳이었단 말이야? 남편도 그걸 알고 있었나? 2주 전에 했던 말이 생각났다.

– 닥터 리가 그러던데 오랜 세월 환자만 상대하는 사람은 생기리듬도 함께 시든다더라. 그걸 막아주는 백신이 건강한 타인과 만나는 거래.

– 그래서?

– 맥주 한잔 하자는 동료, 없어? 젊은 사람, 젊은 남자…….

그리고 이곳을 추천했다? 경숙이 백인 남자에게 말했다.

"제 별나라 얘기, 들어보시겠어요?"

경숙은 즉시 이야기를 시작했다. 한국말이었다.

"전 본래 서독으로 갔던 간호사였어요. 쫓기다시피 LA로 왔죠. 공항에서 버스를 탔는데 한국청년이 맨 뒷자리에 앉아 있었어요. 몸은 어른인데 얼굴은 아이 같았어요. 그가 저에게 활짝 웃어주었는데 그처럼 아름다운 미소는 태어나고 처음 보았어요. 제 넋이 당장 비행접시를 탔는데 그런 기분도 생애 처음이었어요. 사실 전 마음에 둔 사람이 있었어요. 예수님이요. 예수는 저에게 신이 아닌, 믿고 의지할 연인이자 오빠, 남편감이었어요. 초등학교 때부터였어요. 교회에서 우유가루를 얻어먹었을 때 그렇게 정했죠. 엄마는 12세에 민며느리로 들어갔고 남편이 된 아버지는 천하에 둘도 없는 폭군이었지만 예수는 모든 사람이 존경하는 세상 최고의 남자, 나에게는 한없이 포근하고 다정한 그런 남자였어요. 혼자 걸을 때, 혹은 뭔가 일이 잘 안 풀릴 때 전 예수에게 트집을 잡았어요. 예수 오빠, 날 이렇게 방관하면 안 되지. 사람들만 보지 말고 날 봐, 학비가 없어 졸업장 받기도 힘들게 생겼단 말이야, 오, 예수, 내 사랑, 내 남자, 우리 엄마 장사를 도와준 거지? 그래서 월사금을 낼 수 있게 한 거지? 고마워. 오늘 밤 내 꿈에 올래? 이 순결한 입술로 1백 번의 키스를 해 줄게. 내 가슴도 보여 줄게. 요즘 1센티쯤 커진 것 같아. 어때, 절로 자라는 내 가슴도 요술이지?

그 청년이 어디까지 가느냐고 물었어요. 제가 말했죠. '전 독일에서 왔어요. 이곳 한인 교회에서 일자리를 잡을 때까지 숙식을 제공해 주기로 했는데 목사가 부친상을 당해 한국에 가고 없대요.' 거기까지 이야기하고 청년을 살펴보았어요. 셔츠 끝이 헤어져 실밥이 나왔고 바짓가랑이는 껑충해 신발과 양말이 보였어요. 신발은 검은 가죽이 허옇도록 헐었고 흰 양말은 누렇게 찌들어 있었어요. 칫, 내가 이런 남자한테 설레었단 말이야? 내가 내 기분한테 사기를 당했군. 제가 눈살을 찌푸리고 물었어요. 공장에 다니세요? 아니오, UCLA 물리학과 박사과정입니다. 박사과정?

공항에서 목사 집에 전화를 걸었을 때 아들이 '아버지가 누나 올

거라고 했다, 집 봐주는 집사님도 계신다, 버스를 타고 오라.' 고 했음에도 전 그런 사실을 살짝 왜곡해버렸어요.

– 목사님이 돌아오실 때까지 전 어디에 있어야할지 모르겠어요…….

그 청년은 제가 한국 사람이라는 사실만으로도 반드시 도와야 한다고 생각했는지 자기 학교로 데려갔어요. 작은 회의실 책상 위에 슬리핑백을 펼쳐주고 나갈 때 제가 달려가 끌어안았죠. 어른 몸에 아이 얼굴을 한 그가 놀라서 어쩔 줄 몰라 했지만, 육탄전으로 들이대는 여자를 이길 재간이 있었겠어요? 문제는 행위 뒤였어요. 처녀막이 터져 슬리핑백을 더럽힌 거예요. 창피했어요. 26세가 되도록 원시 상태였으니 바보로 생각할 수도 있잖아요? 하지만 청년 역시 첫경험이라 당황만 하다가 새벽을 맞았어요. 날이 밝자 저는 화장실에 가서 슬리핑백에 묻은 피를 씻어냈어요. 그걸 말리려고 교정 벤치에 널어놓았을 때 한 학생이 지나가면서 그거 팔 거냐고 물었어요. 그때 제 입에서 나간 말이 뭔지 아세요?

– 미쳤니? 이건 내 거야, 평생 내 거야!

그 청년 이름이 뭐냐구요? 한용하, 35년 함께 살아온 내 남편……."

백인 남자는 이미 떠나고 없었다. 경숙은 코트를 들고 일어나며 마무리 말을 했다.

"그는 한국에 갔어요. 형님이 위독하셔서요."

2부

과거의 너울

I

비행기가 착륙을 시작했다. 심하게 흔들어댄 맥주병처럼 온 몸이 부글거렸고 속력이 안정되자 매스꺼움이 치밀었다. 이륙 때도 그랬는데 전에 없던 이 멀미는 간 속에 있다는 '헤만지오마(hemangioma)' 탓일 것이다. 그날 혁기가 말했다.

– 핏줄이 엉켜서 생기는 일종의 혈관종으로 부위가 커서 수술도 할 수가 없어. 섹스, 포기해. 남은 부분만 잘 다스리면 사는 데는 큰 지장 없어.

용하는 마지막 차례로 비행기에서 내렸다. 인천공항, 처음이었다. 아시아의 허브 운운해서 궁금했는데 과연 넓고 웅장했다. 출구엔 조카가 기다리고 있었다. 얼굴이 둥글둥글해져서 못 알아볼 뻔했다. 유학을 마치고 돌아갈 때는 살이 뼈에 밀려났는데 이젠 살이 광대뼈를 덮고 있으니 교수 생활이 나쁘지 않은 모양이었다.

"차는 지상 주차장에 두었습니다."

출구로 나서면서 조카가 말했다.

"형님은……. "

"기다리고 계십니다."

자신이 올 때까지 살아 있겠다는 말로 들렸다. 조카가 유학 왔을 때 했던 말이 생각났다.

– 아버진 저를 가끔 용하야, 라고 불러요. 키우는 마음으론 작은 아버님이 첫정이라면서요? 그래서 저와 종종 혼동을 하시나 봐요.

차가 주차장을 떠나 요금 정산소로 들어섰다. 주차비가 6400원이었다. 기다린 시간이 길었겠다는 짐작, 그 짐작을 밀치고 받아쓰기를 한 페이퍼처럼 공항로비에서 본 글자부터 차 번호판 숫자까지 차례로 되새겨졌다. 그건 타고난 관성이었고 미국에 가서 중단되었는데 다시 되살아난 것인가? 형의 증상은 더 지독했다. 하루 동안 겪었던 일들이 꿈속에도 반복된다고 했는데 지금은 그 증세에서 해방되었을까? 차가 공항 도로로 빠져나왔다. 저만치 주유소가 보일 때 용하가 물었다.

"형님이 계신 병원은 어디냐?"

"병원이 아니고 피아골 근처 산장에 계십니다."

"피아골이라면 지리산 아니냐?"

미국에서 전화를 받았을 땐 위독하다고 했다. 곧 돌아가실 것 같으니 당장 귀국해달라고 했는데 병원도 아닌 산장, 그것도 피아골?

"피아골은 왜?"

"돌아가시기 전에 작은아버님과 산행을 하고 싶으시다고……."

뭔가 더 설명할 듯하더니 가는 동안 주무시라면서 대화를 중단했다. 임종도 못 볼까 걱정했는데 일단은 안심이었다. 용하는 눈을 감았다. 비행기에서는 수면인대까지 했지만 한잠도 자지 못했는데 이제는 등받이에 기대자마자 잠이 의식을 휘덮었다. 꿈도 없는 지대에서 몇 번 고개 방아를 찧은 것 같았는데 조카가 깨웠다.

"작은아버님, 도착했습니다."

구름정원이란 이름의 산장 앞이었다. 시계를 보니 10시 반이었다. 세 시간 동안 정신없이 잔 모양이다. 조카가 앞서며 말했다.

"아버님도 기다리고 계신답니다."

형은 응접용 의자에 앉아 있었다. 얼굴은 깡말랐지만 눈빛은 살아 있어 마음이 조금 놓였다.

"절 받으세요, 형님."

"늦었다. 내일 일찍 산행을 해야 하니 그만 씻고 누워라."

형이 침대로 가서 먼저 누웠다. 트윈이었고 안쪽 침대였다. 아버지 같은 형에게 절을 생략한다는 것이 도리는 아니었지만 용하는 시키는 대로 세면장으로 갔다.

2

커튼을 젖혀놓기를 잘했다. 어둑새벽이 열리면서 잠든 아우의 얼굴을 비춰주었다. 밤새껏 잘 자더니 아직도 꿈속인 것 같고 꿈도 나쁘지 않은지 평온해보였다. 녀석은 어릴 때도 그랬다. 칭얼거리다가도 자신이 안아주면 금세 잠이 들었다. 어머니가 항상 강조했다. '넌 장남이고, 동생들에겐 부모 맞잡이다.' 라고. 그래서 아버지 흉내를 냈지만 다섯 살 어린 아우에게도 내가 부모 같긴 했을까. 밖에서 아들이 문을 두드렸다.

"아버님, 준비되었습니다."

"조금 있다 출발하자."

산에는 안개가 짙었다. 안내자가 앞서 걸었고 용하가 옆에 붙어섰으며 아들이 뒤에서 따라왔다. 계곡과 바위, 산비탈들이 얇은 솜에 싸인 듯했고 앞서가는 사람들의 옷자락도 안개에 싸여 흐느적거렸다. 저승 가는 길도 이처럼 흐릿할까? 그 길 끝에는 부모님이 계실 것이다. 아버지는 나를 만나주실까?

"안개가 짙습니다만 곧 갠다고 했습니다."

안내인 말꼬리를 잡고 용국이 부탁했다.

"지금 우리가 어디쯤 지나가고 있는지 장소 설명을 해주면 고맙겠네."

안내인이 계곡, 이끼폭포, 출렁다리, 수백 년 묵은 나무 두 그루, 철교 등을 지목했고 출렁다리 초입에서는 머리가 부딪히지 않게 조심하라는 주의를 주기도 했다. 아우가 걱정스레 물었다.

"형님, 괜찮으시겠어요?"

"약 다 챙겨 왔으니 걱정 말아라."

안내인이 이현상 격전지 인내판 앞으로 이끌었다. 두 개의 안내판에는 토벌대에 의해 사살되는 그림이 그려져 있었다. 눈꼬리가 파르르 떨려왔다. 아우에게 그런 모습을 보이고 싶지 않아 용국은 등을 돌렸다.

"이제 의신골로 가지."

의신계곡은 크고 작은 바위들로 울타리를 지어 내려오다가 어느 한 지점에서 지대가 넓어졌다. 몇 년 전에 왔을 때보다 넓어 보였다. 계절상 수풀이 없어서 그럴 것이다. 안내인이 평평한 너덜바위들을 둘러보며 설명했다.

"여기가 남부군 사령부 자리였습니다."

용하를 위해 설명을 부탁했던 것인데 아우가 별 관심을 보이지 않아 아들을 불렀다.

"너, 이현상 아지트를 돌아보고 싶다고 했지? 우린 여기에서 쉬고 있을 테니 안내인과 다녀오너라."

아들이 안내인과 떠난 후 용국은 비탈로 올라가 너덜바위지대를 가리켰다.

"저곳이 사령부 자리였다면 너무도 협소하지 않니?"

"산속이라 그랬겠지요."

"아버지는 저기 사령부에서 기록을 담당했다더라."

짐작하고 있었다는 듯 고개를 끄덕였다.

"아버지가 마지막으로 집에 온 것은 육이오 전쟁이 나던 해 3월이었다. 이현상 부대가 월북을 결정했는데, 그 전에 들르셨던 거다."

"육이오라면 1950년이 아닙니까? 아까 안내판에는 여기서 사살된 해가 53년으로 되어 있던데요?"

"50년 초에 이현상은 부대원 전원을 이끌고 북상을 결행했다. 강원도까지 갔을 때 김일성의 남침 소식을 듣고 낙동강 전투 등에 합류했고, 미군의 인천상륙작전으로 패전하자 다시 이곳으로 돌아온 거지."

캄캄한 밤이었다. 용국이와 여동생은 쌀알이 몇 개 없는 시래기죽을 먹고 엄마는 용하를 안고 젖을 먹일 때 아버지가 문밖에서 큼큼 헛기침을 했다.

– 임자, 날세, 나, 왔구먼.

엄마가 문고리를 걸어 잠그고 악을 썼다.

– 누가 당신 임자요? 이 집에 당신 식구 없으니 썩 나가요!

– 잠깐이면 되네. 아이들만 보고 갈 테니 문 좀 열어주게.

– 헛소리 그만해. 이제 안 속아. 이렇게 찾아와서 맹근 애가 몇이

가? 이 애들 누가 멕여 살려? 어떻키 키워? 자고나면 밥 달라고 아귀처럼 입 쩍쩍 벌리는 저것들, 또 만들자고? 어서 가! 나에겐 서방 같은 건 없으니 다신 오지 말란 말이다!

용하가 놀라 울어대자 아버지가 아이들 얼굴이라도 보게 해 달라, 얼굴만 보고 가겠다고 통사정 했지만 엄마는 문을 열어주지 않았다. 아이가 자지러시게 울어도 엄마는 젖을 물리는 대신 문밖을 향해 바득바득 이빨만 갈았다. 그때 용국은 윗말 성식이 형을 떠올렸다. 자기 할아버지와 엄마가 경찰서에 끌려가 초죽음이 되어 나왔을 때 그 형은 가슴을 치며 후회했다. 산사람이 된 자기 아비가 소를 끌고 갈 때 신고만 했어도 이런 일은 없었을 거라고, 반드시 아비에게 복수하겠다고 입에 거품을 물었다.

바깥이 조용해졌다. 아버지가 떠난 모양이었다. 용국이 방문을 열고 나가보자 아버지는 장독대 뒤에서 뭔가를 묻고 있었다. 용국은 그 길로 곧장 국방경비대로 달려갔다.

– 공비가 우리 집에 있어요! 어서 가서 잡아가세요. 다시는 우리 집에 오지 않게 해 주세요.

경비군들은 총을 챙겨들고 출동했다. 그땐 그런 시대였다. 설령 헛소리라 해도 출동하고 봐야 하는 것이 대통령의 명령이었다. 공비를 소탕하면 특진에 포상을 했고 알고도 묵인하면 감옥소에 보냈다. 토벌대 대장 차일혁은 사살 대신 귀순을 유도했고 남부군 사령관 이현상의 장례를 치러줬다 하여 좌익이란 혐의로 좌천되었다. 그는 독립유공자에 철저한 반공주의자였음에도 명령 대신 자기 소신을 따랐다 하여 공비의 동조자가 된 것이었다. 정부정책에 반대하면 양민들도 공비로 몰렸다. 기억의 흐름이 한 문장에서 멈추었다. 이태의 르포 소설 남부군에서였다.

'지구상 모든 것으로부터 버림받은 채 이루지 못한 아집 속에서 방랑객처럼 산맥을 표류하다 수수께끼 총탄에 쓰러져 간 지상에서 가장 비극적인 혁명가 이현상…….'

이현상은 부농집안에서 태어나 독립운동을 했고, 그로 인해 감옥살이도 했다. 머슴들도 정당한 대접을 받는 세상을 꿈꾸었으나 북에서는 숙청, 남에서는 사살당했다.

'이현상 씨 당신, 김일성의 숙청에 걸리지 않은 것이 차라리 다행이었던 것 알아요?'

이승만은 정적을 몰래 암살했으나 김일성은 공개적으로 처형했고 그것은 친계를 잘라버린 이방원보다 잔인했다. 방원은 모든 가지를 쳐내고 세종 성군을 옹립했지만 김일성은 영화에나 미친 자식새끼 김정일밖에 남긴 게 뭐냐? 아들이 유학에서 돌아와서 얘기해주었지.

– 아버지, 미국에서는 북한 영화와 드라마 맘대로 볼 수 있어요. 20부작 '조선의 별' 은 김일성 영웅 만들기, '이름 없는 영웅' 은 전쟁 직전에 미국, 남북한 스파이들의 활약 극인데요, 미국이 전쟁을 유도했다는, 남침에 대한 변명이었고, '월미도' 는 맥아더가 인천수복작전 때의 얘기였어요……

혹자는 미국이 경제제재를 하지 않았다면 김정일도 자기 나라를 그처럼 가난하게 만들지는 않았을 거라지만 그런 복병도 결국은 자업자득인 것이다.

공비 처형식은 이튿날 아침 학교 운동장에서 있었다. 주민들이 모여 웅성거릴 때 경비대장이 오랏줄에 묶인 아버지를 끌고 와 무릎을 꿇렸다. 사람들은 물러나면서 입속으로 신음소리를 냈다. 경비대장이 공비는 승냥이 같은 존재들이다, 양민을 괴롭히고 곡식과 가축을 훔쳐가는 범죄자들이라 주민들 앞에 공개처형을 한다고 일장연설을 했다. 그리고 아버지에게 최후진술을 시켰다. 아버지는 하늘을 우러러보며 큰 소리로 외쳤다.

– 저는 이 세상에서 참으로 많은 은혜를 입었습니다. 그 은혜를 갚는 것이 소원이었는데 그러지 못하고 떠나는 것을 용서하십시오.

그때 한 노인이 나서서 아버지를 변론했다.

– 은혜는 우리가 입었소이다. 왜놈들이 수로를 만들 때 우리는 모두 부역을 했소. 그러나 수로의 물은 돈을 줘야만 사용할 수가 있었소. 한여름 뙤약볕에 타들어가는 벼 포기를 바라만 보고 있던 어느 날 밤이었소. 이 사람이 타지의 친구들을 불러 모아 곡괭이로 수로를 허물고 타들어가는 우리들 논에 물을 대주었소. 그리고 주재소에 자진출두해서 혼자 한 범행이라고 자백을 했소. 그 일로 이 사람은 감옥에 갔고 부친은 아들 빼내느라 문전옥답의 반은 날려야 했소. 그리고 또…….

– 무슨 헛소리요, 저리 비키시오!

국방경비군이 노인을 밀어내고 총을 겨누었다. 그때 아버지의 눈길이 용국에게 달려왔다. 용국이 얼른 몸을 숨길 때 아버지가 다급하게 외쳤다.

– 아이들은 모두 집으로 돌려보내주시오!

용국이 그곳에서 쫓겨나 집골목으로 들어섰을 때 두 발의 총성을 들었다. 집으로 달려가 방문을 열자 엄마는 치마폭에 얼굴을 묻고 울고 있었다. 그건 기대하던 모습이 아니었다. 까닭을 물어보는 대신 장독대로 가서 아버지가 묻어둔 것을 파보았다. 짚으로 싸서 넣어둔 그것은 창호지로 묶어 만든 책이었고 안에는 암호 같은 기호가 먹물로 적혀 있었다.

"아버지는 장독대 뒤에 암호 책을 묻어두고 집을 떠나셨는데…… 난 그 책을 불태워버렸다."

용국이 말했다. 차마 자신이 고발했다는 말을 할 수 없어 그렇게 마무리 지었다. 용하가 되물었다.

"암호 책이라는 것은 어떻게 아셨어요?"

"첫 장만 훑어보았는데 알 수 없는 글자와 숫자로 표시가 되어 있었다."

"암호와 숫자……."

"그리고 몇 달 후 6 · 25 전쟁이 났다. 우리 마을은 인공치하가 되었고…… 그때 당 간부가 찾아와서 그 책에 대해 물었다. 엄마는 모르는 일이라고 시침을 떼면서도 내용이 궁금했던지 '그게 무슨 책이냐' 고 물어보셨다. 차용명부(借用名簿)라더라. 곡식이나 가축 등을 차용했던 인민들의 이름과 주소를 기록한 것인데 그걸 갚기 위해 장부를 찾으러 왔다는 것이었다. 그때 말이다. 불태우기 전에 훑어보았던 겉장의 내용이 사진처럼 떠올랐다. 맨 앞엔 김(金)이나 이(李)였고 그것은 성이었다. 그 뒤엔 한문 숫자였는데 그건 이름이었다. 한자 숫자를 1에서 10까지 쓰고 숫자아래 반절한글, 가갸거겨를, 11(十一)에서 20(二十)까지 나냐를 붙여서 글자를 만들었던 거다. 이름이 김 가나이면 한문 김(金)에 一 十日을, 만약 김 감나면 一 옆에 ㅁ을 붙여 一ㅁ, 감이 되는 거지. 가축과 곡식 이름도 그런 식으로, 마리와 가마 등 수량은 동그라미 속에 우물 정자로 표시되어 있었다."

"그때 벌써 그걸 해독하셨단 말이죠?"

"아니다, 그건 한참 후에 풀어본 것이다."

당 간부가 왔을 때 엄마가 긴장을 했다. 아들이 아비를 죽게 했다고 추궁을 당할지도 몰랐기 때문이었다. 다행히 간부는 장부 건만 물었고 그때 용국은 장부의 내용이 궁금해 몸살이 날 지경이었다.

"인공치하 때 당 간부만 집에 왔다면 아버진요?"

"그전에 돌아가셨다더라."

그때 마침 아들이 돌아왔다. 용국이 몸을 일으켰다.

"우리도 이만 일어나자."

3

용하가 태어나고 살았던 집은 아파트 숲이 되어 있었다. 형이 아파트 내 정자에 앉아서 여기가 우리가 살던 집터였다고 알려주었다. 아파트 건축이 시작될 때 와서 확인해두었던 것 같다. 헛간과 변소, 장독대, 장부를 묻던 곳까지 지목한 뒤 벤치 아래로 발을 쓱 밀어 넣으며 말했다.

"여기가 절구가 놓였던 자리다. 기억나니? 우리가 나락이나 밀, 보리 이삭을 주워 와서 절구에 넣고 찧곤 했잖니?"

형과 자주 이삭을 주웠고 자신이 가장 좋아했던 것은 밀이었다. 보리나 벼는 먼저 먹을 수 없었지만 밀은 여물기만 하면 손바닥으로 비벼 껍질을 벗겨낼 수가 있었다. 엄마가 채독으로 앓아누웠을 때 형은 남의 집 풋보리를 몰래 베어 와서 절구에 찧었다. 주인이 찾아와서 고래고래 소리를 지르자 엄마가 방문을 열고 누렇게 뜬 얼굴로 '에미가 아파서 죽을까봐 자식이 음식공양을 하겠다는데 어느 돌쌍놈이 지랄이야!' 라고 악을 썼다. 인공이 떠나고 이승만 시대가 되어 노골적으로 핍박을 당했을 때도 엄마는 더운 입김을 푹푹 날리며 죽이라고 대들었다고 했다. 그럼에도 무탈했던 것은 인공 때 경찰이나 토벌대의 일을 발고하지 않았던 것, 그리고 엄마가 공공연히 떠들어댄, 자신은 양반자손이라는 것, 그걸 입증한 한문 실력이었다.

형은 세 살 때부터 엄마에게 한문을 배워 어린 입으로 천자문을 줄줄이 외워 어른들을 감탄케 했다. 전쟁 후 민심만 흉흉할 때 엄마는 어른들이 모여 있는 곳으로 형을 보내 동몽선습을 외우라고 했다. 세상이 요망스럽고 어지러운 것은 임금, 신하, 어버이, 자식, 남편, 아내 모두가 마땅히 지켜야 할 제 도리를 망각해서이다, 임금이 신하를 사랑하면 신하는 그 임금을 진심으로 공경하게 되어 있고, 어버이가 자식에 대한 책임을 다 할 때 자식의 마음에 효도가 우러난다고, 삼강오륜을 끌어와 기를 죽이거나 엄마가 번안한 문장으로 양심을 찔러댔으니 사람들은 헛기침을 하며 돌아섰거나 천재라고 치켜세우며 다시 외워보라고 부추기곤 했다. 한 번 보거나 배운 것은 그대로 기억해내는 이상한 능력은 엄마로부터 물려받은 것인데…….

용하는 가슴을 움켜잡았다. 모친의 죽음을 생각하자 숨구멍이 조여왔기 때문이었다. '엄마, 제가 장례식에 오지 못한 이유 아시죠? 형님이 알려주지 않았어요. 그땐 저에게 영주권이 없었거든요. 귀국하면 미국으로 돌아갈 수 없으니까 연락하지 않았던 거예요. 하지만 약속했어요. 그렇게 중대한 사실을 어떻게 1년 가까이 숨길 수 있었냐구요. 엄마도 형님 생각에 동조하셨던 거죠? 그래서 제 꿈에서도 현몽해주지 않으셨죠?'

"저긴 아마 네 토끼장 자리였을 거다."

토끼장은 집 뒤 자갈밭에 있었다. 주민들이 밭의 자갈이나 돌을 추려서 내다버린 곳으로 족히 20평은 되었고 용하는 그 돌들로 경계 담을 쌓고 안에 토끼장을 만들었다. 혁기가 3초! 하고 외치던 곳도 거기였다.

"혁기한텐 형님 이야기하지 않았어요. 걱정할 것 같아서요."

"잘했다."

형이 왜 혁기의 가정교사가 되었는지 궁금했다. 학교에 들어간 뒤로 형은 1등을 놓친 적이 없었다. 고등학교 때는 도내에서도 1등이어서 가정교사로 데려가려 했던 집이 여럿이었다.

"형님, 도지사 집에서 형님을 찾아왔던 기억이 납니다. 자기 아들 과외를 맡아 달라구요. 어머니는 형님이 도지사 집에 갈 것이라면서 속옷까지 새로 지으셨는데 형님은 혁기네로 가셨어요. 그런 선택을 하시게 된 특별한 이유가 있었어요?"

"특별한 이유? 있지. 혁기 조부가 일제 때 귀족이었잖냐. 부친은 일본에서 의사공부를 했고, 아무도 흠집 낼 수 없는 탄탄한 부자였으니 매혹적이지 않았겠니?"

"그게 아니었잖아요?"

"사람은 나이만큼 판단하고 행동한다. 70도 넘은 내가 10대에 한 선택을 어떻게 기억하겠니?"

"형님은 저에게 항상 넌 유학을 가야한다고 말씀하셨어요. 연좌제에서 벗어나게 하려구요. 유학보증을 위해서라면 도지사가 더 유리했잖아요. 그럼에도 혁기네를 선택하셨는데 그 까닭이 저 때문이었지요? 저에게 뒷배가 든든한 친구 하나 만들어 주려구요."

"도지사라면 큰 벼슬이잖니? 난 벼슬하는 사람들이 무서웠다."

형은 잠시 허공을 보더니 그만 몸을 일으켰다.

"일어서거라, 가볼 데가 있다."

형은 자기가 만든 버킷리스트에 쫓기고 있는 듯했다. 온천에라도 가서 하루쯤 쉬자고 할 줄 알았는데 아침먹자마자 이곳으로 왔다. 용하가 물었다.

"다음 행선지가 어딘지 궁금한데요?"

"소나무 산이다. 우리가 송기를 벗기던 곳."

5분도 지나지 않았는데 차가 세워졌다. 산 아래였다. 초입부터 제법 굵은 나무들이 줄줄이 서 있었다. 자신이 어릴 때는 민둥산이었다. 통일협회를 이끌었던 남궁박사의 말이 생각났다. 누군가 북한의 산이 헐벗었다고 했을 때 박사는 '남과 북은 엎치락뒤치락 레슬링 게임을 하는 것과도 같다.' 고 했다. 박정희가 국립극장을 세운 것은 밀사로 다녀온 이후락이 북에는 인민극장이 어마어마하더라고 하자 그 말에 열 받아서 지은 것이라 했다. 그때는 북한의 경제가 확실히 앞서 있었고 산이 기름이 졌는데 지금은 반대가 되었다. 소련연방이 해체된 이후 북한이 다시 우위로 갈 기회는 아주 사라지고 머잖아 중국의 동북공정의 앞잡이가 될 것이라는 진단에서 용하의 생각은 항상 갈피를 잃곤 했다.

"넌 송기를 씹으면서 껌을 만들겠다고 했지."

산 중턱에 오르자 형이 말했다.

"제가 양식을 많이 축내곤 했지요."

소나무의 하얀 속껍질은 쑥과 같이 보조 양식이었다. 겨울에는 무밥이나 시래기죽, 봄에는 송기 떡, 밥, 죽을, 보릿고개 때는 쑥이 양식의 반이었는데 그렇게 구한 것들을 용하는 늘 먼저 먹겠다고 떼를 썼다.

"여기 좀 앉자."

자리를 잡으면서 형이 산 아래, 제약회사 건물이 있는 쪽을 가리켰다.

"저 자리에 논과 밭이 있었는데 기억나니?"

"예, 곡식 이삭을 줍던 곳도 저쯤에 있었지요."

"지금 우리가 앉은 이 자리도 아마 그때 그 자리쯤일 것이다."

"그때 그 자리라니요?"

"아버지 욕을 했던 곳 말이다."

송기를 벗기고 내려오다가 형이 '아부지, 니는 개새끼다! 우리를 배곯게 하는 원수다!' 하고 선창하면 용하가 따라 외쳤다. 용하의 입에서 나가는 말은 욕이었지만 그것이 전달되는 뇌와 가슴은 그리움이었고 그 마음이 깊어져 항수가 되었다. 아이들 입에서 개새끼, 원수란 말만 나와도 느닷없이 아버지가 그리워졌고 맥아더나 김일성 둘 다 좋았던 것도 그들을 원수(元帥, 元首)라 칭했기 때문이었다.

"형님, 공일마다 박 첨지 댁 소를 먹였을 때가 생각나네요."

"종일 소를 먹여주고 감자 다섯 개를 얻어먹었지."

"저기 저쯤에 수박밭이 있었어요. 저녁 무렵 소를 끌고 돌아올 때 제가 수박 따먹겠다고 떼를 썼던 일 기억나세요?"

해는 저물었고 지나가는 사람도 없었다. 용하가 수박이 먹고 싶다고 밭둑에 주저앉자 형이 사방을 살펴본 뒤 '여기도 수박이 있다'면서 바지를 내리고 엉덩이를 보여주었다. 비쩍 마른 엉덩이가 어떻게 수박으로 변하는지 보려고 눈에 힘을 주고 있을 때 형이 용하 손을 잡아끌고 소와 함께 내달렸다.

"글쎄, 그런 일도 있었나?"

"형님은 절 위해 무엇이든 해주셨지요. 어릴 땐 새도 잡아주고, 참외서리도 해주고……. 아버지 대행하시느라 힘드셨죠?"

"혼란스럽던 소년기였다. 네가 없었다면 난 아마 온전하게 성장하지 못했을 것이다. 넌 내 버팀목이었어. 내가 중심을 잡을 수 있도록 해 준……. 돌아보면 내가 가장 순수한 사랑을 했던 때는 그때뿐이었던 것 같다. 자식만 해도 기대치가 있잖니. 실망할 때도 많고. 하지만 너에게선 그런 걸 느껴본 적이 없었다. 물론 내 사랑 방법이 너에게 해가 되기도 했을 테지만."

"해라니요?"

"아버지를 미워하게 만든 것……."

"전 아버지를 미워하지 않았어요. 아버지를 욕하게 한 것도 형님의 사랑 방법이라고 생각했어요."

"같은 형제인데도 아버지에 대한 해석이 이토록 다르다니……. 너 그거 아니? 우리 3남매는 모두 산사람 자식이었다는 것……."

"아버지가 산사람이었으니 당연하지요."

"내 말은 산에 숨어 지내던 아버지가 한 번씩 내려와서 우리 3남매를 만들었다는 뜻이다."

"그랬어요? 하지만 형님은 해방둥이잖아요?"

"일제 때도 지리산으로 숨어든 사람들이 많았다. 징병이나 학병 지원령을 피해서 말이다."

"그랬군요. 지리산 태동은 여순반란사건 때부터인 줄 알았는데……."

"숙소에 가자, 너에게 보여줄 게 있다."

호텔에 도착하자마자 형님은 가방을 열고 속주머니에 끼워둔 봉투를 꺼내 용하에게 내밀었다.

"어머니가 불태우기 전에 읽은 내용이다. 수기 형식인 걸 보면 해방 후 출판하려고 썼던 것 같다."

"출판이요?"

"해방 후엔 정신대며 징집, 학병에 대한 수기가 여러 권 출판되었다만, 아버지 글이 활자화된 건 찾지 못했다. 아마도 써 놓고 발표하지 않은 것 같다."

봉투 속에는 여러 장의 편지지가 들어 있었다. 글씨체가 눈에 익었다.

"아버님의 필체가 형님과 똑같습니다."

"읽은 것들을 기억해서 내가 다시 옮긴 것이다."

그리고 형이 어디 좀 다녀오겠다면서 밖으로 나갔다. 용하는 편지지를 가슴으로 가져갔다. 아버지의 숨결과 만나는 첫 순간이었다. 심장이 들뛰면서 알 수 없는 두려움도 밀려왔다. 일제강점기 때 얘기다. 형도 태어나기 전인데 두려워할 일이 아니다. 용하는 숨을 크게 내쉰 뒤 편지지를 펼쳤다.

대학생 강제 1차 지원령이 내려진 것은 1943년 10월, 2차가 그해 12월 20일이었다. 고이소(小磯) 총독은 '너희들이 지원하는 길은 장차 조선의 백년대계를 돕는 일'이라고 부추겼다. 우리나라 저명인사들은 천왕폐하에게 몸 바쳐 일등 신민이 되자고 일본까지 가서 선동강연을 했으며 고향으로 가거나 도피 학생들은 중도에서 헌병이나 형사에게 체포되었다. 지방학생들은 그쪽 형사들이 찾아와 강제연행을 하거나 집에 없으면 부친을 앞세워 하숙이나 자취방으로 와서 잡아갔다.

겨울방학 전이었다. 친구들이 모여 학병 기피와 은신처에 대해 의논하고 있을 때 부친이 왔다. 부친은 함께 갈 곳이 있으니 서울살이를 정리하고 따라나서라고 했다. 옥천 근처 마당이 넓은 초가집이었고 그 집 규수와 내일 아침 혼례를 치른다고 했다. 신부는 몰락

한 선비집 여식인데 정신대 동원령 때문에 결혼을 서둘렀고 나 또한 피해 있어야 할 처지이니 혼례를 치르고 여기서 눌러 지내라고 했다. 혼례는 집안의 뜻이니 거절할 수 없다 해도 머물러 있을 수는 없어 부친과 신부에게 사정을 말했다. 식이 끝나면 신부를 본가로 데려가라고 당부한 뒤 밤에 덕유산 은신골을 향해 길을 떠났다. 무학 대사께서 가신들의 모함에 걸려 피신해 있었다는 곳으로 첩첩산중이었다. 하늘도 보이지 않는 숲길을 따라 한나절 올라갔을 때 앞쪽에서 돌멩이 하나가 날아왔다. 박 군이 숨어 있다 돌을 던진 것이었다.

"가봐야 소용없어. 순검과 경방 단원들이 은신처를 불질러버렸어."

자신들과 같은 처지의 징용이나 학병 20여 명이 숨어살았는데 정보가 새 나갔다, 동류들은 미리 그 소식을 알고 모두 지리산으로 피했다, 지리산에는 징용 · 징병을 거부한 청년들이 골마다 수백 명씩 모여 집단생활을 한다고 했다.

지리산으로 피신해온 나의 동류는 징용기피자와 학우 등 17명으로 피아골에 산막을 짓고 집단생활을 시작했다. 당면문제는 식량해결이었다. 엽총 석 자루를 구해 노루와 산돼지를 잡거나 무, 감자, 칡뿌리, 도토리, 까치발로 식량대용을 했고 그런 사이에도 식구는 자꾸 늘어나 73명이 되었다. 같은 이유로 모인 청년들은 같은 미래를 생각한다. 우린 광명당(光明黨)을 조직하고 목표를 세웠다.

첫째 일본전쟁을 방해하기 위해 후방 교란작전을 펼 것, 둘째 당원을 훈련하여 연합군 조선 상륙시 그들을 도와 일본군을 몰아낼 제반태세를 갖추자는 것 등등이었다.

그날부터 식량을 구하는 일 외엔 모두 군사훈련을 했고 무기는 주재소를 습격해 총 6자루를 보유했으며 염초, 황, 제렵 등을 구해 화약도 제조했다.

단파 라디오에서 일본군이 태평양전쟁에서 전멸하고 있다는 방송을 듣고 느긋하게 잠을 잔 다음날 이른 아침 무장경관들과 소집된 주민들 5백여 명이 지리산을 포위 공격해왔다. 우리는 각 골짜기마다 연통을 넣어 반대편 산으로 도주를 했고 이때 우리 동류 73명은 괘관산(掛冠山) 숯막에서 만날 것을 약속하고 각자의 길로 뿔뿔이 흩어졌다.

사족 : 읽은 것은 여기까지다. 사건 위주라 빼먹은 것들이 있을 것이다. 뒷이야기는 아버지가 지리산 해산 뒤 집에 온 듯하고 어머니는 아버지의 당부대로 시가에 와서 남편을 기다리고 있었으며 이때 내가 잉태된 것 같다.

용하는 편지를 접어 봉투에 넣었다. 형이 이런 기록을 기억해서 다시 써 놓았다는 것은 아버지를 사랑했다는 증거다. 그는 문을 열고 나가 조카를 불렀다. 어서 형을 찾아 얼굴을 보고 싶었다. 언어처럼, 글처럼 표정 구석구석을 기억으로 새겨두고 싶었다.

4

택시를 탔다. 두 시간 반이면 도착할 수 있을 것이다. 나흘 만에 갖는 혼자만의 시간이다. 아우의 얼굴은 여태도 소년 같았다. 주름에서조차도 나이가 스며 있지 않았다. 누군가가 그랬다. 아우의 내면은 돌돌거리며 흐르는 맑은 시냇물 같아 속이 다 들여다보인다고. 생각에 잡티도 없는 천성은 어디서 온 것일까, 아버지가 그랬던 것일까. 내가 아버지를 죽게 했다는 사실을 알게 되면 유리알처럼 맑은 심성이 산산조각이 나지 않을까. 박사조차 포기하고 겨레운동을 한다고 했을 때 많이 울었던 것은 아우가 아버지를 닮았다는 것, 키우고 거둔 것은 자신이었는데 어찌 밥 한 술도 먹여주지 않은 아버지를 닮을 수 있냐, 그것이 너무도 서운했기 때문이었다.

라디오에서 일본 교과서 왜곡에 대해 성토하듯 대담을 하고 있다. 역사왜곡을 가지지 않는 국가나 민족은 세계사에서도 존재하지 않았다. 999번이나 침략을 당한 우리나라에도 세상에서 최고의 국가를 가진 적이 있노라고 열심히 왜곡하는 사람들이 있다. 주류 사학자들이 헛소리라고 무시를 하면 그들이야말로 식민사관 하수인들이라고 반박을 했다.

박 대통령 서거 직후 국사교사들이 발족한 '역사 진실 찾기' 취지도 그것이었다. 식민사관에서 벗어나자, 진실한 민족역사를 찾자, 우리는 우리 아이들에게 식민이 아닌 민족사관을 가르쳐야 할 책임이 있다고, 도내 중고등학교 역사교사들이 회동을 했고 첫 번째 의제가 정치권력에 매몰된 역사 찾기였다. 회장이 서두 선언을 했다.

– 과학은 실험을 반복할 수 있지만 역사는 리허설조차 없고 그마저 진흙에 묻히거나 드러난다 해도 왜곡되었거나 껍데기뿐일 때가 많습니다. 그럼에도 우리는 껍데기가 진실이다, 숭배하라는 교육을 받아왔고 그런 서싯을 제사들에게 전수해왔습니다. 민족 반역자가 지도자로 숭배를 받아 온 까닭도 거짓 전수에 대한 결과입니다. 이제 우리는 정치 권력자들이 묻어버린 진실을 낱낱이 파헤치는 '역사 부검의(剖檢醫)' 들이 되어…….

첫 대상자는 박정희 대통령이었다. 용국은 고등학교에 다닐 때의 국사시간을 상기했다. 한 학생이 박정희 대통령께서는 여순반란사건의 주모자이셨다는데 어떻게 반공을 국시의 제일의(第一義)로 하는 대통령이 되었느냐고 물었고 선생은 남로당 소탕을 위해 위장당원 노릇을 한 것이라고 대답했다. 대통령께서 '빨갱이들 색출을 위해 위장당원' 까지 했다면 자신이 아버지를 죽게 한 것에도 충분한 정당성이 있고 그런 연유로 자기 또한 국사선생까지 되었던 것인데, 발표자는 '위장당원으로 혁혁한 공을 세운 상세한 내역' 대신 변신의 변신을 거듭한 찬란한 이력, '대통령의 일본 이름은 다카키 마사오, 오카모토 미노루 두 개였다' 는 것으로 시작했다.

그럼에도 용국은 '일제 때 일본이름 아니 가진 사람 몇이나 되느냐' 고 반론을 위한 메모를 했고 군관학교에 입학할 때 '일사봉공'

즉 죽음으로 충성하겠다는 혈서를 천왕에게 바쳤다는 것에서는 어떻게 판단해야 할지 잠시 아득했다.

– 그리고 해방이 되었습니다. 해방은 미국이 던져준 떡이었다면 떡을 가로챈 것은 친일파였고 국민에게 돌아온 것은 흙 묻은 고물이었습니다. 친일파들은 제2의 전성기로 자본이라는 방석에 앉아 단단한 세력을 구축했고 군부 또한 일본군관 출신들이 장악했으며 이때 박 전 대통령께서도 국군 장교로 편입하는 한편 남로당 군사총책으로 여순 사건에 가담합니다.

여순사건이란 대목에서 용국은 메모할 준비를 했다.

– 여순사건 당시, 자신의 실체가 발각되자 박통은 남로당 조직망과 조직원 3백여 명의 명단을 넘겨주었고 그 대가로 본인은 구명이 되었습니다.

용국은 '그분께서는 애초 남로당 정보를 캐내려고 위장당원이 되었던 것입니다' 라고 갈겨썼다가 박박 지웠다.

– 6 · 25 전쟁이 나면서 그분의 좌익경력이 문제되어 다시 해임되었고 이때 같은 군관 출신 장도영 장군이 신분을 보장, 구명을 해줍니다. 그리고 11년 후 군사쿠데타를 일으킵니다. 이중에서도 그때의 상황을 기억하는 분들이 계실 것입니다. 전국의 벽을 도배했던 혁명공약 아래는 혁명의장 이름이 장도영으로 되어 있었습니다. 하지만 얼마 후 그는 실각되고 박정희 소장이 전면으로 나섰습니다. 장도영 장군이 이용과 배신을 당한 뒷이야기 등은 기회 있을 때 다시 하도

록 하고 오늘은 이것으로 마치겠습니다.

– 다음은 박 선생 차례입니다. 미국 극비 문서에서 찾았다고 합니다. 어떤 내용인지 한번 들어보지요.

박 선생은 용국과 같은 학교 중등부 교사였다.

– 제가 밝힐 것은 프레이저 보고서입니다. 미국에 있는 사촌 형이 찾아서 보내준 것을 제가 요약 정리했습니다.

박 선생이 필사본을 들고 읽기 시작했다.

– 한국 경제개발은 애초 케네디의 계획이었다. 그가 대통령이 된 당시엔 세계 많은 국가들이 속속 소련으로 복속되고 있었다. 공산권 힘이 거대해지고 있었던 것이다. 한반도를 살펴보니 남한은 가난이라는 전염병이 창궐하고 있었다. 같은 전쟁을 치른 북한은 전쟁피해를 3년 만에 복구한 것은 물론 소련의 경제 원조를 받아 천리마 운동 등으로 세계 경제성장을 50위로 끌어올린 반면 남한은 100등도 아닌 101위에 걸쳐져 있었다. 소련보다 더 많은 원조를 해주었는데도 이승만 등 부패 세력들이 다 먹어치우고 국민에겐 가난이란 찌꺼기만 남겨준 결과였다. 미국으로선 참을 수 없는 상황이었다.

박 선생은 낭독을 멈추고 장내를 돌아보더니 사견을 덧붙여 말했다.

– 여러분, 미국한테 대한민국은 어떤 존재일까요? 미국은 애초 우리나라를 일본의 안보를 위한 앞마당으로 설정했던 것입니다. 미국은 전쟁까지 치르면서 앞마당을 지켜왔는데 이제는 경제라는 변

수로 남한이 먹히게 생긴 것입니다. 다급해진 케네디는 장면(張勉) 총리를 불러 들였습니다. 그는 장면에게 경제재발 프로그램과 원조를 주어 경제를 살릴 것을 지시했고 장면이 그 사업을 시작했을 때 박정희가 쿠데타를 일으켰던 것입니다.

용국은 경제개발은 박대통령이 창시자, 라고 써둔 것을 슬며시 지웠다.

– 미국은 즉시 박정희에 대한 조사를 했습니다. 그는 특급 친일파에서 국군, 군인으로서 남로당 비밀당원까지 되었고 그 사실이 들통 나자 자신이 알고 있는 모든 기밀을 넘겨버린 위기 모면의 명수였고, 이에 대해 미국 관료들은 그를 지칭해 스네이크 박(Snake park)이라고 불렀습니다.

용국은 그만 토론장을 떠나고 싶었지만 이미 그럴 수도 없었다.

– 미국이 자신의 남로당 과거를 문제 삼는다는 것을 알아챈 박통은 쿠데타 50일 만에 반공법을 선포했습니다. 자신은 공산주의와 손을 끊었다는 메시지였던 것이지요. 그리고 우방국 권력자들을 만나기 위해 일본과 미국을 순방했습니다.

사회자가 끼어들었다.

– 일본에서는 일본군 시절 상사였던 나구로 장군부터 만났다지요?

– 예, 나구로를 만나서 '자기를 이렇게 키워주셔서 감사하다' 고 말했습니다. 그뿐만이 아닙니다. 만찬 자리에서 그는 자신이 혁명을

할 때 명치유신을 떠올렸다고도 했습니다. 당시 일본 극우들은 이토 히로부미의 길을 따라 한국을 경제식민지로 삼겠다고 기회를 엿보고 있었습니다. 그런 때에 한국을 집어삼킨 박정희가 스스로 와서 자기네들에게 무한한 존경심을 토로했으니 이는 경제식민지 길을 열어주겠다는 뜻 아니고 무엇이겠습니까. 일본은 박정희에게 후원 겸, 경제원조금으로 6천6백만 달러를 제공했습니다. 일본에서 엄청난 성과를 거둔 뒤 박정희는 미국으로 갔습니다. 이제 미국은 박정희를 마다고 할 이유가 없었습니다. 반공을 국시로 선언했고, 자기들이 보호해야 할 일본과 미리 손을 잡았고 미국의 국익까지 챙겨주겠다고 스스로 온 것입니다. 일단 미국은 환영을 했고 채찍과 당근이라는 신식민지 지배방식으로 박정희를 다스리기로 결정했습니다.

박 선생은 장내를 찬찬히 돌아보며 뒤를 이었다.

– 그리고 63년, 쿠데타 2년 만에 대통령에 출마를 했습니다. 이 출마에서 박통은 위기 모면의 명수에서 연금술사로 거듭납니다.

– 연금술사라니요?

– 윤보선 후보가 과거 남로당 전력을 문제 삼자 박통은 기다렸다는 듯 반박합니다. '이때 발언을 추려보면 1. 오늘날 많은 지식인들의 진보적 발언을 야당인사들이 어떻게 메카시즘 수법으로 탄압해 왔는지 국민들은 똑똑히 알고 있을 것이다. 2. 나를 메카시즘으로 달달볶아 새빨간 빨갱이로 몰려는 수법이다. 3. 나는 사대주의 민주주의가 아닌 민족적 민주주의를 실현하고자 하는 진보…….

– 연금술사? 걸맞은 표현입니다. 남로당 일까지도 죽음의 문턱까지 갔다 온 사상가로 포장했고 그게 먹혀들었으니까요.

– 저는 그게 늘 궁금했습니다. 반공을 국시로 내세운 사람이 어떻게 죽음의 문턱까지 갔다 온 진보적 사상가로 둔갑했고, 그게 유권자에게 먹혀들어 당선까지 했는지 말입니다.

– 제주 4 · 3, 여순 반란, 거창양민학살, 보도연맹 등 좌익이란 명목으로 희생된 자가 25만에서 45만이라고 합니다. 거기에 전쟁, 그로 인한 색깔론, 월북, 연좌제에 시달려오던 피해자들의 지지를 얻어 당선이 된 것이지요. 하지만 그 이후 어떻게 되었습니까? 당선되자마자 극우 반공시대, 연좌제 강화를 시행했습니다. 얼마나 아이러니입니까? 표를 찍어준 사람들에게 더 강한 족쇄를 채워주고 말았으니 말입니다.

다음 발표자는 여학교 교사 오 선생이었다. 최연소에다 성격이 잔잔해서 순화되어 있을 거라고 생각했는데 그의 발언 내용은 더 충격적이었다.

– 굴욕적인 한일협정, 동백림 사건, 월남전 용병 파견 등에는 발언자가 계신다니 저는 유신에 대해서만 말씀드리겠습니다.

72년 7월 4일 오후 '남북공동성명서' 란 대문짝만한 글자가 찍힌 호외가 전국에 뿌려졌습니다. 자주, 평화, 민족대단결이라는 글씨 아래 1. 통일은 외세에 의존하거나 간섭을 받지 않고 자주적으로 해결한다. 2. 통일은 무력행사에 의존하지 않고 평화적으로 실현한다. 3.

사상 이념 제도의 차이를 초월하여 우선 하나의 민족으로 대단결을 도모한다…….

강 선생이 갑자기 끼어들었다.

– 그날 우리 부친은 이제 고향으로 돌아갈 수 있다고 춤을 추셨습니다. 머잖아 만나게 될 누이와 어머니를 위한 선물을 준비하기도 했는데 그 또한 희대의 사기였단 말입니다!

– 성명서가 발표되자 국민들은 열광했습니다. 다시는 동족이 전쟁을 하는 일이 없을 거라고, 가족을 만나러 북한에 갈 날도 머지 않았다고……. 그런데 석 달 후 유신, 독재를 강화하는 전대미문의 유신조치를 선포했고 12월 27일 종신 대통령으로 취임했으며 그날, 바로 같은 날 김일성은 초헌법적 지위를 부여하는 절대 권력자, 국가 주석이 되었습니다.

코너에 앉은 선생이 물었다.

– 그러니까 남북공동성명은 분단국 두 독재자들이 미리 짜두었던 각본이었단 말입니까?

– 저는 그렇다고 생각합니다. 김대중과 근소한 표 차이로 당선이 된 것에 대해 위협을 느낀 박통은 이후락을 북한에 보냈고, 그 밀명은 서로의 체제를 강화 구축하는 것이었으며 김일성도 동조를 했기에 '남북공동성명' 이라는, 아주 그럴듯한 각본이 나왔다는 것입니다. 그리고 같은 날 종신대통령이나 국가주석으로 등극하지 않습니까?

사회자가 끼어들었다.

– 그리고 김대중 제거 작전을 펼쳤지요? 그에 대한 구체적인 설명을 부탁합니다.

– 유신으로 영구집권, 입법부의 국정감사권 폐지, 노동3권 제약, 국회해산권, 사회안전법으로 반대 세력 비판을 원천봉쇄했음에도 잡음이 가라앉지 않자 김대중 제거를 계획했습니다. 그때 일본에 나가 있던 김대중은 지인을 만나려고 그랜드 팰리스 호텔로 갔고 거기서 한국정보기관 요원 5명에 납치되어 중앙정보부 공작선 용금호에 태워졌습니다. 애초 시나리오는 호텔 객실에서 살해, 유류품과 피는 하수구에 버리고 육신은 가방에 넣어 용금호에 싣고 바다에 버린다는 것이었습니다만…….

이때 객석에 앉아 있던 한 선생이 일어났다.

– 제가 그에 대해 상세한 얘길 하고 싶은데 발언할 수 있을까요?

사회자가 참석자들의 의견을 물은 뒤 발언권을 주었다.

– 일본에서 민족시보를 발행하는 정경모 씨가 사무실 근처에서 점심식사를 하고 있을 때 김대중 선생 납치 소식을 들었습니다. 정경모 씨는 수저를 놓고 당장 팰리스 호텔로 달려갔습니다. 22층 현장에는 경찰관들이 지문 채취 등 현장검증을 하고 있었고 포르말린 냄새도 코를 찔렀습니다. 정경모 씨는 임창영 선생이 미국에서 김대중 선생을 만나러 와 있다는 사실을 상기하고 곧장 그분이 투숙한 신주쿠에 있는 게이오플라자 호텔로 달려갔습니다. 두 분이서 머리

를 맞대고 짜낸 구출작전은 키신저를 움직여야 한다는 것이었고 접근 루트는 릴레이 방식이었습니다. 두 분이 먼저 태프트 대학에 있는 헨더슨 교수에게 급보를 전하면 그 교수는 하버드대학 제롬 코헨 교수에게 전하고, 코헨 교수는 전 주일대사 라이샤워 씨에게 전한다면 라이샤워는 키신저에게 보고하게 된다는 것이었습니다. 두 분의 작선은 2백 프로 성공이었습니다. 헨더슨 교수에게 전화를 건 것이 일본 시간으로 오후 4시였는데 오후 6시에 벌써 미군 헬리콥터가 공작선 용금호를 제압하고 김대중 선생을 구출한 것이었습니다. 바다에 던져지기 직전에 말입니다.

– 한 선생은 그런 얘길 어디서 들었습니까?

– 그날 제가 정경모 선생과 점심을 함께 했습니다. 그래서 종일 동행하게 되었고, 직접 목격했던 것이지요.

– 임창영 선생은 누굽니까?

– 장면 정권 때 유엔 대사를 지내신 분입니다. 일생을 거의 미국에서 사셔서 영어가 미국인보다 더 유창합니다.

다음 차례는 육 여사 시해사건이었는데 발표자가 어느 학교 선생이었는지 이름을 잊었다.

– 먼저 밝혀둘 것은 제 사촌이 방송국에 있고 그에게 부탁해서 74년 광복절 날 TV 필름을 볼 수 있었습니다. 몇 부분이 잘려나갔지만 그래도 정황은 파악할 수 있었고, 당시 신문기사까지 종합해서 재구성한 것입니다.

– 전 그 사건이 의문이었는데 가능하면 상세히 좀 밝혀주세요.

– 지금으로부터 6년 전 광복절행사 때에 영부인이 돌아가셨습니다. 이날 행사는 시작부터 파격적이었습니다. 보통 경축일 행사 때는 일반인은 물론 외교관 부인들까지 철저히 검색, 핸드백까지 입구에 보관하게 했습니다. 그런데 이날은 차량은 물론 비표도 없는 사람들까지 모두 입장시켰습니다. 그리고 행사가 시작되어 박통이 연설대에 섭니다. 그분이 연설을 할 때 객석에서 총소리가 들립니다. 문세광이 자신의 허벅지를 쏘았던 소리였습니다. 박통은 연설을 계속했고 '통일은 평화적인 방법으로 이루어져야 한다' 고 말하는 대목에서 다시 총소리가 들리고 박통은 재빨리 연설대 안으로 몸을 숨깁니다. 이 연설대는 방탄이었습니다. 다음 실탄에 영부인이 쓰러지고 박준규가 즉시 반격해 문세광을 쏩니다. 그런데 일등 사격수 박준규의 총알에 문세광이 아닌 합창단 여학생이 쓰러집니다. 여긴 두 가지 추측이 있습니다. 필름에는 여학생이 0.25초 정도 지나갔는데 그 눈이 매우 놀라 있었고 이는 누군가가 영부인을 뒤에서 쏘는 총을 봤다는 것, 박준규는 그 장면을 목격한 여학생을 살려둘 수 없어 사살했다는 것입니다. 어느 신문 기사에서도 영부인 머리에 난 총탄구멍이 뒤에서 쏜 것으로 보인다고 했습니다. 두 번째 추측은 문세광을 살려두어야 언론의 밑밥으로 이용할 수 있기 때문에 그 명사수가 여학생을 대리 희생자로 삼았다는 것이고 문세광 또한 수사 도중 자신은 영부인을 쏘지 않았다고 누누이 말했습니다. 그의

말이 진실로 보이는 것은 그때 문세광 위치는 영부인 좌측에 있었고 총을 맞은 영부인의 머리는 우측으로 꺾였다는 것입니다. 총알이 오른쪽으로 들어가면 고개도 오른쪽으로 꺾이는 게 상식이라고 합니다. 그리고 곧장 영부인이 실려 나갔습니다. 다른 공범이 있나 확인이나 수색도 없이 그 즉시 단독범으로 처리되었고 박통은 연설대에서서 중단된 연실을 태연히 끝낸 후 영부인의 유품을 챙겨 관객에게 인사까지 하고 식장을 빠져나갔습니다.(2004년 부분 공개에서 연단 동북쪽 막 아래 탄피가 떨어져 있었다는 것이 밝혀졌다.)

발표자는 옆에 놓인 물잔으로 목을 축인 후 계속했다.

– 그렇다면 박통은 왜 이런 굿판을 벌여야 했을까요? 가장 큰 원인은 김대중 납치사건이었을 것입니다. 납치사건에 대해 국내외에서 비난이 쏟아졌고 그 비난을 잠재우기 위해선 보다 큰 충격요법이 필요했던 것입니다. 어디서 흘러나온 이야긴지는 모르겠습니다만 참모진 누군가가 여론을 잠재우자면 큰 것 하나, 영부인을 내놓아야 할 것이라 했을 때 박통은 고개를 끄덕였다고 합니다.

택시가 산 앞에 세워졌다. 용국은 택시 운전수를 기다리게 하고 혼자 산에 올랐다. 소나무로 둘러싸인 정5품 판관의 무덤 앞, 그날 여기 모인 역사교사들은 5명이었다. '역사 부검의' 멤버들은 두 차례 더 모여 박통의 여성편력, 즐겨마시던 술, 흘러 다니는 루머까지 들추다가 그런 얘기를 입에 올리는 것조차 교사들 품위를 떨어트리는 일이니 이제 메스를 새 군부로 돌리자고 했는데 다음날 광주항쟁이 일어났다. 새 군부는 모든 집회를 불허했다. 계모임조차도 허가를 받아야 해서 교사들 회합은 중단되었는데 추석 사흘 전 느닷없이 연락이 와서 박 선생 벌초 일을 돕기로 했으니 동참해 달라고 했다.

– 낫은 이쪽에서 준비했으니 빈손으로 오셔도 됩니다.

박 선생은 박통을 스네이크 박이라고 까발렸던 사람이었다. 벌초는 핑계고 다른 의도가 있는 것 같았다. 엄혹한 시국이었음에도 용국이 약속장소에 나갔던 것은 현재 정치권력자에 대해서도 과연 입바른 소리를 할 수 있나 확인해보기 위해서였다.

그날 대화는 더 노골적이었다. 박 선생이 먼저 '김대중이 만만한 홍어 뭐야? 총잽이들마다 죽이려고 발광이잖아?' 하고 김대중의 사형 구형에 대해 언급을 했고 다른 선생들이 '만만해서가 아니라 무서워서 그런 거지, 김대중 내란 음모에 작가들은 왜 껴 붙인 거야? 칼보다 무섭다는 펜이니 미리 겁주자는 것 아니겠어?' 하고 말을 이어갔다.

– 분단이 원흉이에요. 군부 범죄자들 대를 잇게 하잖아요. 분단이 지속되는 한 제3, 4의 박정희가 계속 나올 것이고 그들 또한 한결같이 북한 침공을 팔아 반대파, 무고한 시민들을 죽일 것입니다. 이번 광주 시민들도 빨갱이로 몰아 진압했다면서요? 미국이 또 그걸 돕고 말입니다.

용국은 더 참을 수 없어서 한마디 거들었다.

– 북한이 애초 남침을 하지 않았다면, 수백만의 동족을 죽게 하지 않았다면 그런 식으로 이용되지는 않았겠지요.

그의 말에 선생들이 '북의 남침은 남한에서 유인한 것이다, 이승만이 걸핏하면 북진통일을 외치며 김일성을 위협했다, 이승만은 절대로 통일을 원하지 않았고 그럼에도 북진통일을 외친 것은 국민들이 통일을 열망해서였다, 김구선생이 남북화합을 위해 북에 다녀온 뒤 암살해버린 것도 그런 연장선으로 볼 수 있다' 고 꼬리를 물어 대답했고 그런 반응들에 용국의 얼굴이 굳어지자 이 선생이 안주머니에서 등사지 한 장을 꺼냈다.

– 기분전환에는 시가 좋답니다. 서사에 서정의 옷을 입혀 연심을 일깨우기도 하는데 한번 들어보세요.

남과 북은 견우직녀, 그 연인들은 만나야 한다, 우리가 오작교를 만들어 그들을 만나게 해주자는, 대충 그런 내용이었고 그때 이웃 벌초꾼들이 올라오는 바람에 교사들은 자리를 떠야 했다.

명치끝이 후벼파듯 아팠다. 용국은 약을 꺼내 혀 밑에 묻었다. 생살이 타들 듯한 통증이 손끝에서 일어나다가 슬며시 사라졌다. 그는 자세를 가다듬고 판관의 무덤 앞을 지나 그 옆 낮은 봉분 앞에 앉았다.

"박 선생……."

그날 저녁 약국에서 감기약을 사오다가 용국은 집 앞에서 형사들에게 연행되었다. 조사를 받을 때 낮에 만난 다른 교사들도 먼저 연행되었다는 걸 알았다. 그는 형사의 유도작전대로 모든 걸 실토했다. 실토한 것이 범죄라면 범인은 기억력이었다. 아니다, 그건 변명이었다. 기억들이 편집되지 않은 필름처럼 세부까지 복사하고 있다고 해도 자르거나 숨겨야 하는 것들이 있는 법인데 그날 이성이 마비된 것은 박 선생이 '한용국이 북한을 찬양했고 그건 공산주의자였던 부친의 영향인 것 같았다' 고 자백했다는 것 때문이었다.

만약 1분, 아니 30초라도 그 말의 진의를 숙고했더라면 자신의 아버지에 대해 경찰 계통 외에는 아는 사람이 없다는 사실을 깨달았을 것이다. 그랬다면 박 선생이 김대중을 옹호했다는 것, 광주에 대한 이야기는 오 선생이 했고 이 선생이 미국도 전두환을 도왔다는, 그런 시시콜콜한 이야기까지는 하지 않았을 것이었다.

다시금 고통이 밀려왔다. 한 알이면 두 시간 이상 지속되는데 오늘은 효력이 반칙을 하는 모양이다. 그는 약 하나를 더 먹고 나머지를 세어보았다. 아홉 개, 그 정도면 영면에도 충분한 수량이다. 그는 박 선생 무덤에 머리를 뉘고 하늘을 보았다.

"박 선생, 어느 책에서 이런 말이 있습디다. '사람들이 죄를 벌하듯이 잘못된 생각도 죽음으로 벌해야 한다.' ……그렇다면 내게 올 죽음의 벌이 어찌 다른 사람에게 간 것이오?"

용국은 이틀 만에 풀려났고 일주일째 되는 날 각 신문과 방송에서 '오작교 교사들 검거' 라는 뉴스가 대서특필 되었다. 자신의 입에서 나간 오작교라는 시의 제목이 교사들의 불온단체 명으로 둔갑했고, 박 선생은 북한을 찬양하고 김대중을 옹호했으며 교원노조를 만들어 반정부운동을 획책한 모임의 리더가 되어 있었다.

"박 선생, 그때 즉시 경찰서로 갔어요. 내가 언제 그렇게 말했느냐, 교원 노조는 또 뭐냐? 박 선생은 그런 말도, 북한을 찬양한 적도 없다고 따지려고 말이오. 헌데 그날 당신이 죽었던 거요."

박 선생 아내가 집에 온 것은 한 달쯤 지나서였다. 부인은 어머니 앞에서 당신 아들 때문에 남편이 죽었다고 울부짖었고 어머니는 그날 밤에 목을 맸다. 어머니의 가슴에서 나온 유언장은 여덟 글자였다.

약봉박군 욕언사죄(若逢朴君 欲言謝罪). 박 군을 만나 너의 죄를 사죄하고 싶구나.

그는 유언의 진의를 해독하지 못해 거의 미칠 지경이었다. 자살 이유가 정말 죽은 사람 만나 아들 대신 사과하기 위해서였는지 아님 아들의 못된 버릇을 고쳐주려고 그처럼 극단적인 방법을 선택했는지는 지금도 생각이 날 때마다 하늘을 보고 물어댔다. 엄마, 정말 어느 쪽이오?

"엄마, 장례식 때 아우가 오지 않아 서운했지요? 엄마가 그렇게 돌아가셨는데 어떻게 알려요? 내가 엄마까지 죽였다. 나 때문에 목을 매달았다, 그런 말을 해요? 그래도 녀석은 효잡디다. 1년 뒤에 알렸는데도 전화기를 잡고 한 시간이나 웁디다."

"선생님!"

택시 기사가 올라오며 그를 불렀다. 그는 내려간다고 대답하고 박 선생과 마주했다.

"박 선생, 우리 모친 만난 거요? 사과를 하십디까? 그 사과로는 턱도 없었겠지요. 이제 내가 가리다. 가서 직접 사과를 하리다. 아, 알아요. 당신은 날 만나주지 않으리라는 걸. 상관없어요. 나는 내 후생 전부를 용서 비는 일에 바칠 테니까."

5

병원에서 연락을 받은 것은 밤이었다. 도착했을 때 형은 이미 영면한 후였다. 왜 호텔로 오지 않고 병원으로 갔는지 그 시간까지 뭘 하느라 택시를 이용했는지에는 생각해 볼 여유가 없었다. 의식을 지배하는 것은 결국 형의 임종도 지키지 못했다는 것이었다. 용하가 죄의식에 짓눌려 있을 때 조카가 메모지를 건네주었다.

"의사가 전해 주었어요. 아버님께서 이걸 작은아버님께 전해 드리라고……."

메모지에는 단 네 글자가 적혀 있었다. '미안하다.' 그 말뜻을 헤아리고 있는데 조카가 일깨웠다.

"화장터를 알아봐야겠지요?"

"무슨 소리냐?"

용하가 버럭 소리를 질렀다.

"돌아가시면 즉시 화장해서 지리산에 뿌려 달라, 부고도 하지 말라고 당부하셨어요."

"언제 그런 말씀을 하셨단 말이냐?"

"작은아버님께 연락하기 전에 유언이라면서 미리 말씀하셨어요."

"그럴 순 없다. 당장 부고를 돌려라. 5일장이 무리라면 3일장은 해야겠다."

장례식장의 영안실을 얻어 영정과 국화꽃 등 남들이 하는 대로 치장을 했다. 형의 지인들은 아무도 오지 않았다. 수첩을 없애버려 연락하지 못한 때문이었다. 누나, 조카의 처가 식구, 친구들이 다녀간 후에는 펼쳐놓은 국화꽃만 시들어갔다.

조카가 벽에 기대어 졸고 있을 때 팔순쯤 되어 보이는 노인이 들어왔다. 노인은 꽃만 놓고 조문객 식당으로 갔다. 낯이 익었다. 용하가 따라가서 식사 쟁반을 챙겨 노인 앞에 놓아주었다.

"고맙다."

용하가 그 앞에 앉으며 물었다.

"큰댁, 큰형님……, 맞으시지요?"

"용케 알아보는구나."

용하가 몇 살 때였는지는 기억에 없다. 형의 손에 이끌려 큰댁에 갔을 때 큰아버지는 집에 없었고 청년이던 이 형이 다짜고짜로 용국의 따귀를 때렸다. 용하가 자기 형을 때린다고 대들자 용국이 아우를 잡아끌고 돌아서는데 큰집 형은 그들 등에 대고 소리쳤다.

– 악마새끼들, 다시 한번 얼쩡거려봐. 죽여 버릴 테니까!

엄마가 아파서 다시 갔을 때 큰댁은 이사를 가고 없었다.

노인이 소주잔을 비우고는 용하를 바라보았다.

"네 형, 자나 깨나 널 꿰차고 다니더니……, 그래 너도 네 형 임종 보려고 미국에서 온 거냐?"

"그런 셈입니다만, 좀 뜻밖인데요?"

"뭐가?"

"큰형님께서 제가 사는 곳까지 알고 계신다니 말입니다."

"너희들이 징그러워 멀리 이사를 갔는데도 자꾸 소식을 듣게 되더구나. 그게 친족들의 운명이 아니겠니?"

"저, 정말 궁금했어요. 우리 아버지가 설령 산사람이었다 해도 큰아버지에겐 친동생이고 형님에겐 작은아버지였잖아요? 그런데 어떻게 몰래 이사까지 갈 수 있었어요?"

노인이 묵묵히 잔을 비웠다. 용하가 안주를 내밀어주어도 술잔만 비웠다. 얘기하고 싶지 않다는 뜻이다 싶어 용하가 몸을 일으켰다.

"발인은 언제냐?"

노인이 물었다.

"내일입니다."

"나도 함께 하마."

용하는 그럼 그러시라고 대답하고 영정 앞으로 돌아갔다.

유골을 들고 피아골로 향했다. 조카가 장소를 안내했다. 앞서 가는 걸음새가 미리 답사한 듯 거침이 없었다. 수기 말미에 덧붙여둔 '사족'이 생각났다. '아버지가 지리산 해산 뒤 집에 온 듯하고…… 이때 내가 잉태된 것 같다.' 아버지가 최초로 기거했던 지리산은 피아골이었고 형이 태어나기 전에 머물렀던 곳이다.

보편적으로 아버지에 대한 생각이나 그리움은 자신이 태어난 이후의 관계인데 형은 태어나기 전의 장소를 선택했다. 어딘가 각이 맞지 않지만 어쩔 것인가. 이미 떠난 사람, 그냥 그 뜻을 존중해주는 것이 아우의 도리다. 옆이 허전해서 돌아보니 큰댁 형님은 20보쯤 뒤처져 있었다. 용하는 함께 올라가려고 기다렸다.

계곡 윗자리에 유골함을 놓고 세 사람이 마주 앉았다. 조카가 상자 뚜껑을 열 때 노인이 손을 잡았다.

"잠깐, 보내기 전에 얘기 좀 하고 싶네."

조카가 물었다.

"자리를 비켜 드릴까요?"

"그래, 자네만 좀 비켜주게."

조카가 자리를 뜨자 노인이 유골함을 잡고 말했다.

"용국아, 네 아버지 전과를 없애는 조건으로 경찰관에게 논 열 마지기를 줬다는 것 아니? 네 할아버지께서 말이야. 내가 고등학교를 졸업하고 경찰관 시험을 쳤는데 떨어졌어. 네 아버지 전력이 지워지지 않았던 거야. 그래서 이사를 갔고, 북한에서 온 피난민들 기류초

본을 사서 호적도 새로 만들었던 거다. 난 꼭 경찰관이 되고 싶었거든. 필기는 걸리고 면접을 봤는데 이번엔 북한 출신이라 안 된다는 거야. 할아버지한테 논 열 마지기를 뺏어간 그놈, 연좌제도 지워주지 않고 농토만 꿀꺽한 그놈, 새삼 이가 갈리더라. 그래서 찾아갔지. 그놈은 경찰서장이 되어 있었어. 퇴근하는 놈을 기다렸다가 칼로 찔렀다. 20년 살았어. 용국아, 감옥에서 나와 보니 너희들은 다 잘 풀렸더구나. 진짜 빨갱이 자식들인데도 말이야. 전국에서 1등해서 얻은 대가였다며? 공부로 해준 복수, 가장 멋진 복수, 넌 운이 좋았던 거야. 공부라는 무기를 찾았으니 말이다. 그 말을 해주고 싶어서 이렇게 왔다. 그럼 잘 가거라."

노인이 몸을 일으키고 휘청거리며 아래로 내려갔다. 유골까지는 손을 대고 싶지 않은 모양이었다. 용하는 조카를 불렀고 노인이 완전히 사라졌을 때 유골을 뿌리기 시작했다.

6

한국 마켓에는 없는 게 없다. 나주 배, 상주 곶감, 대구 사과, 흑산도 홍어, 심지어는 통영 산 굴, 제주 먹갈치도 살 수가 있다. 열흘 전에만 주문을 하면 무엇이든 구해온다니 한인타운은 축소판 한국이라 해도 과언이 아니다. 경숙은 배 10개, 사과 한 박스, 단감 한 줄, 귤 한 박스를 사서 차에 싣고 웨스턴 1가로 향했다.

오늘은 창우 할머니 기일이다. 잊으면 절대로 안 되는 날임에도 창우 댁이 전화를 해주지 않았다면 그냥 넘어갈 뻔했다. 겨레운동본부에서 나온 뒤로 곤이나 미미는 자기 일을 찾아 자리를 잡아갔는데 창우만 잘 풀리지 않았다. 한 경제학자가 유명 은행에 프라이빗구좌 파트를 개설하고 은행장이 되어 창우를 데려갔을 때만 해도 가장 먼저 안정된 생활권으로 들어설 줄 알았는데, 그 부서는 실적 부진으로 1년 만에 폐쇄되고 창우는 은행장과 함께 쫓겨났다. 그 뒤 동네에 작은 가게를 여는가 했더니 그마저 흑인들한테 싹쓸이를 당해 손을 털어야 했고, 잡화상 캐시어, 이민법률사무소를 전전하다가 지금은 보험회사 직원으로 3년째 일하고 있다.

현관문을 열자 음식 냄새가 먼저 달려 나왔다. 벌써 전을 붙이기 시작한 모양이다. 제사 음식은 명절 음식 냄새와 비슷하고, 한국인에게 이 냄새는 가장 깊은 추억이나 그리움을 자극한다고 했다. 창우 아내가 과일 박스를 보고 '무슨 과일을 이렇게 많이 샀느냐' 고 나무라듯 말했다.

"좋은 게 많기에 샀어. 창우는 아직 안 왔지?"

"일 끝나는 대로 온다고 했어요."

"과일은 내가 씻을게. 서후 엄마는 어서 들어가 하던 일 계속해."

손을 씻고 나오다가 거실 탁자에 세워둔 사진틀을 보았다. 제사상에 올리려고 미리 꺼내놓은 할머니 영정이었다. 경숙은 사진틀 앞에 앉아 할머니 얼굴을 보았다. 주름살투성이의 얼굴……. 주름은 시간의 눈물이라고 했다. 세상에서 일어나는 모든 일들, 전쟁, 자연 재해까지도 인간이 만들고 측정하는 것이므로 결국은 인간의 시간이며 고로 사람은 시간 속 존재라고도 했으나 주름살은 그 사람의 세월과 고통의 흔적이라고 경숙은 늘 고쳐 생각했다. 다시금 얼굴을 찬찬히 살펴보았다. 눈가에서부터 죽죽 그어져 내린 주름과 눈 아래로 처진 지방에서 할머니의 가난이 고물고물 살아나더니 팔자 주름 위에서 해방촌의 지도가 겹쳐졌다.

지금은 사라지고 없을, 경숙이 기억에만 남아 있는 지형들, 판자, 루핑, 깡통으로 이어붙인 지붕, 하꼬방으로 불리던 집들, 남산 기슭에서부터 셀 수 없이 뻗어내린 가파른 골목길, 오른쪽 눈꼬리쯤이 후암동, '이북 5도청' 벽돌 건물은 미간 쪽 눈썹에 위치해 있었다. 벽돌 건물이 들어서기 전엔 서북청년단 천막이었고 안에는 각자의 이름이 쓰여진 수십 자루의 몽둥이, 야전삽이 놓여 있었다고 오빠가 얘기해주었다. 빨갱이 잡는 귀신들로 통했다는 서북청년들은 정치인, 학자들을 테러했는데 경숙 아버지도 한때는 거기에 소속되어 시레이션을 얻어왔다. 광대뼈쯤에 경숙이 졸업한 보성 여중 · 고등학교, 미군 부대는 그 아래였다.

눈길을 옮겨 코의 계곡으로 갔다. 코 중간, 팔자주름이 시작되는 지점에서 그 옛날의 비탈길이 보였다. 창우 할머니가 리어카를 끌고 비탈길로 올라왔고 경숙 오빠가 달려 내려가 그 리어카를 되받아 이끌었다.

할머니 집, 작은 마당에서 오빠가 리어카 위의 항아리를 내려주면 할머니는 함지박을 가져와 항아리 속 된장을 퍼냈다. 구더기와 지푸라기 같은 이물질은 골라낸 뒤 중간치 항아리에 되담은 후 소금을 뿌리고 뚜껑을 씌웠다. 할머니는 된장장수였다. 변두리를 돌며 된장을 사들여 상품과 하품을 분류한 뒤 시장에 내다 팔았다. 어린 손지 둘을 남기고 아들, 며느리가 죽자 할머니가 시작한 상사였다.

경숙의 집 풍경이 펼쳐졌다. 할머니 집 축대 아래였다. 평일과 같거나 약간 다른 밤 풍경, 엄마가 일을 끝내고 들어와 부엌에서 물 한 사발을 마신 뒤 공부하는 오빠에게 초 한 자루를 건네준다. 공부 잘하는 아들에게 초밖에 주지 못하는 것이 안타까운지 눈꼬리가 살짝 떨린다. 저녁이나 먹은 것일까? 오늘은 밥을 남겨두었는데도 마당으로 나가 수건으로 온몸만 탁탁 털었다. 아버지가 비틀거리며 들어온다. 문지방에 앉아 있던 경숙 할머니가 쪼르르 달려 나가 아버지에게 고자질하고 아버지는 몽둥이를 들고 방으로 들어간다. 사시나무처럼 떠는 오빠, 엄마가 뛰어들면 내일 아침에는 모자가 다 절뚝거리거나 오빠는 또다시 갈비뼈가 부러질 것이다. 경숙이 달려들어 아버지의 허벅지를 물었다. 아버지가 비명을 지르자 할머니가 절구공이를 들고 와 경숙의 머리를 후려쳤고 뒤이어 엄마가 뛰어들어 아버지 앞에 주저앉아 손이 발이 되도록 빌었다. 이유가 무엇이든 무조건 비는 것이 엄마의 주특기였다. 단 한 번도 잘못한 일이 없었음에도 엄마는 항상 그렇게 빌었다. 딸이 머리가 터져 피를 흘려도 보지 못한 채 빌기만 했다. 오빠가 숨넘어가듯 숙이숙이, 피피피 하고 컥컥거리자 비로소 모두 동작을 멈추었고 경숙의 머리에는 된장이 발라졌다.

그날의 사단도 경숙 할머니의 질투에서 비롯되었다. 창우 할머니가 오빠를 불러 고구마를 먹이는 것을 본 때문이었다. 그 귀한 걸 자기에게 갖다 바치지 않고 혼자 먹어버린 손자가 괘씸해서 아들에게 일렀고 세상의 낙이라곤 술 마시거나 사람 패는 것밖에 모르는 아버지는 신이 나서 몽둥이를 드는 것이었다. 할머니는 매우 변태적이어서 어릴 때는 악마가 씌었다고 믿었던 적도 있었다. 머리카락을 자르면 몸에 있는 악마가 기운을 잃을 것이라는 성경구절을 믿고 경숙이 낮잠 자는 할머니 머리카락을 몰래 잘랐다가 온몸에 구렁이를 감은 적도 있었다. 엄마, 아버지가 나란히 잠자리에 들면 두 사람을 갈라놓고 가운데로 들어가곤 하더니 아버지가 죽은 후에는 엄마한테 화냥질을 했다고 심심하면 들볶았다.

두텁골 계곡이 떠올랐다. 오른편 눈썹 3분의 1쯤 안쪽에서 곧장 올라가면 지붕 같은 바위들이 둘러싼 계곡에서 자주 굿판이 벌어졌다. 과자와 떡과 대추가 있던 굿판, 해방촌 아이들은 절대로 그런 굿판을 놓치지 않았다. 일찍 서둘러서 올라가도 주변 숲에는 언제나 먼저 온 아이들이 숨어서 기다리고 있었다. 굿이 끝나고 무당이 떠나면 아이들이 몰려가 음식을 공평하게 나누었다. 세상 모든 곳으로부터 불공평에 시달려온 아이들이라 경숙이, 공짜로 생긴 음식에서

만은 공평하자고 제안했을 때 모두 동의해주었다.

경숙은 대장이었다. 싸워서 얻은 지위긴 했어도 절대로 더 갖는 일은 하지 않았다. 딱 하나 더 가진 것이 있었다. 타다 남은 초 토막이었다. 그건 오빠를 위해서였다. 오빠는 통금사이렌이 불 때까지 공부를 했다. 전기는 8시에 나갔고 그 이후의 시간은 초에 의존했다. 오빠는 늘 일등을 했고 그럴 때마나 엄마의 얼굴에 행복의 꽃이 피어났다. 엄마의 얼굴에 걱정이 서려있을 땐 경숙이 예수오빠를 찾았다. 울 엄마 어제저녁도 못 먹었어요. 울 할머니가 심술병이 도져서 우리가 남겨둔 밥을 다 먹어버렸어요. 예수오빠, 울 엄마를 기쁘게 해주고 싶어요. 딱 한 가지만이라도 좋으니 제발 좀 알려주세요. 예수오빠는 경숙의 소원을 들어주었다.

남산에서 산신제가 있었다. 할머니 왼쪽 눈썹 중앙 쪽 위 머리칼쯤에 제단이 만들어졌고 사람들이 떡시루와 음식을 바리바리 지고 올라와서 제단 위에 놓았다. 음식이 차려지자 제관이 나와 축문을 외웠고 뒤에 선 노인들이 절을 했다. 제관과 노인들이 물러나자 만신이 나와 여러 개 묶은 종을 사방으로 흔들고 다니며 축문을 외웠다. 두텁골 굿보다 지루하고 재미가 없었지만 그래도 많은 음식이 기다리고 있었다. 산신제가 끝나면 음식들은 어른 아이 할 것 없이 모두에게 골고루 나누어졌다.

그날 경숙은 치마에 음식을 받았다. 오늘은 이 맛난 음식을 엄마에게 꼭 먹이고 싶었다. 엄마는 딱딱한 걸 먹지 못했다. 아버지가 때

려서 성한 이빨이 별로 없었다. 남대문 시장, 오늘따라 왜 이렇게 먼가, 두텁골을 지날 때 비가 쏟아졌다. 경숙은 음식을 싼 치마를 벗어 가슴에 안고 뛰기 시작했다. 팬티 바람이라는 것, 그나마 한쪽 다리의 고무줄이 빠져 펄럭거렸지만 살펴볼 여유가 없었다.

엄마는 남대문 시장에서 양키물건을 팔았다. 판매대는 밥상만 했고 그 조그만 판대기 위에 양담배, 카라멜, 시레이션, 껌, 초코렛 커피가 펼쳐졌고, 큰 깡통에 든 치즈 같은 것은 원하는 사람이 있을 때만 판대기 아래서 꺼내주었다. 좌판 아래는 땅을 파서 독을 묻어두었고 장사를 파하면 모든 물건들을 독에 넣고 판대기를 덮고 큰 자물통을 채웠는데 그 시간이 보통 7, 8시 경이었다. 가끔은 빨리 끝날 때도 있었는데 오늘은 어떨까? 비까지 오는데……. 경숙이 곤두박질치듯이 시장으로 들어섰다. 엄마가 경숙의 몰골을 보고 놀라 자리에서 벌떡 일어났다.

– 이 에미나이가 워찌 비를 맞구스리!

경숙은 숨을 고르기도 전에 먼저 엄마에게 치마를 넘겨주었다.

– 엄마, 이거 먹어. 맛난 거야, 나 하나도 안 먹었어.

치마 속 음식들은 한데 엉겨 곤죽이 되어 있었다. 백설기와 전이 비에 젖어 도저히 먹을 수 없을 정도인데도 엄마가 빈 도시락에서 숟가락을 꺼내 그 음식을 퍼먹기 시작했고, 경숙은 엄마 의자에 풀썩 주저앉아 그대로 잠이 들었다. 엄마가 깨웠을 때는 엄마 손에 경숙의 옷가지들이 들려 있었다. 운동회 때 입는 검은 팬티와 물방울이 그려진 치마, 메리야스 샤스로 안쪽 옷가게에서 사온 것들이었다.

"누님, 서후 아빠가 7시쯤 도착한대요."

등 뒤에서 창우 아내가 말했다. 경숙은 알았다고 대답한 후 검지로 할머니의 이마를 짚었다.

"할머니, 이쯤이지요? 할머니가 집터를 잡은 곳이."

오빠가 리어카에 목재 조각을 싣고 언덕바지로 올라간다. 경숙이 뒤에서 밀어올린다. 신사(神社)에서 멀지 않은 곳이었다. 좁은 길을 따라 한참 올라가자 한 채의 루핑 집과 좀 떨어진 곳에서 엄마와 할머니가 길게 세워진 판자 벽 아래 흙을 삽으로 다지고 있었다. 오빠가 리어카의 나무 조각들을 정리해 못질로 길게 이어 붙인다. 집 뒷면 벽을 만드는 중이다.

이 집을 짓기 위해 공부벌레 오빠도 사흘이나 결석을 했다. 할머니에겐 5도청 일을 보는 아들 친구가 있었다. 그가 할머니를 데려가 장소를 일러주면서 그 터에 집을 지으라고 귀띔해주었다고 했다. 할머니와 엄마가 팔을 걷어붙이고 지어서 열흘 만에 지붕까지 올렸다. 루핑은 할머니의 아들 친구가 가져다준 것이었고 바닥은 우선 가마니로 깔았다. 좀 올라가면 계곡 물도 있는, 나름으로 명당이었다. 할머니는 그 집에서 6, 7년을 살았다. 할머니가 두 손자를 데리고 미국으로 이민을 가면서 그 집을 경숙 엄마한테 넘겨주었다.

"할머니, 아시죠? 정부에서 그 집 철거하면서 우리에게 다른 집을 주었어요."

정부에서 남산 기슭의 집들을 철거하면서 중랑천 근처 아파트를 보상으로 주었다. 22평이었다. 집다운 집, 얼마나 황홀하던지 식구들은 이사 첫날 잠을 이루지 못했고 엄마는 하나님에게 창우 아버지 친구라는 사람에게 복을 주라고 오래오래 빌었다. 인연이란 얼마나 오묘한가. 다시 할머니를 만났다. LA, 그것도 경숙을 초청해 준 교회에서였다.

경숙은 용하와 결혼한 뒤 할머니 집에서 살았다. 고등학생이 된 창우가 학교에서 문제를 일으켜 의지할 사람이 필요했고 용하네 또한 따로 집을 얻을 형편이 아니어서 함께 살게 된 것이었다.

창민이가 왔다. 창우 동생이었다.

7

창우는 김도연의 픽업을 나왔다. 그 형은 6월 항쟁 이후로 처음 만나는 것이니 26년 만이었다. 혹시 얼굴을 알아보지 못할까 봐 창우는 걱정이었다. 아주 비대해지지만 않았다면 허여멀쑥한 인상은 크게 달라지진 않았을 것이다. 미국에 여러 날을 머문다면 그랜드 캐넌과 요세미티는 보여 줘야지. 사막을 좋아하면 데스밸리도 가고……. 용하 형이 있어도 관광 안내는 자기에게 맡겼을 것이다.

87년 5월 중순이었다. 용하 형이 프레스 완장과 사진기, 명함을 만들어주면서 한국에서 어떤 일이 태동되고 있으니 나가서 잘 보고 오라고 했다. 명함에 기재된 시사통신(News Report)은 가짜 언론사였고 주소와 전화는 용하 형 집이었다.

김포공항에 마중을 나온 사람이 김도연, 용하 형 대학 후배였다. 그의 별명이 사르트르라고 했는데 예리해 보이기는커녕 착한 선비 같은 인상이었다. 언행이 논리정연해서 그런 별명을 얻은 모양이었다. 그가 흑석동 어느 아파트로 데려다주면서, 자기 친척 형이 가족들과 함께 교환교수로 나가 비어 있으니 오래 머물러도 된다고 했다. 창우가 명함을 내밀면서 '가짜예요.' 라고 하자 그가 주소를 읽고 크게 웃었다.

– 순진하기는, 가짜 명함에 자기 집 주소를 명기하는 사람이 어딨어?

그리고 험담을 하듯 용하 형 학교 때 별명이 '물봉' 이었다, 물러 터진데다 여자에게 고추가 달렸다 해도 믿어버릴 만큼 어리숙했다고 해서 창우가 발끈했다.

– 그렇게 말하지 마세요. 용하 형은 저에게 어버이 같은 존재란 말예요.

LA 하이스쿨에는 주로 흑인, 중남미계, 중국, 한국, 베트남계 학생들이었고, 타협이나 양보의 방법을 모르던 청소년들은 걸핏하면 패싸움을 했다. 가장 참을 수 없었던 것은 한국아이들을 차이니스, 사팔뜨기라고 불렀던 것이다. 잘 보라, 내 눈이 어디가 사팔뜨기냐고 얼굴을 디밀었다가 죽도록 얻어터진 뒤로 한국아이들끼리 뭉쳐

AB파를 만들었다. AB파가 된 아이들은 학교 대신 햄버거 가게나 당구장을 전전하며 포켓볼을 치거나 술을 마셨다.

그런 어느 날이었다. 당구장에 가려고 주차장 쪽으로 들어가는데 같은 반이던 멕시칸 친구가 검은 봉지에 든 것을 맡기면서 화장실이 급하니 잠깐만 들고 있으라고 했다. 별로 나쁜 감정이 없었던 아이라 봉지를 들고 있었는데 그건 마약이었고 뒤쫓아 온 경관들에게 창우는 현행범으로 체포되었다.

– 용하 형이 그 멕시칸 아이를 찾아냈어요. 아이 집 앞에서 사흘간 잠복을 해서요. 제가 소년원에 갔으면 5년은 살았을 거란 말예요.

그 일이 있기 전에도 크고 작은 사고를 쳤고 그럴 때마다 용하 형이 나서서 해결해주었다.

도연이 형이 표정을 고치고 물었다.

– 겨레운동본부라고 했지? LA 말고 다른 데도 지부가 있나?

– 시애틀, 샌프란시스코, 뉴욕에 지부가 있어요. LA본부에는 청년부도 있고요. 금요일 오후엔 청년들을 상대로 역사와 사회과학 학습을 해요. 자료실도 있어요. 국내 책은 물론 원서들도 다 구비해놓았어요.

– 국제연대도 한다고?

– 미국에는 제3세계운동, 반전운동을 하는 그룹이 많아요. 그들과 좌담회를 하거나 서로의 운동을 도와요. 우리의 인력이나 협조

를 원하면 어디든 가요. 심포지엄도 합동으로 개최했고요.

– 우리나라 문제로 하는 행사는?

– 올해 초 박종철 학생 영정을 들고 한인 타운을 돌며 시위를 했어요. 그때 뉴욕, 샌프란시스코, 타 지역에서 다 참여했는데 행렬을 따라준 교민들도 엄청 많았어요.

도연이 형이 지금 한국에서 추진하고 있는 운동 또한 박종철 불씨를 살리는 일이라고 말한 후 세부사항을 설명했다.

지난 2월 중순, 영등포 구치소에 수감 중이던 해직기자 이부영이 박종철 고문주범 조한경이 같은 구치소로 왔다는 정보를 입수했다. 그는 주범에게 의도적으로 접근했고 몇 차례의 대화 끝에 조한경은 주범이 아닌, 경찰간부들이 내세운 꼭두각시임을 알아냈다. 이부영은 그 사실들을 깨알같이 적어 당시 교도소 우군으로 근무하던 전병용에게 넘겼고, 전병용은 이 편지를 언론인 김정남에게 전했다. 김정남은 민주화 동지들, 인권변호사들을 불러모아 사건의 진실을 폭로하기로 의기투합, 그에 대한 성명서는 5 · 18 명동성당에서 발표하기로 결정했다는 것 등이었다.

87년 5월 18일은 월요일이었다. 평일임에도 성당에는 많은 신도들이 모여 추모미사를 올렸다. 마지막 순서로 김승훈 신부가 나와 성명서를 읽기 시작했다.

– 박종철 고문치사 사건 진상은 조작되었습니다…… 고문살인 진상은 명쾌하게 밝혀져야 하며…….

성명서 내용은 신문마다 대서특필되었다. 정부는 마지못해 은폐 조작에 관여한 치안감 등 3명을 구속했다. 안기부장과 국무총리까지 경질한 후 정부는 6월 10일 대통령 후보 지명을 발표했다.

5월 26일, 창우는 명동성당 어느 문화관에서 함세웅 신부와 해직 기자 김종철 씨를 소개받았다. 봉기 진행에 대한 기록을 한다고 도연이 형이 설명을 하자 김종철 씨가 내일 새벽 탑골공원 상황부터 관찰해보라고 했다. 5월 27일 이른 새벽, 창우는 탑골공원으로 갔다. 4시 반, 공원 안은 옅은 안개가 덮였고, 동 · 서 · 남 · 북문, 기념비 앞에 서 있는 사람들이 희미하게 보였다. 안개가 걷혀 갈 때 한 청년이 공원으로 들어왔다. 청년은 사람들 앞을 지나가며 쪽지 한 장씩을 건네주었다. 쪽지를 받은 인사들은 내용을 확인한 뒤 입에 넣어 꼭꼭 씹으며 급히 그곳을 빠져나갔다. 쪽지를 다 돌린 청년은 인사동으로 갔고 거기서도 똑같은 일을 했다. 그렇게 쪽지를 받은 사람들은 도합 150여 명으로 연금 상태거나 감시를 받고 있는 민주 인사들이었고 그들이 몰려간 곳은 향린교회였다. 쪽지에 적힌 글이 '향린교회'였던 것이다.

그날 향린교회에서 '민주헌법쟁취국민운동본부' 발기인 대회가 있었다. 다음날 상임공동대표와 집행위원 선출이 있었고 전 국민의 호응과 동참을 위해 전국적인 연합을 결의했다. 야당과 모든 재야, 민주화운동 단체, 종교계, 농민, 교사, 여성, 문화예술계 등 각 지역의 지부 조직과 노동자회, 학생회 등을 건설하고 22개 시와 도 지도부를 결성, 광복 후 가장 큰 연합체가 만들어졌다.

봉기 일은 6월 10일, 민정당 대통령 후보 지명 대회가 있는 그날이었다. 국본의 지침은 '시위는 평화적으로, 직장인의 참여를 위해 집회 시간은 오후 6시, 차량은 경적을 울려줄 것' 등으로 각 단체 시민들에게 전달했다.

D-데이 하루 전, 6월 9일, 오후 5시 경 연대 앞에서는 1천여 명의 대학생들이 마스크를 하고 나와 '국민평화 대행진 발대식' 을 가졌고 맞은편에는 전경들이 원천봉쇄를 위해 진을 치고 있었다. 한 학생이 메가폰으로 선언한다.

- 우리는 평화적으로 대행진을 할 것입니다. 그 누구도 짱돌을 들지 않을 것이며, 화염병 사용을 하지 않을…….

그 말이 끝나기도 전에 최루탄들이 다연발로 날아왔다. 정문 앞은 삽시에 뿌연 가스로 휘덮였다. 선두 열 학생들이 주저앉거나 무너졌다. 교문 맞은편 기찻길 둑에서 대기하고 있던 로이터 통신 정태원 기자는 최루탄 파편을 맞고 피를 흘리며 쓰러지는 이한열과 그를 부축해 끌어올리는 친구 이종창의 모습을 카메라에 담은 후 황급히 사무실로 들어가 본사로 전송했다.

6월 10일 11시 잠실 체육관에서는 노태우가 만장일치로 대통령 후보로 선출되었고 전두환이 노태우 손을 잡고 그가 후보가 되었음을 선포했다.

바로 그 순간 성공회 대성당에서는 타종과 함께 민정당 대통령 후보 지명 대회는 반민주적인 사기극임으로 무효임을 선언했고 도심지 곳곳에서는 국본의 행동 강령이 유인물로 뿌려졌다.

* 저녁 6시 국기 하강식 때 성당, 교회 사찰에서는 타종을 해주십시오.

* 그 시간 보행중인 시민들은 한 자리에 모여 애국가를 불러주십시오.

* 운행 중인 차는 경적을 울려주십시오.

* 차가 경적을 울리면 거리의 시민들은 일제히 손을 흔들어주십시오.

* 시작 의식이 끝나면 학생, 시민들은 '호헌철폐 독재타도'를 외치며 평화적으로 도보 행진을 해 주십시오.

여성단체와 민가협 어머니들은 보라색 스카프를 준비하고 5시부터 남대문과 서울역에 분산 집결했다. 경찰차가 곳곳에 전경들을 풀어놓았다. 경적이 울리면 스카프를 흔들기로 했으나 동참하는 차량이 별로 없었다.

– 이한열이 죽어간다! 동참해라!

어머니들은 차도로 뛰어들어 경적을 울리라고 소리쳤다. 최루탄이 빗발쳤다. 엄청난 숫자의 전경들이 방패와 곤봉을 들고 달려왔다. 학생들은 골목으로 몰이당해 곤봉과 방패로 구타를 당했다. 평화

행진을 선언했던 시위대는 첫날부터 그렇게 짓밟혔다.

밤 10시경이었다. 약 8백여 명의 학생 시민들이 경찰에 쫓겨 명동 성당으로 밀려갔다. 성당 마당에는 상계동 철거민들이 천막을 치고 농성하던 중이었다. 쫓겨 온 시위대들은 그들의 천막 신세를 지거나 한뎃잠을 잤다.

6월 11일, 오전 8시경부터 경찰병력이 몰려와 성당을 에워쌌다. 정각 10시, 최후통첩 5분 만에 최루탄 발사기를 든 전경들이 최루탄을 쏘며 성당으로 진격해 왔다. 파편을 맞고 쓰러진 학생, 시민, 철거민들을 1백여 명의 체포조, 백골단들이 방패로 찍거나 곤봉으로 갈겨댔다.

6월 17일, 민가협 어머니들과 여성단체 회원들 50여 명이 각자 장미꽃 한 송이씩을 들고 교보빌딩 옆 골목으로 해서 미 대사관으로 향했다. 대사관 앞은 경찰차가 가로막았고 전경들은 최루탄 발사기를 정조준하고 있었다. 여성들은 꽃을 치켜들고 전경들 앞으로 줄을 지어 걸어갔다. 지휘자가 이 뜻밖의 방문객들을 막아야 할지 말아야 할지 판단이 서지 않아 망설이는 사이, 여성들은 전경들의 가슴과 투구, 최루탄 발사 총구에 차례로 장미꽃을 꽂아주며 속삭였다.

– 힘들죠? 알아요. 하지만 오늘, 오늘 딱 하루만이라도 최루탄을 쏘지 마세요.

그때, 맞은편 세종문화회관 쪽에서 시위대들이 함성을 지르며 몰려왔고 지휘자는 발사를 외쳤으며 전경들은 자동 로봇처럼 최루탄을 쏘았다. 장미꽃과 함께 허공으로 날아가는 최루탄들, 건너편에서 쓰러지고 있는 시위대들을 보며 어머니들이 소리쳤다.

– 쏘지 마라! 쏘지 마라, 제발!

6월 18일 오전 10시, 명동에 있는 계성여고 후문 앞에 작가, 예술계 인사들이 집결했다. 청년들은 '호헌철폐', '군부타도' 라고 쓴 피켓을 들었고 여성들은 목이나 팔뚝에 스카프를 감았다. 10시 반, 퇴계로 쪽에서 투구를 쓴 전경부대가 새까맣게 몰려왔고 사과탄과 직격탄이 날아왔다. 시위대는 삽시에 흩어졌고 창우는 골목으로 뛰었다. 골목에는 피신해온 시민들이 충혈된 눈으로 눈물을 줄줄 흘리고 있었다. 재채기를 하거나 토하는 사람도 보였다. 창우는 몸 전체의 세포가 낱낱이 뜯겨나가는 듯해서 숨도 쉴 수가 없었다.

6월 20일, 신세계 백화점 방향으로 진격하던 시위대들은 비 오듯 쏟아지는 최루탄에 모두 뒤로 물러났다.

다섯 시 반경, 창우는 중앙극장 앞에 있었다. 지나는 승합차와 승용차들이 저마다 경적을 울려주었고 도로변으로 몰린 사람들은 박수를 치거나 손수건을 흔들었다. 명동성당 천막에서 본 청년이 비장한 목소리로 말했다.

– 이번에는 우리의 힘으로 민주화 문을 열 수 있을까요? 우리 손으로 민주화를 쟁취할 수 있을까요? 동학혁명이나 3 · 1 만세, 5 · 18 광주항쟁처럼 결국은 진압이 되어 시위나 봉기, 항쟁의 의미만

남지는 않을까요?

저녁 8시 창우는 대학 학보사 기자를 만나기 위해 서울역으로 갔다. 사흘 전 쫓길 때 창우는 그 학생을 골목에서 만났고 그것이 인연이 되어 저녁마다 각자 수집한 시위상황을 서로 교환해왔다. 주차장 한켠에 의대생들이 스티로폼을 깔고 앉아 한 청년의 머리에 붕대를 감아주고 있었다. 학보사 기사는 아직 도착하지 않았다.

창우는 의약품과 워키토키 사이에 끼어 있는 유인물을 집어 들었다. 국본에서 내려온 선언문이었다. 4.13 독재헌법은 무효다, 광주사태 진상을 규명하라, 민주인사에 대한 연금, 구속, 공민권 박탈을 중지하라, 고문살인 은폐조작 규탄 등의 내용이었다. 창우가 의대생에게 물었다.

– 의대생 전부가 이번 시위에 참가하는 건가?

– 서울에서는 그래요. 모든 대학이 지역을 배정받아 의료 활동을 하고 있어요. 이한열 사건 이후에 전대협에서 내린 지시예요. 의대, 간호대 전부 시위 현장으로 가라……

그때 학보사 기자가 도착했다.

– 지금 계엄령을 준비하고 미국 승인을 기다리고 있대요! 확인까지는 하지 못했지만 지방에는 탱크가 나와 있대요.

– 미국의 승인을 기다린다?

– 광주항쟁 때 미군은 자기들 통제 아래 있던 20사단을 전두환에게 내주었고 오키나와에 있는 항공모함까지 우리 해역으로 급파

했어요. 전두환은 광주시민을 북한의 사주를 받은 폭도라고 했고 미군은 북한의 오판을 막기 위해서라고 변명까지 하면서 전두환을 도왔어요.

– 지금은 광주 때와 다르잖아? 그땐 바깥과의 통신도 차단했지만 지금은 시위 소식으로 전국통신이 불이 나고 있는데도 과연 미국이 승인할까?

– 박정희는 승인을 기다렸나요? 탱크로 먼저 서울을 장악한 뒤 미국에 통보를 했잖아요. 전두환도 그 수법을 차용할 수 있잖아요.

그때 한 학생이 뛰어와 어서 라디오를 켜보라고 했다. 의대생이 트랜지스터를 켜자마자 국무총리의 특별담화가 흘러나왔다.

'불순 세력이 국가 안보를 위협하고 있다. / 시민들은 불순세력에 부화뇌동하지 말라. / 법과 질서의 유지가 더 이상 어려워지면 정부로서는 비상한 각오를 취할 수밖에 없다.'

6월 23일, 시위가 더 격렬해졌음에도 계엄령은 선포되지 않았다. 정보통에 의하면 전두환이 미국에 구원을 요청했으나 미국은 '학생들의 반미감정이 고조되고, 자국에서도 부정적인 여론이 커지고 있으니 군이 출동하는 일은 절대로 없기를 바란다.' 고 오히려 역당부를 했다는 것이었다.

오전 11시, 서울역에도 벌써 가스냄새가 질펀했다. 창우는 새마을

호 열차 대합실 쪽으로 올라갔다. 그때 역 광장 북편에서 학생, 시민들이 다급하게 쫓겨 왔다. 그 위 파출소를 접수하자마자 최루탄과 기동대들한테 역추격을 당한 것이었다. 최루탄 터지는 소리가 낭자했다. 시위대들은 본관 대합실과 새마을 대합실로 몰려갔고 창우도 얼결에 휩쓸려갔다. 가스탄이 발꿈치를 따라왔고, 그는 구석 쪽 의자에 주저앉았다. 대합실엔 차를 타러 나온 사람, 미처 피하지 못한 시위대들이 서로 부딪치며 우왕좌왕했다. 그때였다. 유리창이 깨지면서 직격탄이 날아들었다. 어디선가 짧은 비명소리가 들렸으나 계속 터지는 가스 때문에 얼굴을 들 수가 없었다. 한 아이가 자지러지게 울었다. 엄마를 따라 차를 타러 온 그 아이는 온몸에 불이 붙은 듯 펄쩍펄쩍 뛰었다. 다행히 파편을 맞은 건 아니었다. 역 직원이 물호스를 들고 나와 아이의 눈을 씻어주었다.

6월 25일, 요충지를 탈환하거나 빼앗기는 나날이 반복되었다. 부산, 광주, 대구, 대한민국 전국이 격전지였다. 제주도에서도 많은 학생들이 포위되거나 구타, 감금을 당했다. 4 · 3 봉기 이후 처음이라고 했다.

오전 10시 30분경, 남대문과 퇴계로 쪽에서 학생들이 투석전을 벌이며 내려 왔다. 대우건물 앞에서도 역 광장에서도 학생 시민들이 도로로 뛰어들어 그 일대를 점령했다. 그 순간 수십 발의 직격탄이 집중적으로 쏟아졌다. 학생들은 그 자리를 지키려고 죽을힘을 다해 화염병과 돌멩이를 던져댔다. 시민들이 먼저 달아나기 시작했다.

부상자들이 계속해서 늘어났다. 적십자 완장을 찬 의대생들이 그들을 눕히거나 지혈을 했다. 머리에 피가 흐르는 고등학생이 업혀왔다. 의대생이 워키토키로 응급환자가 있으니 즉시 좀 출동해달라고 긴급요청을 한 후 응급처치를 했고 고등학생은 머리를 숙이고 연신 침을 뱉었다. 헬멧을 쓴 미국과 일본 외신기자가 녹음기를 들고 다가왔다. 창우가 그들 앞으로 나서서 통역을 자청했다. '공식적으로 시위를 허용하는 고등학교는 없을 것이다, 그래도 동참한다고 해서 벌을 내리진 않는다.' 는 말을 통역할 때 가스 마스크를 한 전투대원들이 다가와 외신기자 바로 옆에 최루탄을 타앙, 하고 터트렸다. 의대생들이 고등학생 환자를 부축하여 부리나케 건물 안으로 뛰었고 외신기자들은 코를 싸고 화장실로 뛰었다.

6월 26일, 오전 11시, 서울역 앞 도로가 봉쇄되었다. 광장에는 시위대들이 인산인해를 이루었고 염리동, 남대문, 퇴계로, 후암동 쪽에서도 '독재타도', '호헌철폐' 를 외치는 시위대들이 계속해서 몰려왔다. 이제 정말 시위대들의 세상이 된 것 같았다. 광장에 임시 발언대가 마련되었다. 박 정권 때에 아들을 잃었다는 노인이 발언대에 오르는 순간 대우빌딩 쪽에서 노인을 향한 직격탄이 정조준 한 총알처럼 날아왔다. 한 학생이 발견하고 노인을 끌어내렸고 직격탄은 역사 벽에 맞고 터졌다. 도동과 고가도로 위에서도 최루탄이 빗발쳤다. 긴장을 풀었던 시위대들은 혼비백산, 역사 안으로 몰려갔다. 그 와중에도 학생들은 노약자들 뒤에 붙어서 '질서, 질서' 를 외치며 넘어지지 않도록 보호했다. 이것이 우리 민족의 진정한 심성이다, 이런 젊은이들이 민족의 유전자다, 창우는 쫓기면서 그런 생각을 했다.

오후 6시경, 전세가 다시 역전되었다. 시위대열이 사방에서 성난 파도처럼 밀려왔다. 얼굴에 배추를 붙인(가스 해독용) 노동자, 농민들, 치약을 바르거나 마스크를 쓴 청년들이 발언대를 만들었다.

8시쯤 되었을까, 고기도로 위에서 취재를 하던 외신기자들이 다급하게 팔을 휘저었다. 진압대가 쳐들어온다는 신호였다. 공중전화박스 뒤쪽에서 가스총 대원들이 철판 로봇들처럼 일시에 모습을 드러냈다. 벌써 첫발이 터졌다. 집회장 사람들은 소낙비처럼 대합실로 몰려갔다. 시민들은 비명을 지르며 서부역 통로나 열차 승강장으로 달아났다.

오후 9시 40분, 창우는 승강장 계단에서 쉬고 있었다. 철로에는 부산행 새마을 열차가 출발대기 중이었다. 계단 위에서 랩에 마스크를 쓴 학생들이 열차 출발을 막겠다고 우르르 내려왔다. 9시 50분 열차가 기적을 울렸다. 승강장에 서 있던 대학생들이 일제히 선로로 뛰어내려 열차를 막았다. 기관사가 거듭해서 기적을 울려댔으나 학생들은 팔을 벌린 채 꼼짝도 하지 않았다. 열차가 덜컹 움직였다. 그때 노 시인이 선로로 뛰어내렸다. 깡마른 체구에 랩으로 안경을 덮은, 이름이 김규동이라는 노 시인, 그의 자그마한 육신에서 거인의 일성이 터져 나왔다.

– 출발하고 싶으면 나를 밀고 가라!

기관사는 출발을 포기했다.

6월 29일, 노태우가 6.29 선언을 했다. 모두 8개 항으로 자신의 제안을 정부에서 관철해 주지 않으면 대통령 후보와 당대표를 포함한 모든 공직을 사퇴하겠다고 했다. 국민의 승리였다.

7월 5일, 이한열 열사의 장례식이 있었다. 운구행렬이 시청 앞 광장으로 들어설 때 백만 시민들이 울었다. 운구가 단상에 놓이는 순간 갑자기 하늘이 어두워졌다. 그리고 찬란한 빛이 어둠 위로 천천히 떠올랐다. 창우는 입을 딱 벌렸다. 생애 처음 본 신비한 전경이었다.

비행기가 도착하고 김도연이 첫 번째로 나왔다. 짐이라고는 손에 든 가방 하나가 전부였다.

"우와, 제가 그렇게 보고 싶었어요, 일착으로 나오시고."

창우의 인사말도 김도연은 건성으로 넘기고 주소를 쓴 쪽지부터 내밀었다. 701 킹슬리 글린데일, 사무실 이름은 한미포럼(Korean American Forum of California)이었다.

"거기서 사람을 만나기로 했어. 외국인이야. 빨리 좀 가주게,"

공항 주차장에서 빠져나와 105번 프리웨이를 탔다. 110번을 바꿔 타고 LA다운타운을 지나 파사데나 쪽 터널을 지났다. 글린데일, 공항에서 50분 거리다. 앞으로 10분 정도는 익스체인지 없이 한길로 달릴 수 있다. 창우가 물었다.

"형수님 잘 계시죠?"

"형수님? 니가 집사람을 알아?"

"알죠, 한국을 떠나던 날 형수님이 된장국 끓여줬잖아요."

"아, 그랬지. 잘 있어."

창우가 재우쳐 물었다.

"한미포럼에서 만나기로 한 사람이 누구예요?"

"마이클 혼다."

마이클 혼다는 위안부 피해자들을 위해 헌신적으로 일해주고 있는 일본인이자 미국 상원의원이다. 한미포럼 또한 위안부 할머니들의 피해상황을 알리고 일본정부로부터 전쟁범죄, 성 노예 인정과 함께 사과를 받아내기 위해 결성된 단체로서 피해국이었던 중국, 필리핀과 연대 사업을 하고 있다. 김도연은 동북아 평화연대에 관여하고 있다고 들었는데 마이클 혼다를 만난다는 것은 좀 의외였다.

"형이 위안부 문제도 관여하고 있어요?"

"마이클 혼다 씨는 한국 내의 위안부 피해 할머니들에 대한 여론을 듣고 싶어 한단다. 나를 만나려고 일부러 이곳에 온 것은 아니고 위안부 포럼 차 오는 길에 나를 만나도록 한미포럼 리더가 일정을 맞춘 거지."

속력을 올릴 때 도연이 형이 물었다.

"넌 위안부에 대해 어느 정도 알고 있니?"

"우선 명칭에 대해 말해볼까요? 힐러리는 '무슨 위안부냐, 성 노예지' 라고 했고, 정대협에선 미국을 순회할 때 '강제로 징집된 위안부'

라고 말했다는 것 정도……."

"이곳 일본인들 대응이 아주 치졸하다면서?"

"위안부 할머니들을 창녀로 비하하고 있어요. 현재 한국인들의 매춘사건에다 위안부(comfort women)란 제목을 붙여서 유튜브에 올리고 미국 전역에 비디오를 배포하고 있어요."

"디트로이트에서 교민들이 뜻을 모아 위안부로 끌려간 분들의 소녀상을 세울 계획이었단다. 장소까지 물색해두었는데 일본 대사관과 일본인들의 방해로 좌절되었대. 내 짐작인데 이곳 글린데일에서 그 뜻을 이어받을 생각인 것 같아."

한미포럼 사무실 앞에 도착했다.

"주차장에서 기다릴까요?"

"아니야, 내일 만나지. 전화할게."

도연이 서둘러 안으로 들어갔고 창우는 차를 돌렸다.

3부

생의 무늬들

I

직원이 화장품과 사진들을 가져와 감사원 앞에 펼쳐놓았다. 얀의 소지품들이었다. 감사원이 화장품이 든 비닐봉지를 살펴보며 물었다.

"미세스 한이 주기적으로 화장을 해 주었다는데 이 화장품들은 애초 누가 구입한 것입니까?"

"그가 부탁했고, 제가 사다주었습니다."

얀에게 메이크업을 해준 것이 어제저녁 8시경이었다. 아딜이 오지 않았다, 꿈에서는 분명 온다고 했으니 오늘 밤에는 올 것이다, 밤에 하는 화장이니 립스틱은 짙은 색으로 해달라고 했고 경숙은 새 립스틱을 꺼내 칠해주었다.

"립스틱은 색깔대로 사달라기에 처음 살 때 여러 개를 샀습니다."

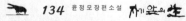

"이 화장품들을 성분 분석할 것인데 이견 있어요?"

"두 달 전부터 사용했지만 아무 이상이 없었어요."

감사원의 눈길이 곤두서서 경숙은 말투를 고쳤다.

"의심스러우면 그러세요."

직원이 화장품을 들고 나가자 감사원이 질문을 했다.

"그와 늦은 시간까지 이야기를 했다던데 무슨 내용이었습니까?"

"전 얘기하지 않았어요."

감사원이 볼펜을 놓고 재우쳐 물었다.

"그가 무슨 얘길 했는지 물었습니다. 혹시 자살을 예고한 언질이라도 있었습니까?"

"아니요. 전혀."

얀이 자살했을 리가 없다. 그는 스스로 움직일 수 없었고 사물함도 간호사가 수시로 점검을 했다.

"그가 어떤 얘길 했는지 생각나는 대로 말해보세요."

얀이 얘기를 시작한 것은 뇌수술 환자에게 기저귀를 바꿔준 뒤였다. 기다리던 연인이 오지 않았으니 서운함을 토로할 것으로 여겼는데 그의 입에서 흘러나온 것은 추억이자 그리움이었다.

– 아딜과 난 버클리 동기예요. 그는 처음 보는 순간부터 강한 지남철 같았어요. 매혹의 기운이 내 목을 감아 숨도 쉴 수 없었어요. 멀찍이 서서 보아도 내 모든 감각기관이 그에게로 향하는 거예요. 더 이상 견잡을 수 없을 때 고백을 했죠. 너는 그리스의 조각 미남

헤라클래스를 닮았다, 난 그리스 철학과 정치를 좋아한다, 로마로부터 지배를 받았을 때도 지식인들은 자기네들 정체성을 지키려고 애를 썼고 나는 그들의 자존심을 존경한다. 아딜이 대답했어요. 내가 좀 그리스인같이 생겼지? 먼 선조에 그리스인이 있었는지 모르지. 하지만 난 팔레스타인이야. 아찔하더군요.

감사원이 물었다.

"그가 그리스 철학에 대해 얘기했단 말이죠?"

"대충 그런 얘길 했지만 전 알아들을 수가 없었어요. 아시다시피 제가 잘 아는 말은 병원 언어밖에 없잖아요."

"계속하세요."

– 남의 국적을 멋대로 정해버린 것도 창피한데 '팔레스타인' 이라고 강조하던 그의 말이 가시처럼 명치를 찌르는 거예요. 사람들은 말하죠. 유대인과 팔레스타인은 천적관계라고. 얼른 변명하고 싶더군요. 난 유대인이지만 시오니스트는 아니라고…… 그때 이런 생각이 드는 거예요. 아딜은 내가 유대인이란 것보다 구차하게 변명하는 것을 더 경멸할 것이다…… 그날은 그냥 물러났죠. 그리고 천둥번개가 치는 날 그의 기숙사로 갔어요. 그는 아르바이트에서 막 돌아와 있었어요. 방과 후엔 펍에서 일했거든요. 그는 아무것도 묻지 않았고 나는 그냥 지껄였어요. 유대인에 대해서요. 유대인들은 모두 자신들이 선택받은 사람들이라고 생각한다, 구약성서가 그걸 증명한다는 것이다, 교리도 찬가도 그런 식으로 구성되어 있다, 랍비들

은 검은 옷에 검은 모자를 자랑스럽게 쓰고 다닌다, 그런데 사람들은 유대인을 싫어한다, 그들은 뇌구조가 다른 변종이라고 생각하기도 한다, 그런 그들이 금융, 군수(軍需) 거의 모든 분야를 잡고 세계를 흔들고 있다고 저주를 하는 소리도 들었다, 솔직히 동족인 나도 밝은 옷차림의 사람들 속에 검은 옷을 상복처럼 휘젓고 다니는 모습엔 눈살이 찌푸려지기도 한다, 아딜, 유대인인 내가 이런 말을 하는 것이 반민족적 언행이니? 아딜이 대답하더군요. 글쎄, 난 유대인이 안 되어봐서 모르겠는데? 내 얘기에 관심이 없다는 뜻이었어요.

"친구와 유대인에 대한 이야기를 했단 말이죠?"

경숙은 아딜과 팔레스타인에 대한 얘기를 할 수가 없었다. 얀이 자살했을 리가 없고, 누군가로부터 살해를 당했다면 원인제공자가 아딜일 수도 있기 때문이었다.

"얘기를 나눈 사람이 친구가 아닌 애인인 것 같았어요."

"애인? 계속해보세요."

– 내가 언성을 높여서 물었죠. 그럼 전쟁의 당위성을 강조하는 부시는 어때? 많은 사람들이 그가 전쟁광이라고 욕하는데 설마 넌 부시가 안 되어봐서 모르겠다고 하진 않겠지?

그가 침대에 걸터앉으며 말하더군요. 지식인들, 아니 평화주의자들은 부시를 욕할 수 있다, 왜냐면 그들은 부시에 대해 공부나 연구를 했고 그만큼 알기 때문이다, 하지만 나는 부시, 전쟁, 정치 그런 것 따로 공부한 적 없다. 그러니까 비판할 깜냥이 아니란 말이지.

미세스 한, 이때 그의 말을 어떻게 해석했는지 아세요? '어이, 유대인, 너의 에토스가 지금 부유(浮遊)하고 있거나 미성숙인 것 같으니 좀 더 성장한 뒤에 다시 올래?' 나는 날갯짓을 중단당한 벌새처럼 그의 발등으로 곤두박질치는 기분이었어요.

미세스 한, 솔직히 난 아딜의 말이 혼란스러웠어요. 그가 지적하고 싶은 것이 내가 유대인에 대한 정체성이 확립되어 있지 않다는 것인지, 유대인이라 전쟁 얘기 따위를 논할 상대가 아니라는 것인지 말예요. 혼란에 매몰되어 있다간 그대로 쫓겨날 것 같아 직격탄을 날렸죠. 아딜, 난 네가 좋아. 사람을 좋아하는데도 국적을 가려야 하는 거야? 막말로 국적이 다르다고 내 코가 둘이야? 그가 진지하게 말하더군요. 국적이 큰 문제가 아니란 건 나도 알아. 네가 나를 그리스인으로 보았듯이 먼 옛날로 거슬러 올라가면 같은 조상을 가졌을 수도 있어. 특히 중동과 지중해 연안이 그렇잖아? 한데 얀, 난 지금 몹시 피곤해. 오늘은 돌아가고 다음에 얘기하자, 응? 그리고 그가 샤쓰를 벗었어요. 잠자리에 들겠다는 신호였죠. 떡 벌어진 어깨와 가슴의 털을 보는 순간 머릿속으로 이런 생각들이 자막처럼 흘러갔어요. 이대로 돌아가면 끝이다, 한 가지라도 맺고 가자.

미세스 한, 맺는다는 게 어떤 행위인지 짐작이 되시죠? 맞아요, 그에게 달려들어 껴안고 애무를 했어요. 그가 내 손을 떨쳐내면서 점잖게 말하더군요.

친구, 난 여성 숭배자야. 그럴수록 더 감겨들면서 말했죠. 난 여성이 될 수가 있어, 정말이야……. 미세스 한, 지금 웃는 거예요? 하긴 그런 내가 좀 그로테스크 하죠?

경숙이 자신도 용하에게 그런 식으로 들이댔던 게 생각나서 슬며시 웃음을 무는데 감사원이 불쑥 물었다.

"그의 애인이 어떤 여자인지 미세스 한도 본 적 있어요?"

"아니요, 제 근무 시간에는 오지 않았어요."

"그리고요?"

"자신의 사랑철학을 말했어요."

"사랑철학?"

"사랑은 뱃속 아기처럼 키우는 거라고 했어요. 아기의 생장처럼 머리, 눈, 손발, 차례로 키우는 거라고요. 완성을 위해 끝없이 노력하는 거라고."

경숙이가 당신과 나의 사랑법이 비슷한 것 같다고 말할 때 얀이 코를 골았다. 잠이 든 것이었다. 그 길로 경숙은 관장기와 기저귀를 가져오려고 비품실로 갔다. 베트남인 간호사가 구석의자에 앉아 울고 있지 않았다면, 그녀를 달래느라 지체하지 않았다면 얀에게 그런 불상사는 일어나지 않았을까? 베트남 여자는 고등학교에 다니는 딸이 코카인 문제로 학교에서 잘렸다고 했다. 경숙은 굳이 그럴 필요가 없었음에도 퇴학을 당했으면 학교를 옮기면 된다, 그도 싫다면 요즘 아이들이 좋아하는 패션 공부를 시키거나 학원에 보낼 수도 있다고 동료를 달랬고 그 소요 시간이 20분을 넘지 않았다. 방을 비운 건 그때뿐이었다.

"방을 비운 것은 새벽 한 시경이라고 했지요? 죽음을 발견한 것은 5시 30분, 그 사이 환자를 살펴보긴 했어요?"

"아니요. 그는 불면증이 있어서 잠들었을 땐 가까이 가지 않았고 그게 우리 둘의 묵약이었어요."

비품실에서 돌아올 때 복도에서 마주친 한 의사가 생각났다. 중환자실 쪽에서 오고 있었는데 처음 보는 얼굴이었다. CCTV를 확인해서 그의 신분을 알아보라고 말하려는 순간 전화벨이 울렸다. 감사원이 통화를 끝낸 후 말했다.

"부검 결과가 나오면 다시 얘기하고 오늘은 이만 퇴근하세요."

부검을 하면 사망원인이 드러날 것이다. 그때도 문제를 찾지 못한다면 CCTV를 거론해도 늦지 않을 것이라고 생각하며 경숙은 가방을 들었다.

주차장에서 차문을 열 때 맞은편에서 승용차가 정지했고 여성들 둘이 내려 급히 병원 안으로 들어갔다. 얀은 누나들 틈에서 자랐다고 했다. 어릴 때부터 여장을 좋아했고 아버지가 외아들은 절대로 그래서는 안 된다고 나무라면 밥을 먹지 않고 시위를 했다. 그는 누나들에게서 동성의 위안을 느꼈고 누나들도 그의 그런 감정을 묵인해주었다고 했다. 어쩌면 그들이 얀의 누나일 수도 있고 정말 그렇다면 무엇이든 도와야겠다는 생각에 경숙이 여인들 쪽으로 뛰어갔다. 엘리베이터가 닫히기 직전에 경숙이 문을 열었다. 그녀들이 향하는 층수는 3층이었다. 사무실이나 영안실이 아니어서 경숙이가 물어보았다.

"난 이 병원 간호사에요. 어느 병실에 가세요?"

"아이슬레이션(무균실)에 갑니다. 어제 동생이 간 이식 수술을 받았어요."

"그 환자, 결과가 좋을 거예요."

여인들은 환자를 깊이 사랑하는 사람들이었다. 경숙의 의례적인 말에도 감격의 눈물까지 보이면서 3층에서 내렸다. 얀의 가족들도 이들과 다르지 않을 것이다. 경숙은 1층이 아닌 5층 버튼을 눌렀다. 5층엔 보안실이 있다. CCTV를 보여 달라고 해 보자. 사전 확인은 진실을 붙잡아두는 것과도 같다.경숙은 모니터를 보고 있는 직원들을 지나 구석에 놓인 팀장 책상으로 갔다.

"4층 중환자실 A파트에서 왔어요. 어젯밤 자정에서 새벽까지 CCTV를 봤으면 하는데요."

"허락 사인이 있습니까?"

"아니요."

"책임자 사인을 받아오셔야 합니다."

이제는 부검결과를 기다려보는 수밖에 없다. 경숙은 보안실을 나와 엘리베이터 앞에 섰다. 남편의 부재가 별안간 공포로 느껴졌다.

2

뉴포트로 향했다. 뉴욕 위 동부 연안 로드아일랜드 주에 있는 항구였다. 호화 유람선들이 정박된 이스턴 비치를 지나 세계 각국의 국기들이 펄럭거리는 템스 거리로 들어섰다. 해양박물관 옆에 물고기 문양의 스티커, 펜던트와 여러 나라의 국기를 파는 가게, 그 건너편에 일본 식당 스시 집이 있었다.

용하는 스시 집으로 들어가 다카사키를 찾았다. 주인인지 종업원인지 분간할 수 없는 50대 남자가 주방 쪽에서 나오며 자신이 다카사키라고 밝혔다. 용하가 톰 클락이 보냈다고 하자 잠깐 기다리라고 한 후 어디론가 전화를 걸어 한참이나 일본말을 주고받은 후 다음 장소를 알려주었다.

"이스턴 비치에 가면 엔젤이라는 유람선이 있어요. 찾기 쉽답니다."

"고맙습니다."

등을 돌리는데 다카사키가 급하게 말했다.

"오후 5시에 그 앞으로 오시랍니다."

오후 5시면 아직 두 시간이나 남았다. 용하가 물었다.

"브레이크 타임 같은데 음식 주문, 무리겠지요? 아직 점심을 못했거든요."

"저런, 시장하시겠군요. 거기 앉으세요."

용하는 바에 앉았다. 그는 자신이 왜 이곳으로 와야 하는지 아직 정확한 이유를 알지 못했다. 한국을 떠나기 전에 광주 묘역에 들렀을 때 톰 클락으로부터 전화가 왔다. 그는 자세한 설명도 없이 뉴욕으로 가달라고 했고, JFK 공항에 내렸을 때 한 흑인이 기다리고 있었다. 그 흑인 역시 항구와 스시 집 주소만 알려줄 뿐 내막을 말하지 않았다.

다카사키가 초밥과 미소 된장국을 내밀며 '비어?' 하고 물었다.

"아니요, 전 술을 못합니다."

식사가 끝나갈 무렵 다카사키가 농담조로 물었다.

"맨해튼 전설을 아십니까?"

"아니요. 잘 모릅니다."

"맨해튼은 본래 인디언 추장의 이름이었지요. 그 추장은 술을 아주 좋아했어요. 맨해튼 섬을 가지고 싶던 백인들이 추장에게 날마다 술 선물을 했어요. 중독자로 만들기 위해서 말이죠. 그러다가 어느 날 술 선물을 중단하면서 이제부터는 돈을 주고 사가라고 했다는 겁니다. 술은 마시고 싶어 환장하겠고, 돈은 없고, 이 추장 어떤 선택을 했을까요?"

"자기 영토를 팔았다?"

"맞아요. 그것도 아주아주 헐값에 말예요."

"그래도 맨해튼 이름은 유지했군요."

다카사키가 고개를 바짝 디밀고 나직이 물었다.

"뉴욕 어느 섬에 악명 높은 감옥이 있다는 것 아세요?"

"예, 라이커스 아일랜드에 그런 감옥이 있다지요?"

주민들도 모르는 은밀한 감옥으로 유색인종이 많으며 주로 갱단 두목이나 간부들이 수감된다고 들었다.

"며칠 전에 거물급 액티비스트 한 사람이 그곳에 갇혔대요."

다카사키는 중간 안내인이다. 약속장소를 일러준 것으로 자기소임을 다했을 텐데 감옥을 거론하는 까닭은 뭘까? 용하 자신의 임무가 감옥과도 관련이 있는 것일까? 유색인종이나 갱단 두목들이 수용되어 있는 감옥에 거물급 액티비스트는 또 뭔가? 그때 남녀 손님이 들어왔고 용하는 궁금증을 풀지 못한 채 스시 집을 나왔다.

엔젤호는 호화 유람선이었다. 용하는 주위를 맴돌며 시간을 보낸 후 5시 정각에 그 앞으로 갔다. 작달막한 일본인이 다가와 용하의 이름을 확인한 후 따라오라고 했다. 좀 떨어진 곳에 개인용 요트가 정박해 있었다.

"이 요트 성능 좋습니다. 한번 타보실래요?"

일본인이 시동을 걸었다. 요트가 부두에서 멀리 떨어져 나오자 일본인이 오늘은 날씨가 좋아 바람이 덜 차다, 2월엔 바람이 차서 요트를 타기가 좋지 않다는 등의 의미 없는 이야기를 하다가 육지의 한 지점을 가리켰다. 철조망과 높은 담장, 붉은 벽돌의 감옥 건물이 보였다.

"데이비드 케빈이 저 안에 있을지도 모른답니다."

"데이비드요? 그가 왜 저기에 있습니까?"

"이쪽으로 오다가 검거되었답니다."

데이비드는 반전연합의 수장이다. 지능적인 검거나 체포를 막기 위해 항상 변호사와 동행하는데도 검거되었다면 어떤 사정이 있었던 것 같고 자기가 이리로 온 까닭도 그와 연관이 있다는 것이 좀 더 분명해졌다. 한데 데이비드는 왜 여기로 왔던 것일까?

"그가 검거된 날이 언제지요?"

"정확히는 모릅니다."

용하는 데이비드가 주도했던 한 시위를 떠올렸다. 그날 순서는 LA 월셔 가에서 집합해 연방청사까지 행진을 하는 것이었다. 전진은 황토색 옷에 검은 자루를 머리에 씌운 중동인을 미군이 쇠사슬로 묶어서 개처럼 끌고 가는 것이었고 후진은 피켓을 들고 구호를 외쳤다. 그때 용하는 피켓 제작을 도왔다. 인종전쟁 스톱! 오일전쟁, 암살, 경제제재 조치를 중단하라! 등이었고 아프가니스탄 전쟁에 드는 1주일 비용은 2백만 달러, 우리 교육비는 제로, 전쟁 대신 우리의 가난을 부양하라 등의 구호도 기억이 났다.

요트가 방향을 바꾸었다. 목적지가 감옥이 아닌 모양이었다. 먼 바다를 향해 달리던 요트가 다시금 선수를 틀었다. 7분쯤 더 달려서 해양생물 연구선 앞에서 멈췄다. 해양생물 연구선? 이건 또 무슨 뜻이지? 연구선에서 계단식 사다리가 내려왔다. 연구선이 요트의 접근을 주시하고 있었던 것 같았다. 요트 주인이 말했다.

"내 임무는 여기까지입니다. 올라가보세요."

올라가보니 갑판이었고, 거기 백인이 기다리고 있었다.

"따라오세요."

이 배는 연구선이라 갑판이 뒤쪽이었고 앞쪽에 조타실, 조타실 아래로 B, A, U 데커가 층층으로 나뉘어져 있었다. 주방과 식당이 있는 데커는 맨 아래층이었다. 백인은 그를 먼저 A데크로 안내했다. 일반 승선자들이 거주하는 선실이었다.

데크로 들어서자 휴게실에서 기다리던 사람들이 일제히 몸을 일으켰고 그중 한 청년은 달려 나왔다. 마크였다! 효순이 미선이가 탱크에 희생당했을 때 마크는 동두천에 있었다. 어린 소녀들을 그렇게 죽여 놓고도 무죄판결을 하는 미군의 실체에 만정이 떨어져 제대 후 액티비스트가 된 마크는 1% 탄핵시위를 주도한 적도 있었다. 그때 용하가 쓴 피켓은 '우리 99프로는 노예, 1프로의 노예'였다.

"마크, 그대가 어떻게 여기에 있는 거요?"

"제가 톰한테 부탁했어요. 당신을 보내달라고."

이 배는 의약품을 싣고 팔레스타인으로 간다, 데이비드 씨가 이끌기로 했는데 그가 체포되어 날짜가 지연되었다는 이야기를 하고 있을 때 선장이 내려와 일행을 주목시켰다.

"나는 선장입니다. 배의 총 톤수는 3천으로 선장 외 필수요원 10명과 여러분들 팀원 8명이 항해 멤버들입니다. 목적지까지는 약 12, 3일이 소요됩니다. 이 배는 조수기 작동이 원활치 않습니다. 물을 가득 채우긴 했지만 보조수(補助水) 기능이 없으니 물을 아껴야 합니다. 밤에는 커튼을 닫거나 침실 불을 꺼주십시오. 배는 불빛으로 신호를 주고받는데 조타실 외의 불빛은 다른 선박에 혼선을 줄 수 있습니다. 그리고 이 배에는 조리사가 없습니다. 여러분들이 분담해서 기관사와 선원들 식사까지 책임져야 합니다. 식재료는 창고와 냉장고에 있고 20명이 20일 먹을 수 있는 양입니다. 그밖에 전달 사항은 그때그때 알려드리겠습니다. 이상입니다."

선장이 조타실로 돌아가자 헨리가 팀원 소개를 시작했다. 그는 COV(양심의 소리)에서 참가한 보도원이었다.

"아노브 박사님을 소개합니다. 우리 수송 팀을 이끌 팀장이십니다."

아노브 박사가 자리에서 일어났다.

"저는 유대인입니다. '선량한 유대인' 이라는 자격증도 있습니다."

팀원들이 와르르 웃었고 헨리가 보충설명을 했다.

"아노브 박사는 유대인 인물연구소 대표입니다. 연구 대상은 인류를 위해 헌신하거나 인류의 스승이 되고 있는 유대인을 찾고 그 업적을 기록하는 것입니다. 올 중반기엔 북한에도 가신답니다. 세계 석학들, 노벨수상자들이 북한 대학생들을 위해 강의를 한다는데, 그들 중 한분이 이스라엘에 사는 노벨수상자라 함께 동행하시는 거랍니다."

팀원들이 박수를 쳤다. 박사가 박수를 중단시키고 본론으로 들어갔다.

"알고 계시듯이 우리는 지금 팔레스타인으로 갑니다. 배에 실은 것은 항생제와 심혈관 관련 의약품, 유아용품, 아이들 비타민, 임산부를 위한 영양제 등입니다. 애초 출항 날짜는 20일 전이었고, 인솔자는 데이비드였습니다만 그가 검거되는 바람에 제가 대신하게 되었습니다."

NGO로 참가한 대학생이 아노브에게 물었다.

"현재 팔레스타인 상황은 어떻습니까?"

"인구가 줄어들고 있습니다. 특히 아기 출산이 저조합니다. 수많은 남자들이 감옥에 있는데다 전쟁 때마다 아이들이 희생되고 있기 때문입니다. 엇그제도 서안 지구에서 팔레스타인 아기 둘이 불에 타 죽었답니다. 극우 이스라엘인들이 기습 방화를 했다고 합니다."

마크가 물었다.

"그래서 교도소 남편의 정자를 밀반출해서 여성들이 아기를 낳고 있다지요?"

"맞습니다. 그렇게 태어난 아기가 1백 명이 넘는다고 합니다. 문제는 그 엄마들이 테러협박에 시달려 약을 사러 나가지도 못한답니다. 이번에 임산부의 영양제 수량을 대폭 늘인 까닭도 그 때문입니다."

스피커가 삑삑거리더니 선장의 말소리가 들려왔다.

"도선사가 도착했습니다. 배는 10분 이내로 출항할 것입니다. 항만을 빠져나가기 전에 검열을 받을 수도 있습니다. 여러분들 신분은 해양생물 연구원입니다. 잘 기억해두시길 바랍니다."

팀원들은 그길로 모두 자기 방을 찾아갔다.

3

얀의 사인은 심장마비라고 했다. 절대로 그럴 리가 없었다. CCTV를 언급하자 마치 기다렸다는 듯 낯선 방문자가 전혀 없었다고 대답했다. 미국의 병원 대부분이 소송을 가장 무서워하고, 시비를 봉합하기 위해 서둘러 그런 진단을 내렸겠지만 유가족도 진실을 알아야 할 권리가 있다. 그것이 엄청난 돈을 내고 환자를 맡기는 까닭이다.

경숙은 인권위 사무실을 찾아갔다. 자신은 담당 간호사로 책임을 통감한다, 유가족이 문제를 삼지 않을까, 불안도 하다, 그래서 내가 먼저 의심스러웠던 점을 알려준다면 면책은 받을 수 있지 않겠느냐고 했더니 인권위원장이 싸늘하게 말했다.

– 가서 말해 봐요. 그 환자, 내 근무 시간에 죽었다, 자리를 비운 사이에 죽었고 그 사실조차 몇 시간 후에 알았다고 한다면 그들이 당신을 가만둘까요? 당신은 지금 인권보장이 아닌 자멸하겠다고 선언하고 있어요. 어떤 결과를 당해도 좋다면 마음대로 하세요.

병원에서는 철저한 대비를 했을 것이다. 사소한 잡음은 간호사에게 떠넘긴다는 것도 알고 있었다. 그럼에도 포기가 되지 않았다. 얀의 귀여운 얼굴이 시시때때로 떠올라 진실을 밝혀달라고 조르는 것 같았다. 정신병동에서 자살한 앤디의 일도 그녀를 압박했다. 상의할 사람이 필요했다. 그런 일에 대해 잘 아는 사람, 김지철 아저씨……

경숙은 차 키를 찾아들고 집을 나섰다.

산타 클라리타에서 14번 도로를 탔다. 아구아 둘 시까지는 20분 정도 더 달리면 도착할 것이다. 김지철을 처음 만난 곳은 독일에 있는 영사관 지하실에서였다. 그땐 악마의 화신 같았는데…….

경숙이 독일 간호사로 간 다음 해 은희도 함부르크에 도착했다. 은희는 간호대학 동창으로 가장 절친한 친구였다. 엄마가 그 애 편에 고춧가루를 보냈고 경숙이 함부르크에 가서 고춧가루를 받아온 사흘 후였다. 일과를 마치고 기숙사로 향할 때 영사관 남자가 와서 확인할 게 있으니 함께 좀 가자고 했다. 영사관은 간호사들의 보호기관이기도 해서 의심 없이 따라갔다. 차는 어느 건물 뒤쪽에 세워졌고 안내된 곳은 지하층이었다. 복도 끝 쪽의 방 앞에서 남자가 문을 열고 먼저 들어가라고 했다. 실내가 캄캄했다. 그녀가 방안이 어둡다고 말할 때 등 뒤에서 문이 잠겼다. 남자가 그녀를 가두고 떠난 것이었다. 경숙이 문을 열어달라고 필사적으로 두드렸다. 30분쯤 후 덩치 큰 남자가 들어와 불을 켜주었고, 그가 방 가운데 놓인 책상을 가리켰다.

– 저기 가서 앉아.

남자가 마주 앉아 종이와 연필을 놓았다.

– 묻는 말에 대답만 잘 하면 오늘 밤에 나갈 수 있어.

– 무슨 일로 절 이런데 가두는지, 먼저 그 이유부터 말해주세요.

– 함부르크에서 김은희를 만났지?

– 네, 만났어요. 우리 엄마가 은희 편에 고춧가루를 보내서 그걸 받아왔어요.

– 은희가 애인 얘길 했지?"

은희의 애인은 중앙정보부에 잡혀 가서 한 달 만에 나왔는데 온몸이 잉크색이더라고 했다. 고문을 받아서 그랬고 은희가 간호를 해주고 싶었지만 출국 날짜에 쫓겨 그냥 왔다고 했다.

– 그런 얘기 하지 않았는데요?

– 그 애인이 북에 가고 싶다, 독일엔 알선해 주는 사람이 있고 은희가 그 길을 알아보려고 독일에 왔다고 했잖아?

– 아닌데요. 은희는 간호사 취직이 되어 독일에 온 거예요.

남자가 책상을 내려쳤다. 얼마나 힘껏 내려쳤는지 기대고 있던 경숙의 몸이 고꾸라질 정도였다.

– 북에 가고 싶다, 그 길을 알아달라고 했잖아?

– 미쳤어요? 빨갱이들이 사는 북한엔 왜 가요?

– 오리발 내밀어야 소용없어. 여긴 북한 사람과 내통하는 사람들이 있으니 너에게 소개시켜 달라고 했잖아? 넌 진작에 왔으니 그런 사람들 알고 있을 것이고…….

– 말이 되는 소릴 하세요."

– 은희도 운동권이잖아? 친구가 운동권인 걸 알면서도 신고하지 않으면 어떻게 되는지 알아? 쥐도 새도 모르게 죽을 수 있어.

– 운동권이 뭔데요? 운동하는 사람인가요? 그런데 왜 쥐도 새도

모르게 죽어요?

경숙은 운동권이 뭔지 정말 몰랐다. 솔직히 긴급조치가 뭔지도 몰랐고 은희 애인이 잡혀가서 고문을 당했다는 것도 납득이 되지 않았다. 그럼에도 은희 말이면 그대로 다 믿고 삼켰던 것은 경숙에게는 스승과 같은 친구였기 때문이었다.

– 이것 봐라, 시침을 떼는 솜씨가 보통이 아닌데?

간호대학에 입학한 얼마 후였다. 은희와 함께 광화문을 걸으면서, 유신 때 여기에 탱크가 들어오는 걸 봤다, 그때 탱크를 몰던 군인, 얼마나 멋지던지 꿈에도 보이더라고 했을 때 은희가 손을 꽉 잡고 말했다. 경숙아, 대학생은 최고학부의 사람들이다, 대화법도 수준을 갖추어야 한단다…… 사회지식이 전무한데다 책이라면 교과서밖에 읽은 게 없던 경숙에게 은희는 차근차근 가르치고 채워주는 친구였다. 미팅 때 만난 남학생들이 박정희는 비겁하다, 유신도 그 비겁자의 작품이라고 했을 때도 은희는 비판은 비판이고 예의는 예의다, 이름 뒤에 대통령 호칭은 붙여주자고 했는데 그런 친구가 운동권이고 그게 나쁘다면, 자기를 이런 식으로 잡아와 다그치는 이 남자들은 뭐란 말인가.

남자가 경숙의 턱을 치켜 올렸다.

– 너, 내가 누군지 알아? 북한과 내통한 거물들 싸그리 잡아 중앙정보부로 후송한 사람이야. 윤이상 알지? 그자도 내가 담당했어. 그런 내가 간호사인 너 따위 자백을 못 받아낼 것 같아?

– 윤이상이 누군데요?

– 좋아, 너의 입을 열게 하는 방법이 있지.

남자는 노끈을 가져와 그녀 손을 뒤로 묶었다. 그리고 책상 가장자리에 그녀 복부를 누르고 뒤에서 팬티를 끌어내렸다. 경숙이 반항을 하자 두꺼비 같은 손으로 그녀 엉덩이를 철썩 갈긴 후 자기 바지를 내렸다. 성폭행을 할 모양이었다. 그가 성기를 꺼내는 낌새일 때 경숙이 소리쳤다.

– 그만두지 못해!

– 보채지 마, 금방 넣어줄 테니.

놈이 느글거렸다. 경숙의 머릿속에선 그간 들어온 이야기들, 상식들이 전부 집합해서 전투준비를 했다.

– 우리 병원장 누군지 알아? 빌리브란트 전 수상 친구야. 그런 사람이 자기 병원 간호사가 이런 일 당했다면 가만있을 것 같아?

빌리브란트가 병원장 친구라던 말을 얼핏 들은 기억으로 그렇게 팔았던 것인데 별 효과가 없었던지 남자가 픽 웃으며 그녀 엉덩이에 손을 얹었다. 경숙이 죽을힘을 다해 몸을 비틀며 악을 썼다.

– 나 간호사야! 간호사가 혀 깨물고 죽으면 그게 타살이라는 증거가 돼!

남자가 그녀 입을 막으려고 진술서 종이를 뭉칠 때 노크 소리가 들렸다. 남자가 노끈을 풀어준 뒤 문을 열고 나간 뒤 그날 밤엔 돌아오지 않았다.

정장을 한 김지철이 젊은 남자를 앞세우고 들어온 것은 다음날 아침이었다. 그가 경숙 앞에 그녀 여권을 던졌다.

– 이것 보이나?

– 이게 왜 아저씨 손에 있어요?

– 아가씨가 북한 공작원에게 줬다면서? 북에 갈 수 있게 해달라고.

– 왜 자꾸 북한, 북한 하는 거죠? 북한이 나와 무슨 상관이냐구요?

– 함부르크에서 오는 열차에서 공작원 만났잖아?

함부르크에서 오는 열차에서 한국남자를 만났다. 30대 중반쯤 되는 남자였다. 그가 경숙이 자리로 다가와 옆자리에 사람이 있느냐고 독일어로 물었다. 독일말이 서툰 경숙은 사람이 없다는 시늉으로 고개만 저었고 남자는 그녀 옆에 앉아 잡지를 펼쳤다. 한국잡지였다.

– 어머, 한국인이세요?

그는 광부로 왔는데 몇 달 후면 계약이 만료된다, 귀국할지, 근무를 연장할지 생각 중이라고 했다. 타국 열차에서 한국인을 만났다는 것이 얼마나 반갑고 신기하던가, 경숙이도 주저리주저리 자기 이야기를 했다. 하지만 엄마와 오빠, 딱 거기까지만이었다. 술과 폭력으로 일생을 살다가 죽은 아버지, 아버지의 폭력을 전수받아 새언니를 때리는 오빠, 그래서 공부 잘하는 사람도 믿지 않는다고 했고,

은희에 대해서는 고춧가루 이야기만 했다. 세상물정 잘 모르고 사회 문제는 벽창호이지만 친구 애인 이야기는 숨겨야 한다는 것쯤은 알고 있었다. 그런데 그 광부가 공작원? 한데 그가 어떻게 내 여권을 가졌다? 내가 준 적이 없으니 훔쳐간 것이 분명한데 나는 그것도 모르고 있었다?

– 그 사람, 내 여권을 훔친 거예요!

김지철은 표정 하나 흩트리지 않고 백지와 볼펜을 내밀었다.

– 여기에 친구가 한 이야기, 받은 밀명 등 빠짐없이 기록해. 제대로 쓰면 당장이라도 내보내줄 것이니 순순히 쓰는 게 좋을 거야.

경숙은 똑 같은 이야기를 세 번이나 썼다. 통과되지 않았고 네 번째를 쓸 때는 결국 은희 애인 이야기도 쓰고 말았다. 온몸이 잉크색이었다는 것, 이곳 병원과의 계약만 없었으면 계속 간호해주고 싶었지만 그럴 수 없었던 게 마음 아파 비행기에서도 내내 울었다던 내용까지 썼으나 김지철은 '북한 공작원에게 월북을 주선해 달라고 했고 그 증표로 여권을 맡겼다' 는 내용을 첨부하라고 강요했다. 경숙은 거부하기 위해서가 아니라 모르는 내용을 그럴싸하게 서술해낼 재간이 없어서 그가 원하는 자술서를 쓰지 못했다. 사흘째 되는 날 경숙의 몸이 고열(高熱)로 펄펄 끓었다. 김지철이 부하직원에게 그녀를 내보내라고 지시했고 부하가 데려다 준 곳은 병원이 아닌 한국인 교회였다.

경숙이 LA로 온 지 3년쯤 지났을 때, 현 목사가 잠깐 좀 오라고 했다. 현 목사는 독일교회로부터 경숙을 인계받아 미국에 정착하도록 도왔고 용하와 결혼 주례까지 서 준, 그녀에게는 은인이었다.

– 독일에서 손님이 왔어. 내 서재에서 기다리고 있으니 들어가 봐요.

손님은 김지철이었다. 다시 잡으러온 것 같아 획 돌아서는데 김지철이 다급하게 말했다.

– 경숙 씨, 난 사과를 하려고 왔어요.

사과가 아니라 돈을 준다고 해도 대면하고 싶지 않았다. 그녀는 뛰쳐나왔고, 그날 밤 남편이 그녀 대신 그를 만나고 왔다.

– 그 사람 외교관직 파직되었대. 대사 발령을 받자마자 그렇게 된 거래.

– 왜 그렇게 되었대?

– 처남이 월북한 때문이래. 독일에 유학 와서 해양학을 전공했는데 북한 대학에 교수로 갔다는군.

– 북한에? 애먼 사람 들볶더니 자기가 당했네. 한데 김지철은 미국엔 왜 왔대?

– 이참에 공부나 더 하겠다나. 대학원 등록도 했다는데 가족들도 올 거래.

남편이 본 김지철은 우익이긴 했지만 판단지수까지 엉킨 사람은 아니더라고 했다.

사우구스 도로 11에서 왼편으로 꺾었다. 꼬불길 코너마다 오렌지 나무나 숲으로 둘러싸인 주택이었다. 김지철의 집은 정원의 오렌지들이 말라붙었거나 수확을 하지 않고 방치되어 있었다. 마당에 차도 없었다. 외출했나? 한참을 기다려도 오지 않아 그만 돌아서 나왔다.

4

항해 3일째, 뉴펀드랜드를 지나고 있었다. 오늘은 용하가 조리담당이라 좀 일찍 나와서 식재료를 살폈다. 생야채는 며칠 후면 바닥이 날 것이다. 용하는 상태가 좋지 않은 것들을 잘 다듬어 스프에 썰어 넣었다. 야채가 떨어져도 통조림이 가득하니 배고픈 일은 없을 것이다. 팀원들과의 대화들이 슬금슬금 되살아났다. 알프레드의 얘기가 먼저 떠올랐다.

– 내 전직은 특전사였어요. 이라크에서는 아파치 헬기를 탔죠. 저는 주로 상공을 날며 지상의 전투병들에게 지시를 내렸어요. 미군들은 모두 RPG총을 들었어요. 화력이 대단한 무기죠. 그날 바그다드 작전에서 저는 악마가 되었어요. 민간인들을 죽였죠. 그 장면을 찍어대는 로이터 통신 기자도 죽이라고 명령했어요. 주변에 있던 열 명 가량의 민간인이 놀라서 소리를 치더군요. 내가 무전으로 지시를 했어요. 세 시 방향 10명이 있다. 사살하라! 그중 한 명의 민간인이 살아서 기어가더군요. 그가 누군지 우린 몰라요. 하지만 반드시

적이어야 하고 그래서 확인사살이 필요해요. 막 사살 명령을 내리려던 찰나에 한 대의 밴이 달려와서 기어가는 그 남자, 내 표적물을 실었어요. 그를 구하려던 거죠. 내 입은 자동응답기, 밴을 폭파하라! 작전이 종료되면 육군이 현장에 나가요. 시체는 수습하고 부상자는 동네 병원으로 옮기죠. 이때 한 운반병이 무전기에 대고 물어봐요. 이 부상자는 미군 병원으로 옮기면 살릴 수 있을 것 같아요. 내 대답은 간단해요. 그냥 동네병원으로 옮겨. 살릴 필요 없어.

그때 대학생 오스틴이 달려 나가 알프레드 면상을 갈겼다. 알프레드가 되받아 친다면 오스틴은 뼈도 못 추릴 텐데……. 알프레드는 저항하지 않았고, 오스틴은 주먹을 거두고 사과했다.

– 죄송합니다. 당신의 과거를 잠깐 현재로 착각했어요.

– 괜찮아요. 과거의 범죄라고 면죄부가 있는 건 아니니까요. 치고 싶으면 언제든지 치세요. 맞는 일이 저에겐 고통이 아닙니다.

COV 리포터 헨리가 '그랬던 사람이 180도로 전향한 것에는 특별한 계기가 있느냐'라고 물었다.

– 그 작전이 끝난 며칠 뒤부터였어요. 밤마다 꿈속에서 그들을 보는 거예요. 내장이 쏟아진 몸으로 기어가던 사람, 아군의 RPG에 당한 로이터 통신 기자, 민간인들, 부상자들……. 그들이 나를 괴롭혔냐구요? 아니에요. 그들은 그저 바라보기만 했어요. 세상에서 가장 슬픈 얼굴로……. 그런 슬픔이 칼로 베이는 것보다 더 아프더군요. 꿈인데도 말예요. 그래서 제대를 했고…….

– 정신치료를 받았습니까? 이라크 참전 군사들은 정신 치료를 받는 사람이 많다던데.

– 약을 먹으면 신경이 무거워지고 몸이 처져요. 그건 내 체질이 아니었어요. 움직이면서 극복하고 싶었어요. 앤서(Answer: Stop War & End Racism) 사무실을 찾아갔죠. 그곳 리더가 절 믿어주었고 그 덕에 지금까지 3년째 일하고 있어요.

모두 말이 없었다. 그의 얘기를 소화시키느라 저마다 생각 저작을 하는 모양이었다. 헨리가 침묵을 깼다.

– 아노브 박사님, 이스라엘 건국에 대한 오리지널 시나리오가 있다고 들었습니다. 그 얘길 좀 해주시겠습니까?

– 여러분들이 아시고 계신 그대로입니다. 건국에 대한 기초 도면은 시오니스트들이 작성했다는 것, 첫 번째 작업이 나치로 하여금 유대인을 학살하도록 유도했다는 것…….

오스틴이 발끈했다.

– 동족이 자기민족의 학살을 유도해요?

– 시오니스트들이었어요. 그들이 나치와 비밀협정도 맺었습니다. 80만 명을 학살해도 된다……

– 대체 왜 그런 일을?

– 국제사회로부터 동정을 얻기 위해서였죠. 희생이 클수록 동정 여론이 강해진다는 것, 결국 그 여론이 국가건설의 초석이 된 거죠. 나치가 더 많은 사람을 죽이면서 시나리오 원본은 묻혀버린 것이

구요.

– 시오니스트들의 국가건설 이념도 공장이나 회사건설과 다르지 않다면서요? 이윤을 바탕으로 한다는 뜻에서 말이죠.

– 그렇게 말할 수도 있겠네요. 땅굴기습사건도.

– 땅굴 기습이요?

– 이스라엘의 한 소위가 하마스에 납치되어 땅굴로 끌려갔는데 이스라엘 수뇌부들은 소위를 구하는 대신 땅굴을 공중 분해시켜버렸지요. 그러고는 테러리스트 소행이라고 발표했어요. 왜냐? 소위를 살리자면 몸값이 어마어마하니까 그렇게 처리해 버리는 거예요.

오스틴이 탄식했다.

– 박사님이 그런 민족 피를 받았다니…….

박사가 웃으며 말했다.

– 전 좋은 피를 받았다니까요. 그리고 여러분들 혹시 HPE(희망, 평화, 교류) 단체를 아세요? 협력사업체였어요. 리더가 유대인이고 자본력도 꽤 튼튼했어요. 그 단체에서 팔레스타인에 광케이블 설치를 계획했죠. 그런데 말입니다. 공사 첫 삽을 뜨는 날 현장에서 리더가 폭사를 당했어요. 배후가 누구였냐고요? 뻔하잖아요? 팔레스타인이 IT 사업으로 발전하면 큰일 난다고 생각하는 세력…….

용하가 나섰다.

– 팔레스타인과 한국은 2차대전 후유증을 가장 오래 앓고 있는 국가라는 생각이 듭니다. 선생님께서 이 두 나라 문제에 다 관여하

고 계시고 또 이스라엘 노벨수상자를 따라 북한에 가신다니 여쭙겠습니다. 수상자, 그분이 북한에 가시는 목적이나 의도는 무엇이며, 어떤 성과를 기대하는지요?

– 방북하는 수상자들은 세 분입니다. 영국, 노르웨이, 그리고 이스라엘인데 방북 의도는 체제변혁입니다. 미국이나 남한정부가 노리는 그런 방식이 아닌 더불어 살게 하는 변혁이죠.

헨리가 거들었다.

– 키워드가 교육과 과학기술 교류라지요?

– 그렇습니다. 북한 젊은이들은 과학기술 지식에 목말라 있어요. 미국이 경제뿐만 아니라 모든 문을 봉쇄해버려 새로운 지식을 취하거나 얻을 길이 없는 거죠.

– 북한 당국에서는 수상자님들 의견을 순순히 받아들입니까?

– 북한도 국제상황을 잘 알고 있고 국제사회 일원이 되고 싶어 합니다. 그 길이 막혀버려 핵으로라도 돌파구를 찾으려는 것이지요.

오스틴이 갑자기 끼어들었다.

– 미국, 팍스 아메리카, 흡사 T-렉스 같지 않습니까?

팀원들은 무슨 말인지 몰라 서로 쳐다보는데 장본인이 웃지도 않고 덧붙였다.

– T-렉스는 육식공룡입니다. 주변 모든 것을 먹어치우죠. 배가 고프면 자기 새끼까지도.

– 그 공룡이 정말 자기 새끼도 잡아먹었대요?

마크가 진지하게 물었고 오스틴은 웹툰에서 그랬다고 대답했다. 팀원들이 비로소 웃었다. 알프레드가 그 대화를 연장했다.

– T-렉스한테 안 잡아 먹힌 곳이 있잖아요. 이란!

이란이 호르무즈 해협을 봉쇄했다는 의미였다. 세계 유조선 3분의 1이 지나는 주요 원유수송로를 봉쇄했다는 것은 미국을 향한 선전 포고며 중동 어느 나라도 하지 못했던 일을 이란이 했다는 것이다.

– 이란군이 미국화물선을 추격하고 마셜제도 선적화물선에 경고 사격을 했어요! 무슨 뜻이겠어요? 이젠 죽어 있지 않겠다, 계속해서 대항하겠다는 것 아닌가요?

아노브 박사의 입이 움직이고 있었다. 입속말을 하고 있고, 그 내용은 '이란은 핵무기를 개발했고, 미국과 국제사회의 강력한 제재를 받자 그런 대항을 하지만 미국은 이란에 한 번 패배한 일이 있다, 이참에 설욕을 씻자고 들면 또다시 전쟁이 날지도 모른다.'는 말로 짐작되는데 박사가 곧 표정을 고치고 고개를 끄덕였다. 알프레드는 미국이 자기를 악마로 만들었다는 것에 피해의식이 있음을 숙지한 것 같았다.

식사 시간이 끝났다. 배멀미가 시작되는지 남겨진 음식이 많았다. 마크가 식판 세척을, 용하는 정리를 했다. 마크가 설거지를 마치고 앞치마를 벗으며 '커피?' 하고 물었다.

"좋지!"

커피잔을 놓고 식탁에 앉을 때 스피커에서 기관장의 지시사항이 흘러나왔다.

"강풍이 오고 있습니다. 모두 자기 방으로 돌아가십시오."

커피잔이 비워져갈 때 포개둔 식판이 쏟아져 내렸다. 벌써 폭풍이 도착한 모양이었다. 용하는 식판을 집어 들다가 벽 쪽을 보았다. 핫플레이트 위에 냅킨이 떨어져 불이 붙고 있었다.

"마크, 핫플레이트! 핫플레이트!"

마크가 불붙은 냅킨을 쓸어 개수대에 넣고 핫플레이트 스위치를 빼버렸다. 그때였다. 거대한 물너울이 갑판을 넘어 식당의 창을 덮쳤고 뒤이어 배의 롤링이 시작되었다. 훅 떠오르다가 내려앉고 심하게 흔들리면서 배가 바다 깊숙이 빨려드는 것 같았다. 싱크대가 열리면서 칼집에서 칼들이 빠져나왔다.

"마크! 선실로 돌아가자, 어서!"

용하는 간신히 자기 방으로 돌아왔다. 닫은 문이 절로 열렸다. 그는 걸쇠를 걸고 선창의 커튼을 열었다. 바다 가운데서 물기둥이 곤두서고 있었다. 바람이 빨아올린 바닷물이었다. 물이 거대한 기둥으로 치솟다가 어느 순간 무너져 내렸다. 무너진 물이 사방으로 퍼지면서 엄청난 너울을 만들었다. 너울이 달려왔고 배는 파도에 던져진 아기처럼 헐떡였다. 감시나 추적을 피해 항로를 바꾼 것이 태풍을 만난 원인일 것이다. 용하는 버팀대를 잡으려고 침대로 갔다가 벽으로 내던져졌다.

덮쳐오는 물, 흔들리는 배, 창을 뜯어낼 듯이 울부짖는 광포한 바람, 정신을 차릴 수 없는 순간들이 영원으로 이어질 것 같더니 어느 순간 흔들림이 정지되었다. 창밖을 보았다. 바람도 물너울도 사라지고 잔잔한 물결 위로 쌍무지개가 떠올라 있었다. 태풍지대를 벗어난 것이었다. 팀원들이 갑판으로 몰려나갔으나 용하는 피곤이 덮쳐와 침대에 누웠다.

어떤 소리가 날아와 귀 앞에 앉았다. '오작교' 라는 소설에 밀고자의 이름이 한용국이라고……. 산을 내려올 때 조카가 들려준 말이었다. 용하는 눈을 감고 숨을 멈추었다. 생각을 끊어내기 위해서였다. 이번엔 영상이 뇌엽 속으로 날아왔다. 여러 장의 사진 같은 형의 모습들이었다. 중학생, 고등학생, 대학생……. 용하는 고등학교 교복을 입은 형과 마주했다. 형은 토끼를 안고 있었다.

– 이걸 키워서 새끼를 늘려라, 열 마리쯤 되면 시장에 가서 고기와 가죽을 팔아라. 공책과 연필 값은 네 스스로 벌어서 써라.

토끼가 죽어서 울고 있으면 형은 울어야 하는 진짜 이유가 뭐냐고 따졌다.

– 몰라. 그냥 눈물이 나.

– 네가 한 행동은 항상 정확히 분석해라. 불쌍해서냐, 공책 값이 날아가서냐? 불쌍해서는 울지 마라. 토끼가 살아주지 않고 죽은 것은 널 배신한 것이니까.

형도 살아주지 않고 죽었잖아. 날 두고 죽으면 그건 배신이라고 했잖아…… 조카의 말이 끼어들었다. 출소 후 고문 후유증에 시달리던 어느 선생은 아주 추운 겨울날 안기부 앞에 가서 동사를 했답니다. 술을 잔뜩 마시고요…… 현기증이 몰아쳐왔다.

5

김지철이 현관 앞에서 기다리고 있었다. 백발에 눈가 주름이 자글자글하고 낡은 바지를 입은 것이 예전의 말끔하던 모습은 간 곳이 없었다. 그가 서재로 안내했다.

"안에서 기다려요. 차를 가져오겠소."

책장과 책상, 오래된 오디오, 책상 앞에 놓인 다탁과 소파가 10년 전 그대로였다. 가구보다 사람이 먼저 늙는다는 것이 이해가 되지 않았다. 살아본 인생인들 어디 다 이해가 되던가. 경숙은 소파에 앉았다. 다탁에 메모지가 놓였고 얀, 아딜, 팔레스타인 글귀가 적힌 것이 경숙이 전화로 한 얘기를 적어둔 모양이었다.

김지철은 대학원을 졸업한 뒤 미 국방부에 들어갔다. 그의 업무는 극동 군부의 정보 분석이었다. 사모님의 발병으로 퇴직하기 전까지는 아무도 그의 직업을 몰랐다.

김지철이 서재로 들어왔다. 그가 경숙 앞에 찻잔을 놓아주고 메모지를 끌어갔다.

"죽은 청년이 유대인이라고 했어요?"

"예, 제가 돌본 지가 석 달 반이구요. 보름 후면 퇴원해서 통원 치료할 예정이었어요."

"애인은 팔레스타인이었다……, 그러니까 경숙 씨 추측은 이스라엘 정보국에서 얀이라는 청년을 죽였다는 거지요? 애인이 팔레스타인이라는 이유로 말이에요."

"제 추측은 그래요."

"그럴만한 근거가 있어요?"

"그들이 해킹, 암호풀이, 그런 얘길 자주 했어요. 전쟁이 나서 고국으로 돌아갔다면 그와 관계가 있지 않을까요? 한번은 어샌지에 대한 이야기도 길게 한 적이 있어요."

"어샌지요?"

"외교기밀을 해킹해서 감옥에 갔다는 사람 있잖아요. 세계인들이 보석금을 모금할 때 용하 씨도 도운 일이 있어요."

"어샌지는 미국 기밀문서, 국가안보국, CIA 문서를 빼낸 사람이죠. 이스라엘과는 관계가 없어요. 팔레스타인 청년이 그들과 관계가 있다면 아마 고국이 아닌 아노니모우스(Anonymous)가 있는 곳으로 갔을 거예요."

"아노니모우스, 그건 뭐예요?"

'세상의 정의 구현' 이라는 이름으로 어샌지에 적대적이었던 사이트를 공격하면서 정보전쟁을 일으켰어요. 해커들이 결속해서 만든 단체인데, 무기배치도까지 해킹한대요. 미사일 방향을 교란시키겠다는 건데, 아프가니스탄에서 미 군속으로 일하는 먼 친척 동생의 말에 의하면 그건 거의 불가능하대요. 무기배치도 방비 벽이 거미줄처럼 덮여 있는데다 그것이 또 매일매일 바뀐답니다."

"아달이 이스라엘 무기배치도를 해킹하려고 그들과 합류했고, 그걸 이스라엘 정보국이 알았다면 얀을 의심하고 죽였을 수도 있지 않을까요?"

김지철이 고개를 갸웃거리다가 물었다.

"죽은 청년, 부검 소견은 뭐였어요?"

"심장마비래요. 믿을 수가 없어요. 그는 심장이 가장 튼튼한 환자였거든요. 외부 의사가 들어와서 주사로 놓은 게 틀림없어요. 제가 자리를 비운 사이에 말예요."

"혈중 검사는 하지 않았소?"

"했대요. 검사 소견이 '발견 된 게 없다' 는 것이고요. 제 짐작대로 의사가 살해했다면 혈중에 남을 약품을 사용했을 리가 없지요."

"CCTV는 언급해봤어요?"

"네, 저는 CCTV만 말했는데 낯선 방문자가 없었다고 대답했어요. 그것도 좀 이상하지 않아요?"

"경숙 씨가 먼저 낯선 의사에 대해 말하지는 않았는데 그렇게 대답했단 말이죠?"

"네, 직접 누군가를 봤다는 말은 하지 않았어요."

"그래요……"

김지철이 말꼬리를 흐리자 경숙이 물어보았다.

"제가 유가족을 찾아보면 어떨까요?"

"유가족을 만난다? 확실한 근거도 없이 접촉하다가는 긁어 부스럼이 될 수도 있어요."

"얀이 너무 불쌍해요. 그를 위해 어떤 일이든 해주고 싶어요."

"정 그러고 싶다면 유가족을 만나더라도 그들의 의견부터 들어보도록 해요. 그들이 의심을 품고 있거나 진실을 파헤치고 싶어 한다면 그때 경숙 씨도 돕고 싶다고 말해요. 의심쩍은 부분도 유가족들이 먼저 언급하는 게 좋아요. 진상규명이 시작되면 경숙 씨 일자리도 잃을 수 있으니 그것도 각오해야 할 거요."

그때 전화가 왔다. 사모님이 있는 병원에서였다. 사모님께서 문제가 있어서 당장 가 봐야 한다고 그가 집을 나서며 말했다.

"난 내일쯤 돌아올 거요. 어떤 결정이든 나에게 먼저 알려줘요."

"그럴게요."

김지철이 떠난 이후 경숙도 차 시동을 걸었다.

6

점심식사 후 낮잠에 빠져 있을 때였다. 마크가 다급하게 문을 두드렸다.

"용하, 어서 나오세요. 비상이에요!"

헬리콥터 소리가 들렸다. 팀원들은 휴게실에 집결했고 얼굴들이 굳어 있었다. 용하가 알프레드를 쳐다보자 그가 '정찰기'라고 알려주었다. 헬리콥터가 배 위를 선회하면서 방송을 했다.

"출항지로 돌아가라! 항로를 돌려라!"

배가 속력을 올렸다. 헬리콥터가 따라오며 계속해서 선수를 돌리라고 종용했다. 아노브 박사가 말했다.

"조타실에 가서 상황을 알아보리다."

알프레드가 박사 뒤를 따라 조타실로 올라갔다. 헨리가 창밖을 보며 소리쳤다.

"군인들이 갑판으로 내리고 있어요!"

그때 조타실에서 전화가 왔다. 아노브 박사였다. 그가 선실 문을 잠그라고 지시했다. 용하가 팀원들에게 그 말을 전할 때 헬기에서 내린 무장 요원 두 명이 조타실로 달려갔다. 얼굴에 복면을 쓴 특전요원들로 총을 들고 있었다. 그들이 좌현 계단을 올라 간 뒤 5분쯤 지나자 총소리가 들렸다. 마크가 조타실로 내달렸고 용하도 뒤를 따랐다. 침입자의 목소리가 계단 아래로 들려왔다.

"어서 나오시오!"

조타실이 어수선했다. 무선통신설비대가 파괴되었고 헤드테이블 서랍들이 튀어나와 엎어져 있었다. 조타기 앞에는 아노브와 선장이 서서 요원들과 대치 중이었다. 요원이 말했다.

"어서 항로변경을 하시오!"

"그럴 수 없다고 하지 않았소!"

요원들은 더 기다려줄 의사가 없었다. 박사를 떼어내어 창고 앞으로 밀쳐놓고 선장에게 총을 겨누며 항로 변경을 명령했다. 선장이 조타기를 작동하려는 순간 박사가 달려가 선장을 저지했다. 그때 알프레드가 보았다. 뒤쪽에 서 있던 요원의 총구가 박사를 향했고 알프레드가 그 즉시 박사를 향해 몸을 날렸다. 총성이 울렸다. 알프레드가 박사 앞에서 주저앉았다, 옆구리에 피가 쏟아졌다.

"안 돼! 안 돼!"

마크가 알프레드를 향해 달려갔다. 요원이 다시 총을 쏘았고 마크가 쓰러졌다. 오스틴이 괴성을 지르며 그 요원에게 몸을 날렸다. 총알이 사방으로 튀었다. 용하의 이성이 조각조각 분해되었다. 그는 입술을 꽉 물고 그들을 향해 돌진하려던 순간 의식이 사라졌다.

7

G병원으로 들어섰다. 혜수가 이 병원에서 일하고 있다. 엘리베이터를 타고 5층에서 내렸다. 박한길이 입원한 병실은 무균실 B6이라고 했다. 일반 병실을 지나가자 간호사들의 원형 데스크가 나왔다. 무균실은 데스크 뒤쪽에 A, B 라인으로 갈라졌고 모든 병실은 통유리로 되어 환자의 상태를 밖에서도 들여다볼 수 있었다.

경숙이 B라인으로 들어섰다. 혜수는 6호실 앞에서 모니터를 보는 중이었다. 경숙이 유리벽 안부터 들여다보았다. 박한길은 잠이 든 데다 고개를 돌리고 있어 얼굴을 알아볼 수가 없었다. 혜수가 설명했다.

"후두엽 연접 부위가 괴사했대요. 한국에서 우리 병원을 추천해서 미국에 왔대요."

괴사는 오래 전부터 조금씩 진행되어 왔고 수술은 내일이라고 알려주었다.

"결과는 어떨 것 같아?"

"해마(기억력) 일부분을 잃을 수 있대요."

닥터가 왔다. 내일 이른 시각 수술이라 체크를 하러 온 것이었다. 경숙은 다시 오겠다는 말을 남기고 그곳을 떠났다. 박한길의 여러 모습들이 스틸사진처럼 스쳐갔다. 그는 사람을 믿지 않았고 조그만 실수에도 집요하게 따졌으며 자아비판을 남발했다. 자기 기준에 어긋나면 상대가 누구이든 제명처분을 지시했다. 창우, 곤이, 미미도 모욕을 받고 쫓겨났는데 그 모든 행동들이 괴사의 진행과 관계가 있었다?

경숙은 차에 시동을 걸었다. 죄의식의 앙금들이 회오리쳐서 도저히 핸들을 잡을 수가 없었다. 경숙은 시동을 끄고 등받이에 고개를 젖혔다.

광주 항쟁이 일어났을 때 많은 교민들이 적십자사로 몰려갔다. 실황 방송을 실시간으로 볼 수 있기 때문이었다. 용하는 아예 슬리핑 백까지 챙겨가서 복도에서 먹고 자면서 항쟁 마지막 날까지 지켜보

왔다. 광주참사가 교민들 의식을 바꾸었다지만 남편 용하는 아예 마음이 뒤집혀 박사과정 논문마저 중단해버렸다. 82년 초겨울이었다. 한석균 선생님이 전화를 걸어 저녁을 먹으러 오라고 했다. 선생은 미주 독립운동가계의 3대 손으로 광주항쟁 당시 적십자시에서 만나 친분을 다져오던 어른이었다.

저녁식사 자리에서 선생님이 손님을 소개했다. 박한길이었다.

– 광주항쟁 때 현장에 있었네. 진압 마지막 날까지 도청을 지키다가 계엄군에 끌려가 1년 반이나 옥살이를 했다네.

그는 위조여권으로 홍콩을 거쳐 미국에 왔고 그 일을 도운 사람은 전남대에서 교수를 하고 있는 선생님 막내아들이라고 했다.

– 이 친구는 도청에서 기록을 담당했다네. 기록일지도 가지고 나왔어.

용하는 일지를 읽고 온몸이 떨려 숨도 쉴 수가 없었다. 그는 충격을 가다듬고 제안했다.

– 선생님, 우리는 실시간 뉴스를 봤고, 항쟁에 대해 다 알고 있다고 생각해왔습니다. 하지만 우리는 살해된 임산부나 여고생의 죽음에 대해서는 알지도 상상도 하지 못했습니다. 저는 이 모든 사실을 교민들도 알아야 한다고 생각합니다. 선생님, 박한길 씨에게 증언하도록 해주십시오. 제가 장소를 빌리고 광고도 하겠습니다.

UCLA 강당을 빌리고 광고를 냈다. 방청 신청자들이 많았고, 항쟁일지는 3백 부를 인쇄했다. 유학생들이 안내를 맡는 등 만반의 준비를 했는데 행사 당일 박한길에게 문제가 생겼다. 증언에 대한 압박감으로 밤새도록 설사를 했고, 탈수도 심해 서 있을 기력조차 없었다. 병원에서 한 선생이 말했다.

– 일정을 취소할 순 없으니 내가 일지를 읽고 질문도 받겠네. 박 군에게 들은 대로 답변하면 되지 않겠나.

행사가 시작되었다. 한 선생이 박한길의 불참 사유를 알리자 관중석 여기저기서 사기다, 그럴 줄 알았다면서 자리를 떴다. 한 선생이 당황해서 일지를 읽겠다고 해도 자리에 앉지 않았다. 그때 단상 안쪽에서 휠체어가 들어왔다. 링거를 꽂은 박한길을 경숙이가 밀고 온 것이었다. 장내는 곧 진정이 되었고 떠나던 사람들이 돌아와 제자리에 앉자 한 선생이 마이크를 켰다.

– 박한길 씨, 이런 몸으로 달려오느라 숨이 찼을 것입니다. 그가 숨을 돌리는 사이 제가 먼저 일지를 읽겠습니다.

한 선생이 인쇄물을 들고 서두를 열었다.

– 전두환은 12 · 12 군사쿠데타로 군부를 장악하고 민주화 열기를 말살시키고자 80년 5월 17일 전국에 비상계엄령을 내렸습니다만 제가 읽는 일지는 광주에만 한합니다.

청중들이 '일지 인쇄물은 이미 읽었으니 그냥 증언하라' 고 소리쳤다. 사실 박한길은 증언하려고 단상에 나온 것이 아니었다. 기력이 회복된 것도 아니었다. 일지를 읽고 질문하면 그에 대한 대답이라도 하기 위해서였다. 하지만 이제 증언할 수밖에 없는 상황이었다. 그가 고개를 숙이고 심호흡을 하고 있을 때 한 남자가 벌떡 일어나 박한길에게 손가락질을 하면서 '당신, 범죄자로 밀항해온 것 안다, 그 사실을 덮으려고 일지를 꾸몄다, 하지도 않은 일 증언하기가 곤란하니까 휠체어를 타고 환자 흉내를 내고 있다, 당신 누구냐, 가면을 벗으라.' 고 다그쳤다. 박한길의 얼굴과 손이 파르르 떨렸다.

– 선생님, 그 마이크 이리 주십시오.

그가 마이크를 잡고 장내를 직시하며 입을 열었다.

– 예, 전과자, 맞습니다. 한데 저의 전과를 아는 당신은 누굽니까? 안기부에서 파견된 사람입니까?

청중들의 시선이 남자한테로 몰려갔다.

– 나는 민청학련 전과가 있습니다. 두 차례 옥살이에 모든 종류의 고문도 받아봤습니다만 나의 전과에 대해선 친척들도 모릅니다. 한데 당신은 어떻게 그 사실을 알고 있는지요?

남자가 황급히 자리를 떴다. 박한길이 목소리를 가다듬었다.

– 5월 17일 저녁 9시였습니다. 내 친구 정상용이 찾아와서 비상계엄령과 사전검거령을 알려주면서 자기는 정리할 게 있다, 장성, 그의 누이 집에 가 있으면 곧 뒤따라오겠다고 했습니다. 한데 상용이는 19일 아침까지도 오지 않았습니다. 녹두서점, 우리들의 아지트에라도 가 봐야 할 것 같아 이른 아침 광주로 내려갔습니다. 금남로가 전쟁터로 변해 있었습니다. 수십 대의 군용트럭이 줄지어 세워졌고, 공수대원들은 서너 명씩 1개조로, 청년 학생들을 잡아 트럭에 태우

거나 달아나는 사람은 쫓아가서 곤봉으로 머리를 때리고 공을 차듯이 워커발로 가슴과 배를 내질렀습니다. 조금이라도 반항하면 대검으로 찔렀습니다. 신체부위를 가리지 않고 마구 찔렀습니다.

시민들은 모두 달아났고 공수대원들은 골목, 가정집, 상가, 사무실 어디까지든 쫓아가 두들겨 패고 짓밟고 옷을 벗기고 손목을 뒤로 하여 포승으로 묶어 군용트럭에 태웠습니다. 트럭에서 대기하고 있던 공수대원은 체포된 사람들이 고개를 든다고 곤봉으로 갈기고 군홧발로 등을 내리찍었습니다.

그 모든 장면을 제가 제 두 눈으로 똑똑히 목격했습니다. 골목마다 비명과 흐느낌으로 가득했고, 쫓겨 온 학생이 무릎을 꿇고 살려달라고 애원했음에도 죽일 듯이 때렸고, 한 노인이 달려 나가 학생을 가로막으며 한번만 봐달라고 통사정을 하자 노인까지 곤봉으로 후려쳐 기절시켰습니다. 저는, 노인보다 3, 40살은 더 젊은 저는 쓰레기통 뒤에 숨어서 벌벌 떨면서 지켜보기만 했습니다.

트럭들이 떠나고 정적이 깔릴 때 흰색 브리사 승용차가 골목 앞에 세워졌고 거기서 젊은 남자가 내려 노인을 부축했습니다. 시내를 돌며 부상자를 실어 나르던 청년이었습니다. 그가 나를 발견하고 다쳤느냐고 물었습니다. 아니라고 하자 그럼 부상자 운반을 도와달라고 했습니다.

제일극장 쪽에서 피가 다 빠져나가 백지장이 된 30대 남자를 차에 실었고, 교련복을 입은 어린 소년, 머리부터 눈과 귀가 으깨어진 채 신음하는 소년을 실을 땐 제 심장이 터지는 것 같았습니다. 적십자 병원, 전남대 부속병원은 적에게 전패 당한 야전병원보다 더 아비규환이었습니다.

늦은 밤에야 녹두서점에 갈 수 있었습니다. 제 친구 상용이는 거기서 투사회보를 만들고 있었습니다. 주인이 잡혀가고 없는 서점에서 이양현, 들불야학을 하던 윤상원과 함께…….

박한길이 갑자기 고개를 숙였다. 숨죽인 흐느낌이 마이크로 흘러나왔다. 한 유학생이 일어나 다독이듯 말했다.

– 윤상원 씨, 도청을 사수하다 돌아가셨다는 것 알고 있습니다. 어서 뒷이야기를 들려주시지요. 지금 우리는 항쟁 마지막 날까지의 일, 그 일들이 매우 궁금합니다.

박한길이 고개를 들었다.

– 그날 밤 우리는 '녹두그룹' 을 결성하고 각자의 역할을 개편했습니다. 정상용, 이양현은 바른 보도를 위해 방송사를 점거하고, 저와 윤상원은 시내 곳곳의 시위현장을 돌며 사태와 상황을 파악하고, 그 모든 사태를 투사보에 싣기로 했습니다. 회의가 끝났을 때 상용이가 혀를 차며 말하더군요.

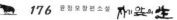

'숨어 있으라고 일부러 혼자 보냈는데 그새 못 참고 내려왔나. 최루탄 가스를 어떻게 견디려고.'

저는 그 전해에 감옥에서 나왔습니다. 긴급조치 9호로 잡혀 들어가 박통 시해 이후 풀려났고 그때 숨을 제대로 쉬지 못했습니다. 고춧가루 물고문으로 폐가 상했던 거지요. 두 달간 병원 치료를 받았는데 상용이 그걸 걱정했던 겁니다. 이튿날 현장 출동을 할 때 상용이가 카메라를 주었습니다. 손바닥보다 작은 미녹스, 찍을 때 소리가 나지 않아 스파이들이 사용한다는 그 사진기였습니다. 외신기자로 나간 친척 형에게 애원을 해서 얻은 선물로 매우 아끼던 것이었습니다.

박한길이 경숙에게 물을 달라고 했다. 물 대신 거즈에 물을 묻혀 주었고 그는 입술만 축인 뒤 계속했다. 그 정도의 수분도 도움이 되는지 말라들던 그의 목소리가 조금씩 풀리고 있었다.

– 서방삼거리에서 공수부대원들이 시민들을 향해 화염방사기를 발사해 여러 사람들이 불에 타죽었습니다. 공정보도를 요구하며 시민들이 MBC방송국을 불태울 땐 계엄군 장갑차 한 대가 굉음을 울리며 돌진했습니다. 시민들은 골목과 담을 넘으며 달아났지만 미처 피하지 못한 사람들은 그 자리에서 치이거나 으깨어져 죽어갔습니다. 그 장면은 저도 쫓기느라 사진으로 찍지 못했습니다만 AP통신과 독일기자도 있었으니 그분들이 사진을 간직하고 있을 것입니다.

두 시간 후 평화시장으로 갔습니다. 그곳은 공수대원들이 이미 철수한 뒤였습니다. 세탁소 길로 올라가는데 사람들이 한 구의 시신을 둘러싸고 있었습니다. 곤색 임신복을 입은 젊은 여성으로 귀밑과 이마에서 피가 흘렀습니다. 총을 맞고 절명한 것이었습니다. 바로 그 자리에서 20분 전쯤 공수부대원들이 중학생을 쏘아 죽였고 그 시신을 차에 실을 때 임산부가 보았던 것입니다. 목격자를 살려 둘 수 없어 그런 식으로 처리한 것이었지요.

여기저기서 탄식이 흘러나왔다 박한길은 숨을 훅, 들이켜서 길게 뿜어낸 뒤 계속했다.

– 한 노인이 임산부 배를 내려다보면서 '뱃속 아기가 살아 있다, 힘차게 움직인다.' 고 했습니다. 그때 흰색 브리사 차 주인 박남선이 왔고 사람들이 그를 도와 임산부를 차로 옮길 때 50대 여인이 손에 들었던 봉지를 내던지고 달려와 통곡을 했습니다. 봉지에서 비어져 나온 것은 쇠고기였습니다. 임산부에게 먹이려고…….

그때였다. 관중석에서 한 초로의 여성이 큰소리로 울음을 터뜨렸다. 더 놀라운 것은 옆에 앉았던 청년의 말이었다.

– 그 50대 여인이 바로 이분입니다. 제 어머님입니다. 죽은 임산부, 저의 이종사촌누나입니다. 누나의 남편은 중학교 선생인데…….

장내에 소요가 일었다. 짜고 치는 고스톱이냐고 역정을 내는 사람, 여성을 향해 당신도 증언해보라고 하는 사람, 각자의 입에서 각기 다른 말들이 방향을 잃은 돌멩이처럼 날아다녔다. 청년이 화가 나서 버럭 언성을 높였다.

– 짜고 치는 고스톱?

용하가 다가가서 어깨를 잡고 뭔가 속삭이자 청년은 목소리를 가다듬고 말했다.

– 그래서 우린 이민, 아니 피난을 왔습니다. 제 국민을 죽이는 무

서운 나라에서는 더 이상 살 수가 없어서 이곳으로 도망쳐 온 것입니다.

청년이 앉자 박한길이 정중하게 말했다.

– 제 증언이 듣고 싶지 않은 분은 나가셔도 됩니다.

두 사람이 나가자 박한길이 계속했다.

– 공수부대가 도청에서 철수한 것은 5월 21일 저녁 8시경이었습니다. 시민들이 도청을 접수하고 상황실을 마련한 후 '민주시민학생투쟁위원회' 를 결성했습니다. 대변인은 윤상원, 상황실장 박남선, 외무부장 정상용, 기획위원 이양현, 윤강옥, 홍보부장 박효선……. 저는 기록 담당이었습니다.

대학원 공부 중이라는 한 유학생이 '시민들이 무슨 목적으로 도청까지 접수했냐' 고 물었다.

– 명예회복이었습니다. 정부는 우리를 빨갱이요, 폭도로 몰았습니다. 어느 공수부대원들이 말했다지요. 광주가 적화되었다, 우린 적들과 싸운 것이다…… 모든 신문, TV에서도 그렇게 발표되었습니다. 우리가 바란 것은 오직 살상에 대한 사죄와 명예회복…….

박한길의 목소리에 감상이 젖어들자 한 선생이 가닥을 잡아주었다.

– 도청에 들어가서 가장 먼저 한 일이 있다고 했는데, 그것부터 들려주시겠어요?

– 소문의 확인이었습니다. 도청 분수대 앞에서 가슴이 찔려 죽었

다던 여고생, 유언비어이기를 간절히 바랐던 여고생이 도청 지하실에서 부패해 가는 수많은 시신들 사이에 흰 교복을 입은 채 엎어져 있었습니다.

임산부의 이모라는 여인과 청년이 먼저 자리를 떴다. 자신이 겪은 참혹함을 다시 듣는다는 것이 고문이었을 것이다. 박한길도 어서 끝내고 싶은지 도청 사수 마지막 날로 이야기를 넘겼다.

– 26일 새벽부터 계엄군이 장갑차로 광주외곽을 봉쇄하고 최후 통첩을 해왔습니다. 27일 0시까지 도청을 비우라, 거역하면 전원 사살하겠다는 것이었습니다. 그날 시민궐기대회가 끝나갈 때 지도부에서 그 사실을 알렸습니다. 시민들은 일시에 침묵했습니다. 사과를 받고 명예회복이 될 것으로 믿었는데, 다시금 살상의 시간이……. 그때 도청 모퉁이에서 이런 노랫소리가 들려왔습니다.

계엄군은 물러가라, 좋다 좋아~
계엄군은 물러가라, 좋다 좋아~

침묵하던 시민들의 입에서 울음이 터져 나왔습니다…….

장내는 울음 같은 한숨이 질척하게 퍼져나갔다. 박한길이 메인 목을 틔우고 뒤를 이었다.

– 사회자도 울었습니다. 흐르는 눈물을 닦지도 않고 그가 외쳤습니다.

'여러분, 이제 집으로 돌아가십시오. 우리가 이 자리에 있으면 우리 모두 죽습니다. 이제 더 이상 피를 흘리지 맙시다. 우리 모두 살아서 이날을 증언해야 합니다. 어서 돌아가십시오.

아무도 움직이지 않았습니다. 사회자가 더 이상 죽지 말자고 눈물로 호소해도 시민들은 미동도 하지 않았습니다.

그때 저는 제 임무를 생각했습니다. 기록물을 안전하게 숨기는 것이었습니다. 대학 후배 정용화를 찾았습니다. 그는 시민들 안전을 책임지던 청년으로 불과 두 달 전에 제대해 와서 시위 일을 거들고 있었습니다. 그에게 기록 뭉치들을 맡기면서 잘 숨겨두라고 했고, 그는 기록물 전부를 비닐에 싸서 자기 집 마당에 묻고 콘크리트를 쳤다는 것은 감옥에서 나온 뒤에 들었습니다.

다시 해산 때로 돌아가지요. 상황실에서는 일반 수습위와 봉기 지도부의 연석회의가 열렸습니다. 수습위는 무기를 버리고 항복하자는 쪽이었고 봉기 지도부는 도청을 사수하겠다는 입장이었습니다. 서로 자기주장으로 팽팽히 맞서고 있을 때 창밖에서 시민군들이 외쳤습니다.

'무기반납 결사반대! 결사항전!'

그때 윤상원이 벌떡 일어나 '저 소리가 안 들리느냐, 먼저 죽어간 사람들의 피 값을 지키기 위해서라도 누군가는 도청을 지켜야 한다, 당신들이 못 하겠다면 우리들이 하겠다.' 고 선언했습니다. 수습위들은 전원이 자리를 뜨더군요. 봉기 지도부 12명은 도청사수를 결정하고 각 요충지에 시민군을 배치했습니다. 12시가 되었을 때 탱크바퀴 소리가 들려왔습니다. 계엄군은 탱크, 헬기, 화염방사기, 로켓포 등 최신식 무기로 진격해오며 곳곳에 배치했던 우리 시민군들을 차례로 전멸시켰습니다. 조명탄이 도청건물과 분수대, 광장을 비추었고 기관총은 도청을 향해 난사되었습니다. 총성과 비명소리, 수류탄 터지는 소리……. 그때 윤상원이 박효선에게 수첩을 주며 탈출하라고 했습니다. 박효선은 미쳤냐, 내가 왜 나가냐고 거절했지만 그를 기어이 내보냈고, 정상용 또한 저에게 기록물 들고 어서 나가라고 채근했습니다. 저는 정말이지 그 말이 너무나 고마웠습니다. 어서 빨리 탈출하고 싶어서, 기록물은 이미 잘 숨겨두었다는 얘기도 하지 않았습니다.

박한길이 말을 중단했다. 장내 청중들은 그가 다시 입을 열 때까지 기다려주었다.

– 1층 계단을 내려올 때였습니다. 현관 앞에 수류탄이 터졌습니다. 엎어졌다 고개를 들어보니 시민군들 둘이 내장을 쏟아낸 채 쓰러져 있었고 한 여성의 시신은 어깨가 날아가고 온 몸이 분해된 채 널려 있었습니다. 박남선이 계단을 뛰어내려오며 '항복한다! 사격중지하라!' 외쳤지만 그때 이미 정문 앞 시민군들은 전멸했고 공수부대원들은 등 뒤에서 우리들을 덮쳤습니다. 그새 뒷문으로 침투해 왔던 것입니다. 그들은 우리를 엎드리게 한 후 군화발로 등과 머리, 어깨 등을 내리찍고 개머리판을 휘둘렀습니다. 전화선으로 손을 뒤로

묶고는 정문까지 기어가게 했습니다. 그때 저는 왜 달아날 생각을 했던가, 그들이 접근해오는 자리에 다이너마이트를 묻을 생각은 왜 하지 못했던가, 억울해서, 피를 토할 만큼 억울해서 펑펑 울었습니다. 살인에 중독된 그들은 항복을 하고 나오는 시민들까지 사살했습니다. 살인마가 행세하는 세상, 그런 세상이 제 조국이라는 사실이 미치도록 저주스러웠습니다. 윤상원이 죽었다는 걸 알았을 땐 나는 왜 죽지 않았나, 죽을 만큼 자학했습니다.

한 선생이 투입된 병력을 보고했다.

– 그날 도청 작전에 투입된 병력은 3, 7, 11공수 등 3개 여단과 특공부대 병력 376명, 공격부대 보병 2개 사단 병력 5036명, 봉쇄부대 병력 769명 등 총 6172명, 외곽 전투에까지 참여한 병력까지 합해 2만 5천여 명이 탱크 등으로 무장하고 도청으로 진입했고 그때 헬기와 F5 초음속 폭격기, 베트남 전쟁에서 맹위를 떨친 무장헬기 건쉽, 코브라, 올챙이 모양의 헬기 CH47기 등의 군용 헬기가 광주하늘을 새까맣게 뒤덮었음은 군부 작전 기록에서 확인된 내용입니다.

박한길이 금방 쓰러질 듯한 목소리로 마무리를 지었다.

– 우리 봉기지도부는 헌병대 연병장으로, 보안대로 끌려 다니며 세상에 있는 모든 구타와 고문을 당한 후 교도소로 넘겨졌습니다. 친구와 동지들은 사형과 무기징역, 저는 3년을 선고받고 1년 8개월 후 출소했습니다. 제가 가장 적은 형을 받았던 것은 .동지들이 저를 열외의 사람으로 진술해준 덕이었습니다. 지도부에 이름을 올리지

않았던 것도 참조가 되었고요. 아까 어느 분이 저에게 밀항 운운 했지요? 저는 비행기를 타고 왔습니다. 이상입니다.

한 청년이 소리쳤다.

– 거짓입니다! 날조입니다! 한국 군인이 어떻게 적도 아닌 자기 국민을 그처럼 무자비하게 죽인단 말입니까?

한 선생이 마이크를 잡았다.

– 날조보다 더 무서운 진실을 알려드릴까요? 5·18 학살 이후 전두환은 일본 최고 국수주의자 세지마 류조에게 돈을 청구했습니다. 청구명목이 뭔지 아세요? '한국군은 일본의 반공을 지키는 방패다, 5·18 광주에서도 용감히 싸웠으니 그 대가를 지불하라' 는 것이었습니다.

고령의 노인이 물었다.

– 그래서 일본이 돈을 줬습니까?

– 네, 줬습니다. 세지마가 나까소네를 설득해서 40억불을 지불했습니다. 진실로 슬픈 것은 한국군이 일본과 미국의 용병이라는 것 아니겠습니까? 미국과 일본은 항상 한국국민의 건강한 애국심을 말살시키고 싶어 하고, 우리 군인들은 그들의 의도를 대행해주고 있는 것 아니겠습니까?

누군가가 소리쳤다.

– 거짓말입니다!

– 거짓말이라고요? 20년만 기다리십시오. 비밀문서 해제 때 확인

할 수 있을 것이오.

청년이 또 무슨 말인가 했지만 청중들의 박수가 그의 발언을 삼켜 버렸다.

8

한 시간이나 이르게 공항에 도착했다. 아들이 여행에서 돌아올 때면 늘 이렇게 마음이 바빠졌다. 그러지 말자고 했음에도 몸이 절로 준비를 하는 것이다. 미미는 커피 한 잔을 사서 의자에 앉았다. 아들이 지섭의 다큐를 본 다음 날 그녀가 조심스럽게 물었다. 어젯밤에 하고 싶었던 얘기가 뭐냐고. 아들의 대답은 교회 청년 서클에서 '생명' 이라는 다큐 CD를 줬는데 장소가 한국이더라, 엄마는 '사랑의 공동체' 라는 곳을 알고 있나 물어보려고 그랬다는 것이었다.

그리고 20일 전에는 자기도 청년 서클에 가입했다, 서클 친구들이 '생명' 의 현장을 간다고 한다, 다큐에서 아기가 베이비 박스에 들어오면 벨이 울리고, 목사나 공동체 사람들이 아이를 받아 먼저 우유를 먹이고 몸 상태를 살피는 것인데 팀장이 밖에서 아기를 박스에 넣는 과정을 확인할 계획이라고 한다, 나도 그들과 동행하고 싶으니 허락해달라는 것이었다. 그녀는 단호히 거절했다.

– 그런 일은 너에게 맞지 않아. 안 가는 게 좋겠어!

– 장애나 기형아들의 실체를 보고 싶어. 그리고 연구하고 싶단 말

이야. 인류에게 기형아의 의미, 퍼센테이지, 인간사회가 책임 져야 할 의무…….

– 갑자기 그런 게 왜 연구하고 싶어졌니?

– 갑자기가 아니야. 내가 주워온 비둘기 새끼 기억 나? 그때부터 시작된 궁금증이야.

집 앞 나무에 걸어둔 비둘기 집에서 새끼가 바닥에 떨어진 것은 아들 나이 열두 살 때였다. 아이가 주워온 새 새끼는 갓 깨어난 것이었고 아들은 어미 새가 실수로 떨어뜨렸다면서 사다리를 타고 올라가 새끼를 넣어주었으나 새 새끼는 다시 떨어졌다. 세 번째 떨어졌을 때는 죽어 있었고 아들은 하염없이 울며 무덤을 만들고 십자가를 세웠다.

– 동물은 자식이 기형이면 버려. 그때 그 비둘기 새끼는 기형이라 버려졌던 것인데 까닭은 스스로 먹이를 구할 수 없어서였어. 먹이사슬로도 그래. 사람이 지구상의 먹을거리 95프로를 차지한 탓에 동물들은 5프로밖에 못 가졌어. 그래서 인간 사회에서는 기형이나 장애인을 돌보는 제도가 당연하다는 거야. 한데도 현실은 어때? 동물 세계보다 크게 나을 게 없잖아?

아들이 그런 생각을 하는 건 당연할 수 있었다. 자신이 장애아로 성장했으니까. 그럼에도 미미는 아들의 깊은 생각들이 대견하지 않았다. 그녀가 아들에게 가장 주고 싶고 또 기대하는 것은 고통 없는 삶이었다. 수술실로 들어갈 때마다 공포에 떨리던 여린 입술과 눈시울, 그때마다 빌었던 것은 너는 절대로 아이를 갖지 마라, 이렇게 에이는 아픔은 어떤 경우로도 겪지 말아라…… 문득 아들이 제 아빠의 정체를 알고 이런 일을 추진하는지도 모른다 싶어 슬쩍 떠보았다.

– 혹시 다큐를 만든 사람과도 만날 약속을 한 거니?

– 그런 얘긴 못 들었는데? 팀장은 탐문과 잠복할 일만으로도 매우 바쁠 거라고 했어.

게시판 사인이 착륙에서 도착으로 바뀐 지 10분이 지났다. 미미는 쓰레기통에 빈 커피 잔을 버리고 출구 앞으로 갔다. 때마침 아들이 배낭을 메고 나왔다. 혼자였고 몰골이 초라했다. 떠날 때는 진에 고급 아우터, 세 번 감아서 넘기는 모직 목도리, 왁스로 머리를 세운 멋진 청년이었는데 지금은 머리는 착 가라앉았고 목도리는 없으며 윗도리도 싸구려 솜 패딩이었다. 세상에, 입고 간 옷은 누구에게 벗어주고 난민 차림이란 말인가. 꾀죄죄한 아들이 달려와 미미를 얼싸안았다. 그리고 곧 그녀를 자기 가슴에서 떼 내며 나가자고 했다. 전에는 양 볼과 이마에 그것도 여러 번 키스를 해주었는데 이번에는 그조차 생략해버렸다. 행색뿐만 아니라 행동도 달라졌다. 제 아빠를 만난 건가? 그래서 일부러 어른스럽게 구는 건가? 아님 지섭 씨가 내 험담이라도 했단 말인가? 무슨 험담? 지가 나에 대해 언급할 자격이라도 있어? 미미는 걸음을 멈추고 뜨거워지는 감정들을 눅였다.

그리고 픽 웃었다. 지섭이가 아직도 내 분노의 촛불을 켜다니, 이런 감정의 조화는 또 뭐지?

차를 타자마자 아들은 잠이 들었다. 열흘 동안의 장시간 여행은 처음이니 피곤하겠지. 잠자리가 바뀌어 잠을 설치기도 했을 것이다. 패딩 옆구리로 조금 비어져 나온 솜이 보였다. 잠이 깨면 이 옷은 누구 것인지 말해주겠지. 아들이 다섯 살 때 만들어준 겨울옷이 생각났다. 스왑밋 시장에서 해피론 솜 반 둥치를 사서 싼 천으로 누비옷을 만들어 입힐 때 아들에게 약속을 했다. 앞으론 좋은 옷만 입혀줄게.

아들이 열일곱 살 때 미미의 회사에서 아동복 공모를 했다. 미미의 의상 컨셉은 어린왕자였고, 채택된 작품들로 패션쇼를 열 때 그녀는 아들을 모델로 세웠다. 의상 원단은 상하의 모두 코발트 색 부드러운 진이었다. 바지는 적당한 나팔에 허리는 분홍색 넓은 밴드를, 상의는 분홍색 지퍼를 비대칭으로 달았으며 긴 머플러 역시 분홍색이었다. 그 디자인은 생텍쥐페리가 '어린왕자' 를 쓸 때 모델이 그의 아내였으며, 긴 머플러도 그녀가 즐겨 착용했다는 것에서 힌트를 얻었다.

컬렉션 날이었다. 아들의 의상은 6, 7학년용이었다. 그 학년은 멋을 내기 시작하는 연령이고, 어린왕자 의상을 입은 17세의 아들은 13, 4세의 귀여운 소년 역을 완벽하게 표현해냈다.

그날 헬퍼는 진희가 맡아주었다. 진희는 머플러가 구겨져서 다시 다림질을 했고 허리에 찬 밴드가 꼬이지 않도록 세심하게 신경을 써 주었다. 카운트다운이 내려졌다. 백스테이지 안의 모델들은 극도의 긴장감으로 숨을 멈추었다. 큐 사인이 떨어졌다. 헬퍼들이 무대를 덮은 흰 비닐을 벗겨냈고 음악이 흘렀으며 첫 출연자가 음악소리에 맞춰 스테이지로 나갔다. 아들은 7번째였다. 미미는 떨려서 아들의 모습을 지켜볼 수가 없었다. 진희가 찍은 사진을 봤을 때 얼마나, 얼마나 멋지고 대견하던지…….

아들이 잠에서 깨어나 사방을 두리번거렸다.

"아직 20분은 더 잘 수 있어."

미미가 말했으나 아들은 더 자지 않고 자세를 바로 잡았다.

"내 옷 차림 궁금하지? 한 봉사원 옷과 바꿔 입었어."

"그래……, 네가 갔던 곳은 어땠니?"

"그 공동체엔 25명의 아기들이 있었어. 기형아가 7명이나 돼. 손이나 발 하나가 없는 아기들이 둘, 팔 하나가 없는 아기, 두 손이 다 없는 아기들, 입양도 시킬 수 없는 아기들이라 베이비 박스에 넣은 거래. 생명이라도 지켜달라고."

팀장은 집밖에서 잠복했지만 박스에 아기를 넣는 사람은 직접 목격하지 못했다, 대신 공중화장실 세면대에 스웨터에 싼 아기가 버려졌을 때는 운영자와 동행할 수 있었다, 여름에는 공원, 겨울에는 화장실에서 신생아를 유기하는 일이 많다, 이름이나 출생을 밝혀둔 아기도 거의 없었다, 가끔은 반드시 데리러 오겠다고 약속을 남긴 엄마도 있지만 실제로 온 엄마는 없었다, 베이비 박스는 집밖 담벽에 설치해두었다, 벨이 부착되어 있어서 그것만 눌러주면 아기는 즉시 안전하게 인도된다, 박스 안은 전기 시설로 따뜻하게 해 두어 아기가 얼어 죽는 일은 없다, 여중, 여고, 여대생들이 자원봉사로 와서 아기들과 놀아준다…….

"팔이 없어 배로 기는 아기를 여중생 자원자가 보행기에 앉혀주는데 말이야, 방긋방긋 웃는 모습이 얼마나 화사한지 눈물이 다 나는 거야."

"귀한 경험을 했구나."

"팀장 덕이야. 그 친구 돌아오면 한턱 근사하게 낼 거야."

"네 팀장은 아직 거기 남아 있는 거야?"

"'생명'을 찍은 감독을 만나고 오겠대."

'생명'을 찍은 감독, 숨이 턱 막혔다. 미미는 마른기침을 한 후 넌지시 물어보았다.

"넌 그 감독 만나봤니?"

그때 전화가 왔다. 아들이 대신 전화를 받아 그녀 귀에 대주었다. 곤이였다.

"박한길 형 G병원에서 수술 했대. 머리에 문제가 있었는데 고문 후유증이라너라."

"……"

"우리들한테 괴팍했던 것도 그게 원인이었대."

"나중에 얘기해. 나 지금 운전 중이야."

서둘러 전화를 끊고 아들을 보았다. 아이는 그녀의 질문을 잊은 듯 차창 밖을 보았다. 그래, 나중에 대답하렴. 미리 알면 진종일 감정의 멀미를 앓을 테니까 지금은 아니 듣는 게 나을 거야. 미미는 속도를 올렸다.

9

해가 하늘에 비행접시처럼 걸려 있다. 사방이 옅은 은색이다. 바다도 모래도 하늘도 광선이 노출된 사진 같다. 갈매기가 빛을 쏘며 날아간다. 아내의 말소리가 들려온다. 어머, 어머, 그게 뭐야? 용하 씨한테 뭐 그런 것이 달려 있어? 용하는 발가벗고 서 있었고 아내가 그의 성기를 보고 말했다. 뭉툭한 대못 같네. 나 독일에서 환자들 성기, 숱하게 봤는데 이렇게 생긴 건 처음이야. 그가 아내의 손을 잡았다. '숙아, 우리 여기서 한번 할래? 친구가 그러던데 대낮에 해변에서 하는 섹스가 최고래.' 아내가 아닌 타인의 말소리가 끼어들었다. 영어였다.

"피 색이 더 짙어졌어요."

어떤 손길이 국부에서 느껴졌다. 뭔가를 국부에 장착한 모양이다.

"그 주머니 교환하세요."

눈을 떴다. 천장에 큼직한 무영등이 걸렸고 팔뚝에는 링거가, 주위엔 의료기기가 놓여 있었다. 수술실 같았다. 조타실에서의 일이 떠올랐다. 특수요원이 아노브를 겨냥했고 알프레드가 박사를 보호하려고 몸을 날렸다. 총성이 울렸고 알프레드가 옆구리에 피를 흘리며 주저앉았고 마크가 달려갔다. 그리고 정신을 잃었는데 나도 총을 맞았구나. 그래서 수술실에 실려 왔다면 다른 팀원들은? 용하가 물었다.

"다른 사람은 수술이 끝났습니까?"

의사가 내려다보며 말했다.

"정신이 돌아왔군요."

"저는 거기에 총을 맞았습니까?"

"아니요, 총상이 아닙니다."

"그런데 거기에서 왜 피가 납니까?"

"당신은 간(肝)에 문제가 있었어요. 응급상황이라 즉시 수술을 했는데 출혈이 있어요. 지금 재수술을 하려고 여기에 왔는데…… 아, 벌써 집도의들이 들어오고 있군요."

문이 열리고 가운과 마스크를 쓴 집도의들이 들어왔다. 담당의사가 물러날 때 용하가 그의 팔을 잡았다.

"다른 사람들은 어떻게 되었습니까?"

"누구 말입니까?"

"우리 팀원들이오. 죽은 사람은 없겠지요?"

"우린 당신 외에는 본 사람이 없어요."

"제가 여기 있다는 것, 우리 집엔 알렸습니까?"

"우리 소관이 아니오."

"오늘이 며칠입니까?"

대답을 듣기도 전에 정신이 혼미해졌다. 의식을 붙잡으려고 발버둥을 친 것 같은데 어느 순간 경기장에 와 있었다.

고개를 쳐들고 사방을 둘러본다. 원형 경기장에는 전광판이 아닌 여러 개의 대형 영사막이 병풍을 치고 빙글빙글 돌아간다.

하나의 흑백 영사막이 그의 눈앞에서 멈춘다. 피난민들이 화면 속으로 걸어온다. 소달구지와 지게를 진 남자, 머리에 임을 인 여성들이 종종걸음을 친다. 소달구지에는 이불, 솥단지 등 살림살이들이 실렸고 지게 위에는 꼬부랑 할머니나 할아버지, 혹은 어린애가 앉았으며 아이의 손을 잡고 걷는 여인 뒤에 한 소년이 아기를 업고 행렬을 따라 걷는다. 아기가 소년의 두 귀를 잡고 소년의 등에 바짝 붙어 있고 그 모습을 길게 비춘다. 화면이 빙글 돌면서 장면이 바뀌면 소년과 아기는 원두막에 앉았고 그 앞은 전투장이다. 국군과 인민군들이 서로 총을 탕탕 쏜다. 인민군들은 딱총을 들었고 국군은 칼이 달린 장총을 들었다. 소년이 국군을 향해 소리친다.

"쏴! 인민군 새끼들 모조리 죽여 버려!"

인민군들이 픽픽 쓰러진다. 소년이 손뼉을 치며 아기에게 말한다.

"아, 신난다, 인민군 새끼들 다 죽었다! 용하야, 너도 박수를 쳐! 어서!"

한 살짜리 아기가 느낌도 생각도 없이 박수를 친다. 다시 장면이 바뀌고 어두운 방안이다. 옷을 깁던 여인이 소년에게 묻는다.

"용국아, 우리 언제 피난 갔더나?"

경기장 영사막들이 회전을 한다. 이번에는 혁기가 여러 가지 색깔의 풍선을 타고 두둥실 다가와 강연을 시작한다.

"꿈은 언제나 현재진행형입니다. 부싯돌을 켜는 2만 년 전의 상황으로 돌아갔다 해도 꿈속에서는 과거라는 인식이 없습니다. 꿈속 느낌에는 현재적 인식이 없기 때문입니다. 마음이 무언가를 느끼면 두뇌 의식은 느낌들을 측정하고 판단하고 계산합니다. 현재라는 바탕 위에서 말입니다. 그렇다면 먼 과거가 왜 꿈으로 재현될까요? 어떤 사람은 이렇게 대답하더군요.

'과거에 행했던 일들이 현재에도 되풀이되고 있기 때문이다.'

전 조금 다르게 말합니다. 사람이 선사시대의 꿈도 꿀 수 있는 것은 DNA 속에는 태초의 기억들도 잠재되어 있고, DNA 기억은 개인의 체험이 아닌 종(種)의 기억이라고 말입니다. 달리 말해 볼까요? 꿈의 현상은 실제의 체험보다 처음으로 겪는 일들이 많은데, 그 또한 사회적으로 일어났던 과거의 경험들이 내 속에도 내재되어 있는 까닭입니다. 그렇다면 미래로 가는 꿈의 통로는 없을까요? 수백 년 후나 핵이 지구를 쓸어버린 상태를 보고 왔다는 사람은 있었습니다. 물론 그 또한 영화나 만화에서 본 상식의 반영이긴 합니다만 달나라나 화성에 갔다거나 거기서 먹고 자고 생활하다 왔다는 보고는 아직 없었습니다. 그렇습니다. 꿈은 인류가 살아보거나 체험한 것만 재생산합니다. 영화나 소설의 얘기도 간접적 체험이라 꿈을 꿀 수는 있지만…….”

그때 전투기들이 날아와 혁기를 몰아내고 영사막을 휘덮는다. 전투기들은 찢을 듯 굉음을 내며 시가지를 폭격한다. 검은 버섯구름이 사방에서 치솟아 오른다. 6층짜리 아파트가 뭉개진 와플 빵처럼 격자로 찌그러져 내리고 그 아래로 자막이 뜬다.

이스라엘의 대대적인 공습, 작전명 '변경보호' 원인, 하마스 지도자가 이란 등지에서 최신형 로켓포를 수입한 때문.

공포가 전신에 가시로 박힌다. 그는 그 현장을 피하려고 죽을힘을 다해 달린다. 갑자기 닥쳐오는 정적, 그리고 바다가 펼쳐진다. 수만의 피난민들이 해변에 서 있다. 리더가 바다를 향해 팔을 뻗은 모습이 흡사 출애굽기의 모세 같다. 혁기의 목소리가 대답한다. 맞아. 넌 꿈이라는 가장 빠른 타임머신을 타고 고대(古代)로 온 거야. 아닙니다! 누군가가 반박한다. 이들은 젖과 꿀이 흐르는 땅을 찾아가는 유대인들이 아닙니다. 유대인들이 찾아온 그 땅에서 쫓겨나는 팔레스타인입니다. 화자를 찾으려고 고개를 드는 순간, 군함들이 부챗살처럼 몰려오고 화면 아랫단에 자막이 흐른다.

이스라엘 해군, 피난민 행렬 차단.

피난민들이 돌아선다. 그들 뒷모습에 내레이션이 깔린다.

“피난민들이 가자지구를 빠져나갈 수 있는 국경은 딱 두 곳뿐입니다. 이집트 쪽 시나이반도, 이스라엘 남부 에레즈, 이곳은 에레즈,

에레즈가 봉쇄되었으니 이들은 이제 이집트 국경으로 갈 것입니다. 하지만 그 국경은 어서 오라고 활짝 열어놓았을까요?"

피난민들이 터널 앞으로 몰려온다. 여러 개의 터널이 각각 거리를 두고 뚫려 있고 피난민들은 줄을 지어 터널 안으로 들어간다. 내레이션이 이어진다.

"터널 끝에는 이집트 군이 기다리고 있습니다. 이집트도 국경을 봉쇄해버렸으니 이 피난민들의 발길은 또 어디로 돌려야 할까요……"

내레이션이 끝나지도 않았는데 미사일이 날아와 터널을 때린다. 차례로 폭파되는 터널, 터널 잔해와 함께 사람들이 튀어 오르고, 어미 등에 업혔던 아기가 홀로 하늘로 날아간다.

장면이 바뀐다. 팔레스타인 총리실 공관, 공습으로 다친 사람들이 우왕좌왕하는 사이 화면이 회전을 해서 하마스 군사기지에서 멈춘다. 최고 지도자가 전신에 피를 흘리고 쓰러져 있다. 참모들이 그를 들어 침대에 눕힌다. 이미 절명한 상태다. 부지휘관이 칼날 같은 목소리로 명령을 내린다.

"보복하라! 우리도 그들 지도부를 날려야 한다!"

하마스 군들이 바쁘게 움직인다. 로켓 발사기들을 설치, 파르즈-5탄이 걸린다. 그 화면이 옆으로 밀리고 이스라엘 군 수뇌부들이 클로즈업되어 나타나면 대장이 보고를 받는다.

"아흐마드(하마스군 최고 수뇌)가 죽었다? 쉽게 처리되었군. 응전

태세로 돌입했다? 미끼를 제대로 물었군."

그는 천천히 몸을 돌려 화면을 직시하며 명령을 내린다.

"아이언 돔! 요격을 개시하라!"

한 화면이 둘로 나뉜다. 왼쪽은 팔레스타인, 오른쪽은 이스라엘. 두 사람의 해설가가 등장해 중계를 한다.

"팔레스타인의 로켓 파르즈-5는 일명 카추사라고도 불립니다. 구경 300인 카추사는 발사거리 90km 이상이며 제대로 날아가면 이스라엘 최대도시 텔아비브와 수도 예루살렘을 폭격할 수 있습니다."

"이번은 어떨까요? 저 로켓들이 다윗의 돌멩이 역할을 해낼 수 있을까요?"

"그렇게만 되면 지구가 조용해지겠지만, 결과는 두고 봐야 알겠지요."

이스라엘 쪽 화면이 클로즈업된다. 아이언 돔이 확대되어 보인다. 발사대는 언덕에 설치되었고 20발의 타미르 요격미사일(90kg)이 탑재되어 있다.

적외선 유도방식의 레이더는 지상 발사형 S밴드를 사용한다. 아이언 돔 레이더는 다기능으로 항공기, 탄도미사일, 순항미사일, UAV, 대포, 박격포, 로켓포 등 모두를 탐지해서 추적, 요격할 수 있고 적지에 설치된 대포의 위치까지 정확히 파악하는 등 모든 기능이 내장되어 있다.

"아이언 돔이군요. 저것이 단거리 로켓포에서, 155mm 포탄까지 모두 요격해낸다지요?"

"그렇다고 했습니다. 다연발 로켓포 BM-21까지 완벽하게 방어한다더군요."

"정확도가 90%라면 감지 레이더가……."

"잠깐, 지금 하마스 진영에서 발포를 시작했습니다! 포탄이 빠르게 날아가는군요. 하나가 아닙니다. 다연장입니다! 둘, 셋 높이 날아갑니다! 국경만 넘으면 예루살렘, 그러면 홈런입니다!"

"아이언 돔이 포문을 열었습니다. 발포를 하는군요. 요격미사일이 날아갑니다. 사냥감을 채려는 매처럼 날쌥니다. 대단합니다. 미사일들이 카추사를 받아 단숨에 가루로 만듭니다. 20발이 차례로 요격을 당하는군요. 카추사의 파편들이 공중에서 분진으로 흩어져 내립니다."

한 노인이 해설자들에게 따진다.

"당신들, 여기가 경기장이오? 무슨 전쟁 중계를 그 따위로 하는 거요?"

"어르신, 요즘은 전쟁 중계도 이렇게 해야 먹힌답니다."

"저길 보십시오! 로켓 하나가 텔아비브에 도착했습니다! 저것이 다윗의 돌멩이가 된다면 진짜, 진짜 홈런입니다! 지상에서 가장 큰 홈런! 전 세계인이 우리를 주목할 것입니다."

"그것을 우리가 중계한다면, 우리의 주가도 하늘에 닿을……."

화면이 빠르게 전환되면서 이스라엘 진영이다. 공군들이 폭격기를 타고, 탱크와 지상군들이 출전 명령을 기다리고 있다. 미사일 탄두도 가자지구를 향해 배치된다.

"이스라엘이 반격을 시작하는군요. 이번에도 다윗의 돌멩이는 고무공이 될 모양입니다."

가자시티, 공습경보가 울린다. 어른, 아이, 노인들이 학교와 병원, NGO 사무실로 달려간다. 미사일이 건물을 폭파시킨다. 도피자들이 길거리에 납작 엎드린다. 젊은 엄마가 넘어지는 계집아이를 감싸안는다. 공습기가 상공을 선회하며 총탄을 들이붓자 엄마는 죽고 계집아이가 엄마 품에서 빠져나온다. 다시 공습기가 지나가고 이번엔 계집아이가 쓰러진다. 노랑머리 노르웨이 기자가 달려가서 아이를 안아든다. 예쁜 리본을 단 작은 머리에서 피가 흐른다. 아이는 절명했고 기자는 아이의 이마에 키스를 한다. 전 세계로 전송되었던 사진, 우리의 이한열 사진처럼 상징적이었던 사진……. 알자지라 방송 TV에서 속보자막이 뜬다.

"가자지구 라파도 공습을 당하고 있습니다."

폭발로 인한 연기가 사방에서 솟구친다. 연기를 가르고 폭격기가 날아온다. 노인과 중년, 청년 3부자가 유엔 보호시설로 달려간다. 폭격기가 그들을 추격하고 대피소 20미터 전방에서 그들, 3부자가 차례로 고꾸라진다. 노인과 청년은 절명, 중년 남자는 살았으나 다리가 날아가고 없다.

"50일 간의 무차별공격, 그 실상을 보십시오."

해설가의 말에 이어 화면이 파괴된 시가지를 보여준다. 무너진 건물, 가옥들, 학교, 병원, 파손된 구급차들, 학교마당에 눕혀진 수천 구의 시신들, 이처럼 참혹한 전경은 영화에서도 본 적이 없다.

"5백여 명의 아이들이 목숨을 잃었습니다. 주민 사망은 3천여 명, 부상자는 5만입니다. 희생자 중 대다수가 노약자, 민간인들입니다. 이건 국가간의 전쟁이 아닙니다. 인종청소입니다. 이스라엘은 나치에 대한 보복을 팔레스타인에 하고 있습니다. 잘 살고 있던 사람들을 몰아내고 땅을 접수한 것도 모자라 원주민들을 학살하고 있습니다."

아메리케어스(AmeriCares) 멤버들이 유아와 산모들의 시신 앞에서 망연자실하게 서 있다.

"미국인 구호단체입니다. 저들이 실어온 것은 아이들의 영양제, 비타민, 항생제, 유아용품, 의료, 위생용품들입니다. 모자도 가져왔군요. 5만 장이라고 합니다. 아이들이 너무 많이 죽어 저 모자들이 남아돌겠다고 지금 탄식하고 있군요."

"이거 참, 아이러니가 아닙니까? 미국 정부는 아이언 돔 개발 비용 일체를 제공하고 NGO들은……."

"그게 현실입니다. NGO들은 희생자를 돕고, 미국정부는 전쟁을 돕고……."

UN 난민기구 앞, 학교와 폐허 위에 세워진 천막들, 피난민들이 사는 컨테이너, 텐트, 먼지바람 속에서 떨고 있는 아이들을 비추다가 창고 앞에서 화면이 멈춘다. 밤이다. 터번을 쓴 남자들이 창고에 있는 시멘트 포대를 들고 나와 트럭에 싣는다.

"창고 안에는 5만 톤의 시멘트가 있습니다. 국제사회가 재건축 지원용으로 보낸 것이지요."

"가옥을 복구할 사람들이 시멘트를 가져가는 것이로군요. 한데 저런 작업을 왜 어두운 밤에 하지요?"

"저건 가옥 복구자가 가져가는 것이 아닌, 암시장으로 나가는 것입니다."

"암시장이라뇨?"

"재건축 프로그램 수혜자 선정과 공급과정이 공정하지 못하다는 것은 그렇다 치고 문제는 암시장에서 취한 자금이 무장단체로 흘러든다는 것입니다."

"무장단체라면 하마스입니까?"

"그들 세력이 장악하면서부터 전쟁이 끝날 날이 없지 않습니까? 어떤 팔레스타인들은 노골적으로 말해요. '분열된 정치인들이 벌이는 이 전쟁이 시오니스트보다 더 끔찍하다' 고 말입니다."

"우리에겐 언제쯤 이런 거지같은 해설이 아닌 평화를 생중계할 날이 올까요?"

"아, 잠깐! 저기 이스라엘을 보십시오. 지금 휴전을 파기할 시나리오를 작성하고 있어요! 벌써 발표를 하는군요. 테러리스트가 자살폭탄을 감고 이스라엘 진영으로 뛰어들어 다시 공격하지 않을 수 없다!"

용하가 소리친다. 그만! 그만! 제발 좀 그만해!

갑자기 캄캄해진다. 엔딩 자막도 없이 모든 영사막들이 꺼져버린다. 꿈속 목격자도 가뭇없이 사라진다.

4부

시지포스의 시간

I

경숙은 '겨레운동본부' 로 들어섰다. 박한길의 빈소는 거실에 마련되어 있었다. 수술은 성공적이었고 의식도 명료해져서 용하를 보고 싶어 한다고 했는데 갑자기 혼수상태가 되더니 다섯 시간 만에 숨을 거두었다고 했다. 창우가 국화꽃을 건네주었다. 경숙은 영정 앞에 꽃을 놓고 절을 올렸다.

"용하 씨 오면 함께 뵈려고 했는데……. 죄송합니다."

남편은 의약품 전달 차 팔레스타인으로 가다가 억류되었지만 곧 풀려날 거라고 국세언내에서 알려주었다. 오바마도 한국인에게 우호적이고, 여러 단체에서도 힘을 쓰고 있다고 했다.

조문객이 왔다. 경숙은 자리를 비켜주고 집안을 돌아보았다. 박한길이 고국으로 돌아간 것은 김대중 선생이 대통령이 된 뒤였으니 이곳에 머문 시간은 대략 십사, 오 년쯤 될 것이다.

– 그 사람, 나를 만나주지 않았어! 몇 시간이나 기다렸는데 본 척도 않고 그냥 갔어. 난 철저히 무시를 당했어!

85, 6년도인지 모르겠다. 김대중 씨가 미국에 왔을 때 그가 만나러 갔고, 돌아와서 그처럼 화를 냈다. 남편 용하가 '그분도 거의 쫓겨 온 신세가 아니냐, 반체제 사람을 만난다는 것이 위험할 수도 있어서 피했을 것' 이라고 했음에도 노여움을 풀지 않았다. 박한길이 변하기 시작한 것은 그때부터였을까? 경숙은 도서실로 갔다. 책들은 변함없이 가득한데 그 앞에 놓였던 회의용 테이블들은 사라지고 없었다.

– 우리 민족은 고쳐서 배워야 할 것이 많습니다. 가장 시급한 것이 바른 역사공부와 세계정세 판독입니다. 임시정부가 죽을 고생을 하며 지켜온 국가 정통성을 이승만에게 빼앗긴 까닭은 오직 일본이라는 적만 보았기 때문입니다. 만약 미국을 파악할 지식이 있었다면 우리의 위대한 김구 선생님께서는 미군이 제안한 귀국 비행기를 타기 위해 11월 말까지 중국에서 지체하지는 않았을 것입니다.

본부장 취임 때 박한길이 이 자리에서 한 말이었다. 그즈음 박한길의 말들은 민족혼을 일깨우는 고농축 비타민이었다.

– 미리 귀국한 이승만은 우리 국가를 미국에 넘겨줄 공작을 하면서 해방 이후의 시간과 역사를 제멋대로 비틀어 놓았습니다.

만약 박한길이 미국에 오지 않았다면 그래도 '겨레운동 본부' 가

탄생할 수 있었을까? 아마 아니었을 것이다. 민족문제에 관심을 가진 사람들이 많았다 해도 그들 각자는 따로 구르는 구슬이었다. 그런 차에 박한길의 증언을 들었다. 충격을 받은 그들은 겨레 결속을 원했고 모금운동을 시작했으며 어떤 사람은 사재를 털어 이 집을 마련했다. 재단 명칭을 '겨레운동본부' 로, 초대 본부장을 박한길로 추대했다.

– 먼저 개설할 부서는 '연구소' 입니다. 시급한 일은 근대사 정리입니다. 무엇보다도 민족의 질곡이 된 분단에 대해선 원인과 원흉을 철저히 규명, 분석해야 할 것입니다. 이승만이 식민지와 신식민지를 양손에 잡고 정부를 수립해버린 것, '단독정부 수립' 을 위해 이승만과 미국의 암약, 한국전쟁에 관한 비밀문서, 박 정권에 이어 전두환과 미국이 나눈 밀약 문서 등 숨겨진 진실 또한 모두 찾아야 할 것입니다.

연구소가 그의 첫 번째 구상이었다면 두 번째는 '청년부' 를 개설하는 것이었다.

– 미국에 유학을 와 있거나 이민 청년들은 우리의 민족, 민중 역사를 잘 알지 못합니다. 그들에게 동학부터 5 · 18까지, 민중사를 교육시킨다면 민족 운동의 엄청난 동력이 될 것입니다.

미주 전역에 청년모집 광고를 냈다. 지원해 온 청년들이 3백 명이 넘었다. 서부 캘리포니아 주가 가장 많았고, 동부에서도 1백여 명이나 되었다. 워싱턴 DC, 뉴잉글랜드 등 아이비 대학 인재들도 여럿이었다. 1기 교육은 한국사, 세계 침략사, 정세 분석을 집중적으로 가르쳤고, 사회주의나 이데올로기는 교양과목으로, 철학에 대해서는 서적을 추천했다. 공부가 끝났을 때는 저마다 손에 나침반을 쥔 얼굴이었다. 그들은 '청년연합' 을 결의했고, 자기 지역으로 돌아가 지부부터 만들었다. 민족은 가슴만으로도 고리를 만든다는 말은 옳았다. 버클리, 하버드, 예일, MIT, 스텐포드 아이비 유학생이나 교포학생들이 속속 합류했다.

청년들의 연합활약 중 가장 눈부셨던 것은 워싱턴 DC 청년들이 '코리아 리포트' 를 발행해 한국의 상황을 대대적으로 알린 것과, 서부에서 운영했던 '코리아 포럼' 이었다. 포럼에서는 분단의 원인, 핵무기 한반도 배치, 전쟁 위기를 조장하는 팀스피리트 훈련에 대한 프로그램을 만들어 강연이나 토론을 했고 그 성과 또한 대단했다.

보스턴에서도 특별한 단체를 만들었다. 청년연합에 한국인만 아닌 한반도 문제에 관심이 있는 외국인들도 회원으로 받아들였고 그들 외국학생들이 기발한 영상물도 제작했다. 한 백인 학생이 무비카메라를 들고 하버드대학 광장으로 나가 지나가는 학생들을 잡고 아주 간단한 질문을 했다.

사우스 코리아가 어디에 있나 – Where is south Korea?

아무도 아는 사람이 없었다. 다섯 번째 학생의 대답이 걸작이었다.

북한의 북쪽 – North of north Korea?

눈이 멀뚱한 백인 학생이 머뭇거리며 '남한이 북한의 북쪽에 있느냐?' 고 했을 때 그 비디오를 본 LA 회원들은 폭소를 터트렸다.

'연구소' 의 활동도 대단했다. 한국전쟁에 관한 비밀문서를 찾아내는가 하면 이승만이 맥아더에게 북침을 종용한 일, UN 총회에 상정될 조선 문제에 대한 공작을 위해 맥아더 주선으로 이승만이 미국에 날아간 일, 임영신을 미리 파견해 김구를 소련 앞잡이로 매도한 신문기사, 미 국무성에 제출된 북침을 요구하는 이승만에 대한 헨더슨의 보고서, 주한 군사고문단장 W. 로버트는 기자와의 인터뷰에서 '한국군은 미국의 이익을 지켜주는 가장 충실한 번견(Watchdog)이고 미국의 납세자에겐 최소의 비용으로 최대의 효과를 보장하는 군대다. 미국은 우리를 위해 대포를 쏘아줄 10만 명의 한국군을 훈련시키는 데 성공했다.' 는 문건과 '한국전쟁은 적당한 시기에 적당한 곳에서 일어난 적절한 전쟁이며 우리에겐 하나의 축복이었다.' 라고 한 미8군 사령관의 말, 미 국무성 부외비(部外秘) 49년 8월 26일 보고문에서 민기식 대령은 '보통 사람들은 항상 북한군이 먼저 한국군을 공격하고 있다고 알고 있지만 사실은 거의 우리가 먼저 발포하고 공격한다, 그로써 사병들은 자기들이 강하다는 것을 체감하는 것이다.' 는 문건, 로버트 T. 올리버가 이승만에게 보낸 서한 '…미국 정부 측에서는 우리들 쪽이 침략적인 행동으로 나왔나는 인상을 조금이라도 주지 않기를 바라고 만약 어떤 일이 발생했을 경우에는 그 책임을 전적으로 러시아로 전가해야 한다는 의견이며……', '전쟁가방' 이라 불리던 국무장관 고문 덜레스가 6 · 25 일주일 전

느닷없이 한국으로 날아가 3.8선을 시찰했고 다음날 국회에서, '당신들 곁엔 우리가 있다' 고 한 그 유명한 연설문, 그리고 동경으로 날아갔고, 동경에는 맥아더, 국방장관 존슨, 합참의장 브래들리가 덜레스를 기다리고 있었다는 것, 6월 25일 아침 한국 전쟁을 보고받은 맥아더는 국방장관과 합참의장과 작가 존 갠서에게 '한국이 북한을 공격 개시했다!' 는 문건에서 박한길이 덧붙였다.

– 그럼에도 전쟁 책임이 북한으로 돌아간 것은 북이 먼저 밀고 내려왔기 때문일 것입니다. 물론 우리는 민기식 대령의 보고처럼 북한은 한국군의 잦은 국지 공격에 거의 노이로제가 되어 있었을 것이며, 쫓기듯 전쟁의 첫발을 쏘았을 것으로 짐작할 수 있습니다만 올바른 판단을 위해서는 원인과 과정을 정확히 규명해봐야 할 것입니다…….

"누님, 곤이가 온다고 기다리라는데요."

창우가 알려주었다. 그래, 옛 동지들도 올 것이다. 경숙은 메모지를 찾아 생선전, 인스턴트 육개장, 돼지머리 눌린 것, 소주 등 빈소에서 쓰는 음식들을 적은 후 창우에게 카드와 함께 건네주었다.

"빈소를 지켜야 할 것 같다. 넌 가서 이 음식들을 사오도록 해라."

2

김지철이 조문을 왔다. 딴 사람처럼 늙어버린 것이 당혹스러워서 창우는 알은 척을 할 수가 없었다. 갑자기 가려움이 치밀었다. 부위를 알 수 없는 곳에서 시작되어 온몸으로 돌아다니는 이 가려움증은 기억의 환기, 죄스러움의 비듬이었다.

89년 4월이었다. 산타 모니카 시청 앞에서 국제연대 시위가 있었다. 참가단체들은 미국의 어장(魚場)에 소속된 국가들, 그 국가의 반항아들로, 텐트에서 2박 3일을 지내며 낮에는 각 단체의 발언, 밤에는 촛불 시위를 했다. 그때 한국 대표 발언자는 창우, 자신이었다.

첫 번째 연사는 여성단체장이었다. 체격이 좋고 활달한 그녀는 미국 저소득층 여성들의 열악한 환경, 탁아시설, 낙태 금지법에 대한 이야기를 했다. 미국 같은 선진국에서도 여성들이 차별대우를 받는다는 것이 믿을 수 없다고 제 3세계 참가자들이 혀를 찼다.

다음은 중남미 반전운동 단체들이 차례로 나와 미국 개입과 음모를 폭로했다. 대다수의 연사들이 자국 독재자 혹은 미국 독점자본의 지배와 폭력 등을 성토했는데 니카라과의 발언은 내용과 성격이 달랐다.

– 잘 모르는 사람들은 말합니다. 산디니스타(민족해방전선)가 정권을 잡았다, 수장이 대통령인데 뭐가 겁이 나서 군대를 양성하고

비밀경찰부대까지 창설하느냐, 그건 독재자가 했던 일을 답습하는 것이 아니냐고 말입니다. 예, 오르테가, 산디니스타의 수장이 정권을 잡았습니다. 하지만 고작 4년입니다. 미국이 침략해서 꼭두각시 왕조를 내세워 국토와 기간산업을 유린한 세월이 50년입니다. 50년간 독재자가 심거나 뿌려둔 악습은 어떨까요? 극우 보수들의 억지와 구태들이 질긴 풀뿌리보다 더 깊이 박혀 있습니다. 게다가 콘트라 반군, 미국의 지원을 받는 세력이 지금도 버젓이 활동하고 있습니다. 자칫하면 정부가 전복될지도 모르는 판국인데 두 손 놓고 있어야 할까요? 우리는 어렵게 토지개혁을 했고 주요산업을 국유화했습니다. 이러한 정책들이 아직 자리도 잡지 못했는데 다국적 기업들은 다시 사유화하려고 끈질기게 공작하고 있습니다. 그래서 우리는 군대를 양성하고 있습니다. 비밀경찰은 국민 사생활 침해가 아닌 반군 동태를 살피기 위해 필요한 것입니다.

박수가 터져 나왔다. KPFK 기자가 백인 남성에게 '국가를 선전하고도 박수를 받는 일은 처음 보는 것 같은데, 이런 상황을 어떻게 생각하느냐' 고 물었다.

– 나도 박수는 보냈지만 오르테가 체제가 언제까지 지탱할지 걱정이오.

다음 순서는 코 아래를 스카프로 가린 이란 청년이었다. 그는 먼저 '자신이 몸담고 있는 그룹은 비밀 지하조직이다, 신분이 노출되면 본국에 있는 가족들이 피해를 입을 것이어서 얼굴을 가렸다' 고 밝혔다.

– 호메이니가 팔레비 국왕을 몰아냈을 때 우리 부친은 좀 더 나은 세상이 올 것이라고 박수를 쳤습니다. 하지만 이 옹고집 늙은이는 좌파를 척결한다고 대학의 문을 닫았습니다!

그리고 그는 하늘을 향해 두 팔을 번쩍 쳐들고 외쳤다.

– 신이여! 이란에 전쟁을 몰아내고 평화를 주소서! 민주화를 주소서! 배움의 자유를 주소서!

이란 청년이 단상에서 내려간 후 사회자가 코멘트를 달았다.

– 누군가의 말이 지구는 인간문제라는 다발성 종기를 앓고 있는 것 같다고 하더군요. 이 문제 아니면 저 문제가 연속적으로 터지기만 할 뿐, 완쾌나 완성이 없다고도 했는데, 하지만 우리가 외쳐서 해결해 낸 일 또한 많습니다. 시간이 좀 걸리더라도 바람직한 세상은 반드시 올 것이니 우리 모두 힘을 냅시다!

흑인이 나와 존 레넌의 '이매진' 을 불렀다. 창우의 차례는 앞으로 세 사람 뒤였다. 긴장감도 해소할 겸 화장실을 갔는데 김지철이 건물 모퉁이에서 어떤 남자와 이야기를 하고 있었다. 상대도 낯이 익었다. 창우가 인사하려고 발길을 옮길 때 그들이 몸을 돌려 바닷길로 내려갔고 창우는 행사장으로 돌아왔다.

인디언들의 전통춤이 끝나고 50대 중반의 백인 남자가 연단으로 올라갔다. 배가 불룩하고 안경을 낀 그가 군중들을 바라보며 자기 이름을 밝혔다.

– 제 이름은 엘스버그입니다.

박수소리가 미미했다. 그가 개구쟁이처럼 씨익 웃으며 다시 덧붙였다.

– 별명은 통키만이라고 하죠.

박수가 우레처럼 터져나왔다. 어떤 사람은 '오, 당신이 통키만! 우리의 영웅, 사랑합니다!' 라고 목청껏 외치기도 했다.

그가 바로 일급 보안 기밀문서 '펜타곤 페이퍼' 를 뉴욕 타임지에 넘긴 장본인이었다. 펜타곤 페이퍼는 2차대전 때부터 1968년 5월까지 인도차이나에서 미국의 군사기밀을 기록한 보고서였다. 엘스버그는 기밀문서 정리 작성에 참여한 30명 중의 한 사람이고 당시 그는 MIT 부설 국제연구소의 수석요원이었다.

– 제가 통킹만 사건 기록 담당자가 된 것은 제 전직이 해군장교였던 까닭도 있었을 것입니다.

미국정부는 베트남에서 호치민 세력을 몰아내야만 했다. 공산권은 지구상에서 청소를 해야 한다는 것이 미국의 정책이자 이념이었다. 그렇다고 미국이라는 대국이 그 조그만 나라를 명목도 없이 칠 수는 없지 않은가. 빌미를 찾았으나 영악한 호치민 군인들은 꼬리도 보이지 않았다. 정보수집 함정 매독스가 북베트남 영해를 수시로 드나들었음에도 시비조차 걸어주지 않았다. 펜타곤의 재촉은 날로 심해져 이제 자작극이라도 벌여야 했다.

– 1964년 8월 2일 이른 아침, 구축함 매독스 함장은 그날 오후에 일어날 작전보고서를 미리 쓰고 있었습니다.

'구축함 매독스(Destroyer USS Maddox DD-731)는 공해해상

통킹만에서 일상 업무를 수행하고 있는 중, 북베트남 어뢰정 3척으로부터 선제공격을 받았다. 이에 매독스는 즉각 대응하여 1척을 격침, 2척을 타격했다. 이때 주변에서 공동작전을 수행하던 타이콘디로거, 티너죠이도 공격에 가세했다.'

다음날 이 보고서가 톱기사로 미국 전역을 흔들었다. 호치민에 대한 국민들의 반감이 한껏 치솟을 때, 정부는 통킹만 사건에 대한 결의안을 하원에 넘겼다. 하원은 만장일치로 이 결의안을 통과시켰고 미국은 그 즉시 전면전을 실시 북베트남에 대대적인 폭격을 시작했다.

– 제가 그 문서를 몰래 들고 나왔을 때는 많이 두려웠습니다. 신문사에 넘길 때도 몇 번이나 망설였습니다. 그럼에도 결단을 내린 것은 71년, 그 당시의 전투가 가장 치열했고 월맹군뿐만 아니라 미군들 전사자들도 급격히 늘어났기 때문이었습니다.

'통킹만 사건은 조작이었다, 북베트남은 도발한 적이 없다'는 기사가 미국국민들 자존심을 제대로 건드렸다. 격분한 시민들은 거리로 뛰어나왔고 자식을 군에 보낸 어버이들은 정부가 군수업체와 광신적인 반공주의자들과 손잡고 그들의 이익을 위해 자국의 젊은이들을 사지로 몰아넣었다고 탄핵했다. 성난 시위의 물결은 전국으로 확산되어 곳곳에서 경찰과 충돌했다. 경찰에 봉쇄된 시민들은 연방청사로 몰려가 그 앞에 진을 치고 밤을 새웠다. 주요도시가 최루 가스에 휘덮이고 경찰의 탄압과 봉쇄가 극에 달할수록 시위의 불길은 더 크게 번져갔고 세계의 양심 시민들도 이 결기를 전해 받아 곳곳에서 반전, 평화를 외쳤다.

– 그래서 백악관이 '베트남 철수 용단' 을 내렸던 것입니다. 더 이상 물러날 곳이 없었으니까요.

박수가 터졌다. 말 그대로 우레와 같았다.

– 그 일로 저는 극우들로부터 숱한 협박도 받았습니다. 누군가는 유사폭탄을 배달하기도 했습니다. '매국노' 라는 전단지를 한 박스나 받은 적도 있습니다. 그러나 두렵지 않았습니다. 저에겐 백만대군 호위군이 있었으니까요. 세계 곳곳에서 일어난 반전운동, 작가 지식인들이 타국과 연대해 동맹 시위를 했고 호주에서 만들어진 반전텐트정부가 매일같이 백악관에 편지를 보낸 일, 그런 사람들이 저를 지켜준 든든한 호위군이었으니까요.

다시 박수가 터져 나왔다. 그는 손을 들어 박수를 잠재운 후 뒤를 이었다.

– 그러나 방심해선 아니 됩니다. 정의와 평화의 세력을 깨부수려는 집단은 항상 또아리를 틀고 기회를 노리고 있습니다. 그런 집단 중 가장 큰 집단 하나가 여기서 멀지 않은 곳에도 있습니다.

누군가가 입에 손을 모아 '거기가 어디냐' 고 외쳐 물었다.

– 랜드 코퍼레이션(Rand Corporation)입니다. 정책연구소죠. 연구소에서 공식적으로 하는 일은 동유럽, 중동, 동북아시아 남미의 정세와 대응을 집행하는 기관입니다. 하지만 지하에는 아주 요상한

테이블이 있습니다. 가상 시나리오를 가지고 전쟁시뮬레이션을 하는 테이블입니다. 전쟁의 낌새도, 일어날 확률도 없는 나라의 전쟁을 시나리오로 미리 작성해놓고 국가 고위 핵심멤버들과 연구팀들이 둘러앉아 전투 예행연습을 하는 곳이지요.(시니어 부시가 일으킨 1차 이라크 전쟁도 이곳에서 먼저 시험 연습이 있었고 이때의 핵심 관계자들이 주니어 부시에게도 2차 침공을 획책했다.)

그 연구소는 2, 3백 미터 아래쪽에 있었다. 김지철이 향하던 곳도 그쪽이었다. 함께 얘기하던 남자의 얼굴도 기억이 났다. 유학생 김이 여권을 분실해서 재발급 받으러 총영사관에 갔을 때 계단에서 부딪칠 뻔했던 사람이었다. 모든 영사관에는 KCIA가 있고, KCIA는 CIA와도 협력관계라고 했다. 김지철이 영사관 남자와 연구소에 갔다면 이유가 뻔하지 않은가. 그는 독일에 있을 때 참사관을 지냈다. 대사로서의 영전을 앞두고 파직되었다고 했는데, 그건 겨레운동에 침투하기 위한 위장이었는지도 모른다.

사회자가 다음 차례로 창우를 호명했다. 창우는 연단에 올라갔지만 하고자 했던 얘기들이 잘 풀리지 않았다.

김지철이 그날 연구소에 갔던 건 사실이었다. 동행자가 총영사관 직원인 것도 잘못 본 게 아니었다. 하지만 그날 일은 용하 형 부탁에 의해서였고, 그 사실은 나중에 알았다.

3

경숙은 김지철을 배웅하고 다시 도서실로 갔다. 창우가 '6월 항쟁' 참관기를 보고하던 날이 생각났다. '6월 항쟁은 역사 성숙을 최고점으로 올린 쾌거였다, 역사적인 현장에 참가할 수 있었던 것은 자기 일생에 가장 큰 행운이었다, 그 영광된 자리에 파견해준 지도부에 깊은 감사를 드린다' 고 깍듯이 절까지 하고 있는데 박한길이 질책하듯 말했다.

– 6월 항쟁이 역사 성숙의 최고점이라고? 그럼 4 · 19는 어떻습니까? 그땐 정권을 무너뜨렸습니다. 프랑스 철학자 사르트르가 말했다지요. 200여 명의 목숨을 바쳐 정권을 무너뜨린 국가는 한국밖에 없을 것이라고. 그럼에도 결과적으로는 시지포스의 바위가 되고 말았습니다. 6월 항쟁이 4 · 19보다 더 위험한 것은 항복 선언자가 노태우라는 것입니다. 노태우는 어떤 인간이며 그의 뒤에는 누가 있습니까? 그들이 후속으로 어떤 음모를 준비하고 있는지 경각심을 가지고 긴장해야 할 이 마당에 쾌거라고 자화자찬을 해요?

박한길이 변해가기 시작한 것은 그의 지론이 아니라 말하는 태도에서부터였다. 그는 순한 말을 하는데도 목소리가 격앙되었고 같은 말을 되풀이 했으며 매사에 비판적이었다. 걸핏하면 무안을 주거나 닦아세웠다. 그날 남편 용하가 화제를 돌리지 않았다면 창우는 긴 시간 훌닦였을 것이다.

– 하순겸 씨, 아까 보니 매우 흥미로운 책을 읽고 있던데 제목이 뭡니까?

–'서클(The Circle)'입니다. 저자는 스티브 쉐건(Steve Shagan), 미국에서는 인기작가입니다."

옵서버로 참석한 유학생이 불쑥 끼어들었다.

– 그 책, 한국에서도 번역이 되었습니다. 저도 읽었는데 한국 제목은 'π = 10 · 26 회귀'입니다.

– 내용은?

– 죽은 박통보다 현재 인간이 더 끔찍하다는 이야기입니다.

– 간략하게 얘기해보세요. 어떤 내용인지…….

– 프롤로그는 김재규가 미국 CIA 사주를 받고 박통을 살해하는 것으로 시작합니다. 살인에는 최상의 섹스 기술을 가진 여성이 개입합니다. 그 여성을 조종하는 사람은 전두환을 암시한 춘크입니다. 여성이 살인 분위기를 조성하고 킹큐, 즉 김재규가 파르크(박정희)를 죽이고 전두환은 CIA에서 개입하기 전에 김재규를 체포해서 감금합니다. 그리고 정권을 장악하는데 그 과정이 매우…….

– 전두환을 추악한 모사꾼에, 마약딜러까지 양성하는 조폭 두목으로 묘사했더군요. 저는 그 책을 읽고 매우 불쾌했습니다. 모욕을 받은 느낌이었죠. 미국은 작가들까지도 한국인을 우습게 본다는 것 아니겠습니까?

– 당신이 느꼈다는 모욕감은 열등감이 아니오? 일등국민이라면

전두환 같은 인물을 대통령으로 두지 않았을 것이라는 자괴감 말이오.

두 사람이 서로 날을 세우자 용하가 나섰다.

– 토론은 나중에 두 사람이 따로 하도록 하고……. 하순겸 씨, 소설의 포인트가 뭡니까?

– 전두환은 뛰어난 책략가라는 것입니다. 그래서 저는 박한길 본부장님 우려처럼 6 · 29 선언도 속임수 같습니다.

법률담당 정민이가 나섰다.

– 6 · 29 선언은 더윈스키와 릴리 대사의 합작품입니다. 그들은 선거전(戰) 각본까지 이미 다 짜두었다고 합니다.

– 선거전이오?

– 김대중과 김영삼 씨의 단일화를 철저하게 막는다, 선거 전날 엄청난 사건을 만들어 야당으로 돌아가는 표를 막는다(선거전날 김현희 사건이 터졌다)는 것입니다.

성하림이 도서실로 고개를 디밀었다.

"경숙 누님, 여기에 계시네요

그의 아내도 함께였다. 박한길로부터 받은 상처가 깊을 텐데 조문을 오다니 의외였다. 더욱이 그는 멀리서 살고, 친환경 삶을 위한 나눔의 학교를 운영하느라 매우 바쁘다고 했다.

"창우가 음식을 사러갔어. 곧 올 텐데, 좀 있다 갈 거지?"

"그랬으면 좋겠는데 내일 유아들이 견학을 와요. 준비할 것도 있고……."

"아, 그래? 그럼 가 봐야지."

경숙은 '시간 있으면 놀러가겠다' 는 말로 그들을 배웅했다. 세월이 참 많이 흐른 모양이다. 새파랗게 젊던 두 사람의 머리가 반백이 되어 있었다. 성하림이 박한길로부터 제명당했을 때 그의 아내는 '겨레운동이 당신 전유물이냐, 당신이 뭔데 나가라 말라고 하냐' 고 펄펄 뛰었는데 그 결기도 이젠 찾아볼 수가 없었다.

88년 신년, 임원회의가 생각났다. 그날 박한길이 밝힌 신년계획은 '조국통일' 이었다.

– 이제부터 우리의 모든 역량을 통일운동으로 결집해야 하고 그 주체는 반드시 국민이어야만 합니다. 개인이나 유명인을 내세우면 동백림 사건처럼 죽 쒀서 개주는 꼴이 됩니다.

죽 쒀서 개줬다는 뜻이 뭔지 몰라 임원들이 고개를 갸웃거리자 박한길이 설명했다.

– 동백림사건은 67년 부정선거 규탄 시위를 냉각시켰고 7 · 4 공동성명이라는 사기극과 유신을 끌어오는 빌미를 주었습니다. 그런 빌미를 만들지 않기 위해서도 인민과 국민이 주도해야 한다는 것입니다.

용하가 나섰다.

– 인민과 국민의 결합, 그 방법은 남북한 사람들이 함께 살고 있

는 곳에서 찾아야겠군요. 일본이나 독일 같은 곳에서 말입니다.

정민이가 독일에서 학위를 받은 성하림에게 물었다.

– 서독에도 북한인 공동체가 있습니까?

– 동독에 있습니다. 동독에는 북한 유학생이나 기술자들이 있고 북한인들이 모여 사는 마을도 있다고 들었습니다.

박한길이 성하림을 지목했다.

– 성하림 씨, 그대가 동독에 들어가시오. 서독에서는 동독에 들어가기가 어렵지는 않다고 들었소.

– 들어갈 수는 있다 해도 북한은 폐쇄된 국가입니다. 유학생이나 기술자들이 대사관 허락 없이 남한 국민과 접촉하려 들까요?

– 일단 들어가서 길을 찾아보시오.

성하림은 동독 훔볼트 대학에서 북한학을 하는 교수를 만난 것까지는 성공했으나 민간인 규합은 실패했다. 일본에는 통협 어른 남궁 선생을 파견했으나 결과는 마찬가지였다. 민단과 조총련계, 양쪽에 발을 걸고 있는 지식인들조차도 양대 세력의 협력은 불가능하다고 고개를 저었다고 했다. 박한길은 불같이 화를 냈다. 소위 같은 민족이라면서 체제가 다르다고 대의를 외면하느냐고 버럭버럭 소리를 질렀다. 문 목사의 방북 때는 극에 달해 성하림을 지탄했다.

– 그대의 태만이 통일 주체를 또다시 개인 성과로 몰아주었소!

'강박신경증' 같았다. 용하는 그를 진정시키기 위해 국민주동에 버금가는 대안을 모색했고 첫 번째로 찾은 것이 한반도 비핵화

(Nuclear- Free Korea)를 위한 10만 명 서명운동이었다. 핵은 통일에 가장 큰 걸림돌이다, 그 걸림돌을 만든 미국에서 비핵 서명운동을 한다는 것은 굉장한 상징성이 있다고 청년들을 설득, 미국 각지에 경주마로 띄운 후 박한길에게 보고했다.

– 5월 말까지는 10만 명의 서명을 받을 수 있습니다. 그러면 곧 의회에 제출하고 기자회견도 열 수 있습니다.

– 우리가 내건 슬로건은 '조국은 하나다' 였어! 비핵화 서명운동이 아닌 '조국은 하나다' 에 준할 일을 찾으란 말이다!

– 서명 운동이 끝나면 '평축' 참가 준비를 할 것입니다.

– 평축이라고 했소?

– '제 13회 세계청년학생축전' 이 7월, 평양에서 열립니다.

용하는 그간 수집한 자료들을 정리해서 보고했다.

– 지난 2월 전대협에서 정부에 평축 참가를 신청했답니다. 정부에서도 허용할 방침이었는데 문 목사님 방북으로 무산된 것 같습니다. 그 축전에 자본주의권 교포들이 참가해서 세계만방에 '조국은 하나' 라고 선언하는 것도 통일운동의 일환이지 않을까요?

– 축전이 언제요?

– 7월 1일부터 8일까지입니다. 1945년 영국에서 시작된 이래 항상 7월에 치러졌습니다. 이번 슬로건은 '반제, 자주와 반전, 평화' 이고 목적은 제3차 세계전쟁을 방지하고 항구적 세계 평화를 도모하는 것이며 참가국은 177개국이라고 합니다.

– 177개국이면 전 세계 학생들이 거의 다 참가한다……, 한 국장! 전대협 학생들도 손을 놓고 있지는 않을 것이오. 분명 어떤 계획이 있을 텐데 한 국장이 먼저 그걸 알아보도록 하시오.

용하가 알아낸 것은 전대협에서 제3국을 통해서라도 대표를 평축에 보낸다는 것이었다. 용하는 당장 임원들을 소집했다. 7시간 회의 끝에 내린 결의안은 1. 전 세계 교포 분포도를 찾아 평축 참가를 독려한다. 2. 교민들이 북한 주민들과 함께 백두에서 판문점까지 평화행진을 한다. 3. 평축 기간에 전시할 자료를 제작한다. 4. 동포들이 북한에서 행진을 하는 기간 미주에서도 동시횡단을 한다. 새로운 안건이 생기면 그때마다 재조정하는 것으로 회의를 마쳤다.

모두 자리에서 일어날 때 박한길이 성하림을 불렀다.

– 전대협 대표는 독일을 경유해서 북으로 갈 것이오. 그대는 독일에서 대표를 만나 북한까지 수행토록 하시오.

성하림은 미리 독일에 가서 대기했으나 전대협 대표를 만나지 못했다. 박한길은 대표가 여학생이라는 것, 그녀가 수행원 없이 홀몸으로 갔다는 것 등을 성하림의 보고가 아닌 신문을 통해서 읽었다는 것에 노발대발했고 종내는 프락치로 몰아 제명시켰다.

4

경숙이 적어준 음식들을 사서 차에 싣고 있을 때 머리를 잿빛으로 염색한 할머니가 쫓아 나왔다.

"나 모르겠어? 임수란."

생각을 더듬는데 상대가 자신을 설명했다.

"북한 예술단이 왔을 때 만났잖아."

생각이 났다. 예술단장과 친척이라고 했던 분이었다.

"알아 뵙지 못했습니다. 죄송합니다."

"오래 못 봤으니 그럴 수 있지. 한데 그 많은 음식들은 왜?"

박한길에 대해 얘기해주자 할머니는 안됐다고 말한 뒤 창우에게 '아직도 은행에 다니느냐' 고 물었다.

"은행은 오래 전에 그만뒀고요, 요즘은 보험회사에 다닙니다."

"투자 좀 하고 싶은데 보험회사에도 그런 파트가 있어?"

"투자 파트가 있긴 합니다만 저금리로 맡아서 저이자로 빌려주는 지라 별 소득이 없……."

"직접 거래할 사람은 없을까? 은행이자로 말이야."

"알아보겠습니다."

할머니는 자신의 폰 번호를 일러준 뒤 마트로 되돌아갔다. 연세가 많을 텐데 걸음새가 활발했다.

LA 한인회에서 북한 예술단을 초청해서 축제를 연 것은 90년 가

을이었다. 그런 일은 이민 역사상 처음 있는 일이었다. 취재를 위해 조선신보, TV, 조총련 취재팀도 온다면서 그들의 신변 보호와 안내를 겨레본부에 요청해왔다. 평축 행사 뒤 180도로 달라져버린 박한길은 일언지하에 거절했고, 사무국장 용하 형이 임의로 청년들을 소집했다.

- 북에서 예술단이 온다. 숙박 장소는 한인 타운 내의 호텔로 정해졌다. 북한사람들에게 미국은 적국과 같다, 그들의 보디가드를 해줄 사람은 지원해주길 바란다.

북한에 갔던 청년들을 거의 지원했고 그 일로 곤이와 창우는 제명을, 용하 형은 징계를 받았다. 박한길은 왜 그렇게 독선적이 되어갔을까?

차가 위셔로로 들어섰다. 6가, 조총련계 취재 팀이 무비 카메라로 한인 타운을 찍던 중 흑인강도에게 카메라를 빼앗긴 장소였다. 그때 강도와 격투를 해서 카메라를 되찾아 준 사람은 곤이었다. 그리고 송별 만찬이 있었던 식당은 저쪽인데……. 젖가슴을 실룩거려 보이던 단장이 떠올랐다.

만찬 시간은 6시 반이었다. 단장의 보디가드였던 창우는 6시 10분 전에 호텔방을 노크 했으나 기척이 없었다. 그때 단장은 샤워를 하느라 노크 소리를 듣지 못했다. 창우는 단장이 먼저 간 것으로 알고 곧장 만찬장소로 갔고 단장은 샤워를 끝내고 나와 옷을 입고 기다렸다. 6시 20분이 되어도 창우가 오지 않았으니 혼자서라도 갈 수밖에 없었다. 그는 잠바 안주머니의 수첩을 꺼내 가방 속 여권과 함께 침대 매트리스 밑에 숨겼다. 안보교육 때 담당이 말했다. 미국 정보원에게 조선 인민공화국 사람들은 마음대로 요리해보고 싶은 대상이다, 그들 손에 신분증이 들어간다면 자신이 어떤 괴물로 변해 뉴스에 오르내릴지도 모르니 각별히 주의하라, 혼자서는 외출도 삼가라…… 그는 상의를 벗었다. 셔츠와 러닝까지 벗은 후 맨몸에 잠바만 걸치고 거리로 나섰다. 호텔 부근 거리는 한산했다. 두 블록을 지나자 빌라식 주택 지대였다. 입체 형의 계단에서 백인 남자가 튀어 나왔다. 그는 주먹을 불끈 쥐었다. 행인이 있나 주변을 살피는데 남자는 그를 비켜 갔다. 그 계단에서 운동복을 입은 여성이 내려와 남자와 합류했다. 미국정보원이 아닌 조깅하러 나온 부부였다. 시계를 보니 7시였다. 그는 만찬 장소를 향해 뛰기 시작했다.

초조하게 기다리던 창우가 그를 보고 울듯이 기뻐하며 만찬장으로 안내했고 식탁에 둘러앉아 있던 사람들은 무사한 단장을 보고 박수를 쳤다.

식사가 끝나갈 즈음 단장이 자리에서 일어났다. 그는 예술가였고 예술가는 사람들에게 항상 즐거움을 줘야 한다는 의무감에 잠바를 훌떡 벗었다. 그는 두 주먹을 불끈 쥐고 가슴 근육부터 한껏 세웠다. 근육으로 도드라진 젖가슴을 오른쪽 왼쪽 번갈아 실룩거렸다. 사람들이 와르르 웃으며 감탄사를 연발했다.

– 미국에는 강도가 많다고 들었습네다. 특히 혼자 걸어가는 사

람은 곱게 통과시켜주지 않는다고 했습네다. 만약 누군가가 저에게 덤벼든다면 이 가슴부터 보여서 기를 팍 죽인 후 한판 붙을 생각이었습네다.

아드모아 공원이 지나갔다. 북한인 예술 공연은 저 공원에서 펼쳐졌다. 공원 내 체육관에서는 미술전시가, 공원에는 야외무대가 설치되어 '꽃파는 처녀' 를 공연했다. 그때 배우들 의상은 미미가 도왔던가? 겨레본부 건물이 차 앞으로 다가왔다.

5

곤이 부부가 국화꽃을 놓고 절을 했다. 그들의 인연 매개자는 경숙, 자신이었다. 89년도였다. 평양축전 참가 준비 때 곤이의 임무는 농기(農旗)와 걸개그림을 그리는 것이었다. 걸개그림 원본은 광주에서 슬라이드 필름으로 온다고 했다.

– 필름을 가져올 사람은 여성이랍니다. '빛고을' 이라고 쓴 종이를 들고 있으면 그쪽에서 접근해 올 거라고 했어요.

경숙은 종이를 들고 공항에서 기다렸다. 비행기가 도착하고 2시간이 지나도록 경숙을 향해 다가오는 여자가 없었다. 사무실에 전화를 걸어 봐도 연락을 받은 것이 없다고 했다. 경숙은 방송실로 갔다. 하지만 '빛고을' 씨를 찾는다는 방송은 할 수가 없었다. 한국 사람이 들으면 이상하게 생각할 수도 있어서였다. 세 시간이 지났을 때

가슴이 큰 여인이 지친 걸음으로 나오더니 경숙에게 손짓을 했다. 그녀가 기다리던 여인이었다.

– 혹시 가져온 물건 때문에 늦었습니까?

경숙이 속삭이듯 물었다.

– 대답할 힘도 없네요.

– 그럼 물건은?

– 화장실로 가시죠.

장애인 화장실로 들어가서 문을 잠근 후 여인이 브래지어를 벗더니 안쪽 양편에 꿰매 붙인 주머니를 뜯어내 경숙에게 내밀었다. 슬라이드 14장을 그렇게 숨겨온 것이었다. 경숙이 그걸 받아 가방에 넣으며 물었다.

– 이것은 무사한데 왜 늦게 나오셨어요?

– 전 말이죠……, 여름에는 파자마에도 꼭 풀을 먹여요. 몸에 감기지 말라고요. LA는 덥다기에 풀을 잔뜩 먹여왔더니 그게 마약이라나요?

– 네에? 파자마가 마약이라니요?

– 마약을 액체로 풀어 옷에 먹인 후 다림질을 했다는 거예요. 미국 같은 선진국도 별수 없더군요. 그런 성분을 검사하는데도 세 시간씩이나 걸렸으니 말예요.

이럴 땐 농담이 필요할 것 같아 경숙이 말했다.

– 나가실 때 가슴을 가리셔야겠어요.

– 왜요?

– 혹시 모르잖아요. 가슴을 보고 따라온 남자가 밖에서 기다릴 지도.

여인이 픽 웃으며 자기가 갈 집 주소를 알려주었다.

곤이 부부가 주방으로 왔다.

"조금만 기다려. 창우가 음식을 사올 거야. 옛일을 생각해서라도 우리가 조문객 대접을 해야 하지 않겠어?"

"그러지요."

곤의 아내 진희가 대답한 후 그릇장을 살폈다. 그녀는 대학동창 은희의 사촌 여동생이다. 광부로 온 남자와 결혼해서 독일에 정착한 은희에게 전화를 걸어 미주 행진에 참가할 사람들과 미술학도 한 사람이 필요하다고 했더니 진희를 보내주었다. 마침 진희가 미술 공부를 하고 있고, 방학 기간이니 여러 일을 도울 수 있을 거라고 했다.

– 전 어떤 그림을 그려야 하나요? 공항에서 픽업해서 작업실로 가는 도중에 진희가 물었다.

– 걸개그림이래. 원본은 한국에서 왔고. 제목은 민족해방사라더군.

– 슬라이드를 쏘아서 그리겠군요. 몇 장이나 그려야 하는데요?

– 열네 장이라는 것만 아는데, 자세한 것은 곤이 학생이 가르쳐

줄 거야.

작업실로 들어섰다. 민족해방사 걸개그림 한 장이 화면에 투사되어 있고 곤이는 바닥에 흰 천을 깔고 그 위에 화면의 그림을 베끼고 있었다. 경숙은 그림이 완성되면 북한으로 가져갈 거라고 말하려다 주춤했다. 집중하고 있는 청년의 모습이 숨이 멎을 만큼 근사했기 때문이었다.

– 곤이 학생, 귀한 손님이 왔어.

그가 붓을 놓고 일어섰다. 조명등에서 드러나는 흰 와이셔츠, 손님이 잘 보이지 않아 눈을 찡그리는 모습이 매혹의 그물을 펼치는 것 같았다. 사람을 흡입하는 수상쩍은 마력이 남편 용하에게만 있는 줄 알았는데 그게 청춘 남녀가 가지는 특종의 화살이었다? 경숙은 진희를 돌아보았다. 눈빛이 정돈되어 있었다. 다시 곤이를 보았다. 강렬한 레이저가 진희를 쏘았다. 진희가 독일로 돌아가지 못할 것이라는 예감이 확신처럼 느껴졌다.

“오한경 씨가 오셨어요.”

진희가 말했다. 모든 걸 바쳐 겨레운동을 했던 동지였다. 점심때가 지나고 있으니 밥은 먹어야 할 것이다. 경숙은 창우에게 빨리 오라고 재촉 전화를 걸었다.

6

오늘은 시간에 큰 추가 달려 23년 거리를 두고 왔다 갔다 하는 것 같다. 백발이 된 치과의사 정길 선생이 차에서 내려 조문실로 들어갔다. 젊었을 때는 트렌치코트로 멋을 내고 다녔는데 오늘은 낡아 보이는 아웃도어 잠바 차림이었다. 시계추가 휙 건너며 북한의 5·1 경기장으로 갔다.

89년 7월 8일, 평양 평화축전행사 마지막 날이었다. 임수경과 북한 학생위원장 김창룡의 '평화통일을 위한 공동선언문'이 끝나고 화장실에 갔을 때 정길 선생이 저만치서 안내원 유니폼을 입은 북한 남자와 이야기를 하고 있었다. 안내원은 통역인 것 같았다. 서양 청년들이 몰려가자 안내원은 그들과 함께 떠나고 정길 선생은 창우 쪽으로 다가왔다.

– 그새 북한 친구 만들었어요?

창우가 물었다.

– 북한 사람 아니야, 훈이야.

– 네에? 훈 선생 말예요? 그분이 어떻게 여기 계세요?

– 통역이래. 한가해지면 우리들 만나러 온다고 했어.

훈 선생은 청년부 학습 때 사회주의 사상을 가르쳤다. 선생은 마르크스와 레닌이 인류사 최초로 인간의 품격을 가장 올바른 자리에 올려둔 사상가들이라고 했음에도 수료(修了) 에세이로 정해준 주제는 좀 뜻밖이었다.

– 지금껏 우리는 그분들의 이론을 공부했다. 하지만 그 이론과 사상은 전혀 실현되지 못했다. 스탈린이 개인 권력으로 바꾸었기 때문이다.

그리고 영국 작가가 쓴 소설 '한낮의 어둠' 을 읽고 인간의 권력욕이 인간의 선한 사상을 어떻게 무너뜨리는지 그 과정을 에세이로 써 오라고 했다. 책 내용은 충격적이었다. 사회주의 체제 속에 그처럼 무서운 악이 약동을 했다는 것, 악의 종횡무진에 인간의 선한 의지는 속수무책으로 밟힐 수밖에 없는 것에 창우는 절망했다. 인류의 이상향을 실천해오는 국가라고 믿었던 소련이 감시와 탄압, 암살 등으로 지탱되었고 스탈린은 히틀러보다 더 많은 인명을 살상했다는 것…….

창우는 에세이를 쓰지 못했다. 다른 청년들도 마찬가지였다. 선생이 '한 번 더 읽어라, 곧 처형당할 주인공의 심정과 항변에 대한 주요문장이라도 적어오라' 고 했다. 두 번 다시 읽고 싶지 않았지만 수료를 위한 과제였다. 창우는 닥치는 대로 발췌했다.

<국가와 계급이 존재한 이래로 그 둘은 항상 상호적 자기방어의 상태에 살고 있다. / 이러한 상태로 말미암아 인본주의의 실천은 언제나 미루어질 수밖에 없다. / 인본적 실천은 즉각적으로 행해지는 것이 아니라 언제나 다른 시간으로 유예될 뿐이다. / 좋은 사회의 민주적 공동체란 침묵, 무한성, 개인성의 애매함과 곡절한 사연 그리

고 삶의 경외감과 신비까지 허용하는 체제일 것이다. / 사람이 위대한 이념을 만들고 사람이 그 이념을 부패시킨다. / 세계의 진로를 바꾼 혁명가들은 거의 총알을 맞았다. / 러시아 혁명도 결국은 불합리와 불평등을 제거하기보다 스스로 권력화 하면서 자유를 억압, 인간성을 말살시키는 유령으로 둔갑했고 그 대표 주자는 스탈린이다. / 목적이 수단을 정당화한다는 악만큼 더 악한 것은 없다. 이 악 때문에 무수한 생명이 죽어가고 이 악으로 인해 혁명은 좌초하며 이 악 때문에 위대한 이념은 부패하기 시작한다. / 얼마나 많은 선의가 혁명의 와중에 악마로 변질되었고, 얼마나 많은 정당성이 부지불식간에 폭력으로 전락하게 되었는가. /이념은 그것이 설령 옳다고 해도, 동의나 설득, 검증과 확인의 절차를 거치지 않으면 옳음이 증명된 것이 아니다. / 강제된 이념 아래에서는 아무리 고귀한 도덕성도 부패하는 까닭이다. / 가치가 부식되고 원칙이 무너질 때, 세계는 불합리의 아성이 된다. / 혁명의 유일한 목적은 무의미한 고통의 철폐였다.〉

마지막 날 훈 선생은 말했다.

– 마르크스의 사회주의 사상을 악이 아닌 선으로 재단장한 이론이 있다. '주체사상' 이다. 이 사상의 주 핵심은 인간이다. 혁명과 건설의 주인은 인민 대중이며 사회주의를 추동하는 힘도 인민대중에게서 나온다는 것이다.

그 뒤 소식이 감감했는데 그 사이 북한에 와 있었다? 북한은 선생이 말한 대로 정말 인민 위주의 사회일까? 평축을 대비해 지었다는 엄청난 규모의 5 · 1경기장, 대극장, 교예극장, 축구경기장, 국제통신 센터, 대회 참가자들을 수용하기 위해 몇 개의 호텔까지 새로 지었다고 했다. 특히 5 · 1경기장은 15만의 좌석을 가진, 세계 최대의 경기장이라지만 창우는 왠지 그 건축물들이 인민들과 따로 노는 것 같았다.

창우는 가속기를 밟아 한달음에 집으로 왔다. 아내에게는 다시 나갈 거라고 말한 뒤 상자에 보관해둔 일기장을 꺼냈다. 89년도 겉표지에 '내 생애 최고의 해' 라는 글이 테이프로 붙여져 있었다. 창우 자신이 선발대 인솔자로 대학생 7명과 함께 베이징 공항에 도착했다는 내역은 그냥 넘기고 훈 선생을 만난 날의 페이지를 열었다.

〈훈 선생은 정길 선생의 먼 친척 동생이라고 했다. 훈 선생은 우리를 만나러 오지 않았다. 정길 선생은 애타게 기다리는 눈치였다.〉

창우는 일기장을 덮고 눈을 감았다. 기억의 창을 열자 평양 비행장 전경이 서서히 떠올랐다.

내 첫 느낌은 감격이 아닌 남북한 비교였어. 평양 활주로의 면적은 김포공항보다 넓지만 세워져 있는 비행기는 남한이 많다는, 그런 생각을 했어. 북한에 처음 와 본 사람들은, 재일동포들조차도 그랬다고 했다. 북한이 평축을 화려하게 준비했던 까닭도 남한의 88올림픽을 의식해서였다던가. 소련의 어느 신문에서는 '호화축전, 사치와 낭비가 너무 심했다, 앞으로 주민 경제가 어떻게 지탱해갈지 걱정'이라고 지적했다. 소련 기자의 우려대로 축전 뒤에 북한 경제가 기울었고 공산권마저 붕괴되었다.

우리 선발대는 고려호텔에서 여장을 풀었다. 프런트에서 방 배정을 받을 때 일본에서 온 동포 학생이 다가와 빙글빙글 웃으며 말했다.

– 남한대표 여학생도 이 호텔에 들었어요.

– 아, 그래요?

이번엔 고개를 바짝 디밀고 속삭였다.

– 남한에서 아주 간이 큰 여학생을 보냈나 봐요.

– 간이 커요?

– 김 주석의 포옹을 거절했거든요. 그렇지만 환영객들의 손은 일일이 다 잡아주었어요.

재일동포 학생은 같은 비행기를 타고 온 덕에 모든 걸 볼 수 있었다, 그는 임수경에게 반했고 다시 얼굴이라도 볼 수 있을까 해서 몇 시간째 로비에서 서성거린다고 했다. 나는 행사 책임자를 찾아가 임수경과의 약속을 의뢰했다. 휴게실로 내려온 그녀의 팔에는 붕대가 감겨져 있었다. 환영객들이 만져서 팔뚝이 부어오른 것이었다. 나는 내 소개를 한 후 기자회견 내용부터 확인해보았다.

– 기자회견에서 판문점을 통해서 귀환할 거라고 하셨는데, 정확한 스케줄을 알 수 있을까요?

– 평축 행사가 끝나자마자 유엔군에 통과 신청을 할 거예요. 그

즉시 허락해 준다고는 기대하지 않아요. 몇 차례 더 신청해도 안 되면 그냥 내려갈 거예요.

– 위험할 텐데요?

– 극단적으로 나온다면 총을 쏘겠지요. 그럼 맞을 거예요! 판문점 분계선을 걷어낼 수만 있다면 백 번이라도 맞을 거예요!

그녀는 비장했고 그 얼굴에 나타난 것은 동포 학생 말대로 간이 큰 것이 아니라 임무의 무게였다. 나는 우리의 일정을 알렸다.

– 미주 겨레운동 소속 청년연합에서는 평축이 끝난 후 '코리아 평화와 통일을 위한 국제평화대행진' 을 할 것입니다. 날짜는 20일에서 27일까지고, 동참할 동포는 대략 2백 명입니다. 외국인 연대인사들도 미주에서만 30여 명이고요. 행진단의 최종 도착지도 판문점입니다. 임수경 씨도 우리와 함께 행진하다가 분계선을 넘는다면 세계적인 이목도 있으니 총을 쓰는 일은 삼가지 않을까요?"

– 평화대행진, 좋은 생각입니다만 왜 20일부터 시작하죠? 축전 폐막식은 8일이잖아요?

– 행진단이 20일에 맞춰 도착합니다. 그간 우리는 전시장을 얻어 전시를 하는 한편, 평축에 참가한 타국 사람들에게도 동행을 호소할 것입니다. 명칭이 국제평화행진이지 않습니까? 타민족 참가를 적극 유도해야지요.

– 전시장을 얻는다면 전시물은 어떤 것인데요?

– 핵에 관한 슬라이드와 자료집들입니다. 미국의 무기 배치도, 핵

실험, 중남미 다국적 기업들의 횡포에 대한 인쇄물도 준비해왔습니다. 아, 그리고 남한 걸개그림, '민족해방사' 도 걸 것입니다.

– 알겠습니다. 동참여부는 좀 더 생각해본 뒤에 알려드리죠.

나는 우리 방 번호를 알려주고 그녀와 헤어졌다.

7월 3일, 인민문화궁전에서 주제별 분과 토론회가 있었다. 우리는 쿠바, 엘살바도르, 호주, 스페인이 한 팀으로 군축(軍縮)에 대한 의견을 나누었다. 토론이 끝나고 문을 나설 때 40대 북한 남자가 다가와 자기소개를 했다.

– 쿠바 주재 대사관에서 일했습네다. 임기가 끝나고 돌아오는 길에 쿠바 청년들을 인솔해왔디요.

– 아, 네. 저는 미주 청년연합에서 왔습니다.

– 작년 8.15 남북학생회담 때 말입네다. 그쪽에서 학생 세 명을 보냈디요?

– 그런 일도 있었습니까? 전 실무자가 아니어서 잘 모릅니다.

– 입국 전에 강제추방을 했습네다. 그들 중 한 명이 위조여권을 사용했는데 남조선 프락치였디요. 특수교육을 받았다는 것도 파악했답네다.

– 이름이 어떻게 됩니까?

– 위조여권을 사용했다고 하지 않았습네까. 정확한 이름은 알 수 없디요.

– 그럼 세 사람 이름 다 알려주십시오. 확인해보면 누가 위조여권

을 사용했는지 알 수 있을 것입니다.

– 기록에 남아 있는지 확인해본 후에 알려드리겠습네다.

후발대가 도착한 것은 7월 17일이었다. 인원은 애초 정해진 120에서 다섯 명이 불어났고 외국인 연대인사는 30명이었다. 그 중에 세계의 양심이자 액티비스트의 상징인 브라이언 윌슨 씨도 합류했고, 그 사실을 알았을 때 나는 춤이라도 추고 싶었다.

7월 19일에 평화행진단 기자회견이 있었다. 단장은 미국 대표 다무 스미스, 참가인원은 3백 명이었다. 5대륙 30여 개 나라에서 온 평화인사 60여 명, 일본, 미국, 캐나다, 유럽, 중국, 소련에 거주하는 우리 동포들 모두 합쳐 200여 명, 나머지 40명은 북한주민으로, 신청자가 많아 선별했다고 했다. 단장의 기조연설에서 '전 세계인이 분단국에 몰려와 분단을 걷어내라고 종주행진을 하는 이런 행사는 인류 역사상 처음 있는 일이다, 우리 모두 벅찬 뜻과 힘을 합쳐 어이없는 분단의 장벽을 걷어내자!' 고 했고 그때 소련에서 온 내 옆자리 동포할머니가 '제발, 제발 그렇게 해주세요!' 라고 소원을 빌듯 말했다. 임수경은 기자회견 직전 참가의사를 밝혀왔다.

7월 20일 오전 8시 30분, 행진단은 비행기 석 대에 분승해서 삼지연으로 출발했다. 나는 북한 산하를 내려다보면서 이번 행사에 북한당국이 걸고 있는 진정한 기대는 뭘까 생각해보았다. 수백 명의 국토 종단을 보장해주고 숙식과 안전까지 책임진다는 것은 보통일이 아니다. 박한길의 말처럼 김 주석이 '전쟁 방아쇠를 먼저 당긴 실수에 대해 강박증'을 가지고 있기 때문일까?

북한의 대하드라마 중 반 이상이 전쟁에 관해서였고 내용 또한 미국과 남한의 음모가 강조되어 있었다. 그게 북한 주민들을 향한 변명의 카드였다면 이번 행진을 후원한 진짜 목적은? 임수경이었다! 주민들은 임수경이라는 남쪽 여학생에게 열광했다. 그 열광은 화산 폭발과도 같았다. 막을 수 없다면 맘껏 폭발하게 하는 것이 최선의 대안이라고 결정하고 이처럼 열렬히 돕는 것이다!

삼지연에 도착했다. 비행장에서 밖으로 나가는데 벌써부터 인민들의 구호소리가 들려왔다.

– 조국통일! 조선은 하나다!

목소리들이 격앙되어 있었다. 안전요원들은 저마다 바짝 긴장을 했다. 입국 날 사람들의 손길에 부어오른 임수경 팔은 가라앉는데도 일주일이나 걸렸다. 앞으로는 손가락 하나 다치게 해서는 안 된다는 지침인데 홍수처럼 몰려드는 인민들의 발길을 어떻게 막을 것인가!

– 어디 보자, 아가야. 너 정말 남조선에서 왔니? 정말로, 정말로 남조선 아기씨란 말이디?

안전요원들이 다급하게 외쳤다.

– 질서를 지킵시다! 이러다 우리 통일의 꽃 다칩네다! 자제들 하시고 인민문화회관 앞으로 오십시오. 그리로 오십시오!

사람들은 비로소 물러나 주었다.

인민문화회관 앞 공터에서 발대식을 가졌다. 임수경을 선두로 삼지연 호수까지 행진을 했고, 돌아오는 길은 버스 편이 제공되었다. 임수경은 버스에서 내리자마자 또다시 인파에 휩싸였다. 멀리서부터 달려와 임수경을 기다리던 노인들이었다. 어둠이 내렸고 노인들은 행여 수경이가 다칠까봐 조금씩 물러나며 흐느끼기 시작했다.

다음날 아침 9시, 일행은 백두산을 향해 버스 편으로 출발했다. 초입에 도착한 것은 오전 10시경이었다. 벌써 수백 명의 주민들이 기다리고 있었다. 혜산, 삼지연, 회령 등 백두산 근처 주민들이었는데 그들도 조별로 그룹을 지어 행진대열에 합류했다. 천지가 가까워지는지 물 냄새가 났다. 짙은 구름으로 사방이 흐릿했고 바람도 매우 세찼다. 내 뒤쪽에 있던 남한 학생이 '동해물과 백두산, 동해물과 백두산' 하고 애국가 구절을 읊조리자 옆에서 걷던 회령주민이 '장백산 이기두 하듀' 라고 응수했다.

천지였다. 흐려서 선명한 몸체는 볼 수 없었음에도 가슴이 벅차올랐다. 우리의 행진은 여기서부터 시작될 것이다. 민족혼의 정수이자 지도상 태두인 백두산! 남한 운동가요가 생각났다. 백두에서 한라까지! 그런 날은 올까? 박한길의 예단처럼 최고 정상으로 끌어올린 6월 항쟁의 깃발도 결국은 다시 굴러 떨어진 시지포스의 바위였다. 용하 형 당부가 떠올랐다. '거대한 방죽도 개미구멍에 무너진다. 너희들이 바로 개미군단이다. 작은 구멍 하나라도 제대로 뚫고 오라.'

출정식이 거행되었다. 아트 발라가트 신부('평화와 발전을 위한 아시아 태평양 지역 민중회의' 사무총장)가 사회를 봤다. 호주 상원의원 보 발렌타인의 연대사 낭독에 이어 수석대표의 연설, 룩셈부르그 녹색당 대표 게랄드 샬러, 임수경의 연설이 이어졌다.

대장정 출발 선언 차례였다. 80대 고령의 재미동포 정만수 옹과 미국인 평화운동가 분 셔머 옹이 앞으로 나와 우리말과 영어로 낭독을 했다. 어느 분이 어떤 내용을 읽던 순간이었는지 모르겠다. 갑자기 환해졌다. 하늘을 덮고 있던 구름이 흔적 없이 사라지면서 웅대한 천지가 얼굴을 드러냈다. 신비한 광경이었다. 사람들은 환성을 지르거나 박수를 쳤다. 나는 이한열 열사 때의 불가사의를 떠올렸다. 운구 행렬이 시청 앞에 도착했을 때도 구름이 쫙 갈라지면서 찬란한 햇살이 쏟아져 내렸다. 상스러운 기운에 엄청난 의미를 부여하는 나는 어쩔 수 없는 한국인이었다. 용하 형의 당부대로 이번 행진이 통일의 작은 물길이라도 되게 해주십사고 마음으로 빌고 있을 때 어디선가 노래 소리가 들려왔다. '우리의 소원은 통일' 이었다. 한사람의 입에서 시작된 노래가 수백 명의 입으로 퍼져나갔고 노래가 끝나자 구호가 제창되었다. 통일! 통일!이었다.

임수경이 대형 플래카드에 아주 크게 '우리의 소원은 통일!' 이라고 썼다. 운동권에서는 전대협 의장을 야전사령관, 간부들을 참모라고 지칭한다던가. 저마다 뛰어난 전술가라더니 임수경 대표의 순발력도 대단했다. 그녀는 국제 평화인사들에게 플래카드에 사인해줄 것을 부탁했고, 그녀의 아름다운 부탁에 모두들 뜨거운 마음으로 '평화' 라는 자국의 글과 사인을 해주었다. 누군가가 '오 러블리 걸(Oh, lovely girl)' 이라고 감탄조로 말했다. 아일랜드 청년이었다. 판문점으로 가던 날 그 청년이 내게 말했다. '만약 임수경이 한국으로 건너가서 감옥에 가면 나는 코끼리만한 TNT를 만들어 청와대를 날려버릴 것이오.' 그가 벨파스트에서 온 구교(舊敎) 집안이며 사촌형이 IRA(북아일랜드 통일운동파 테러리스트)란 사실은 평양에 돌아온 뒤에 알았다.

백두산을 내려와 대홍단군으로 향할 때 폭우가 쏟아졌다. 선봉대가 들고 가던 대형플래카드가 비를 맞고 축축 늘어졌고 풍물패들의 농민복이 몸에 들러붙어도 대열은 조금도 흐트러지지 않았다. 외국인들도 마찬가지였다. 꽹과리와 징이 물을 먹어 소리를 내지 못하자 그것만이 조용히 멈추어졌을 뿐이었다.

대홍단 농장에 도착했을 때쯤 비가 그쳤다. 농장 농민들은 미리 불을 피워놓고 행진대를 기다렸다. 행진단이 불가에서 젖은 옷을 말리는 동안 농민들이 그곳 특산물인 감자를 구워다 주었다. 그날의 그 꿀맛 같던 감자 맛을 어떻게 잊을 것인가. 농장을 떠날 땐 농민들이 전원에게 밀짚모자를 선물했다. 그 선물이 얼마나 요긴한지는 여름날 뙤약볕에서 행진해 보지 않은 사람은 모를 것이다.

삼지연으로 돌아왔다. 북단에서의 마지막 밤이었다. 저녁 식사를 끝내자마자 문화행사를 시작했다. 아프리카. 중근동, 중남미, 아시아, 태평양, 유럽, 북미주 참가자들이 차례로 나와서 짤막한 인사와 그 나라 민속춤이나 노래를 불렀다.

북한 청년이 다가와 함께 나가 노래를 부르자고 했다. 그가 지정한 노래는 놀랍게도 남한 운동가요 '님을 위한 행진곡' 이었다. 무대에 오르자 청년은 사설부터 늘어놓았다.

– 제가 행진에 참가한 첫째 목적이 남조선 처녀에게 공개적인 구혼을 하기 위해서입네다. 우리 할머님 고향이 충청돕네다. 거기 처녀들이 착하다고 하니 여기 계신 기자님들, 저의 구혼 사실이 남조선 처녀들에게 전달되도록 도와주십시오!

모두 열렬한 박수를 보냈다. 휘파람을 날리는 사람, '비무장지대에 남북 처녀 총각이 만나는 데이트 초소를 만들자' 고 외치는 청년들도 있었다.

개별 행사가 끝나고 재미청년들이 풍물로 난장을 텄다. 자정이 넘어 새벽 3시가 되어가는데도 자리를 뜨는 주민들이 없었다. 우리는 모두 손을 잡고 강강술래를 하는 것으로 그날 행사를 마쳤다.

7월 23일이었다. 버스로 삼지연 공항에 도착했다. 환송 나온 사람들이 임수경을 겹겹이 둘러싸고 울어대는 통에 비행기가 제시간에 뜨지 못했다.

평양에 도착했다. 평양시민들의 열광적인 환영을 받으며 개선문을 지나 5·1 경기장으로 갔다. 임수경이 전대협 깃발을 들고 혼자서 경기장으로 들어섰다. 경기장을 꽉 채운 시민들이 모두 일어나 박수를 쳤다. 마치 우레 소리 같았다. 평화행진 대열은 다음 차례였다. 경기장을 한 바퀴 도는 사이 카드섹션이 펼쳐졌다. 5만의 체조인들이 펼친 섹션의 문양은 한반도의 지도, 꽃과 무지개, 조국통일, 조선은 하나다!라는 글자 등이었다. 대규모의 사람들이 한 치의 오차도 없이 그처럼 멋진 카드 섹션을 하다니, 그저 놀라울 따름이었다.

행진대열이 자리에 착석했다. 평양시장의 환영사가 있었고 임수경이 답사를 했다. 임수경은 '통일의 열망과 분단의 고통에 몸부림치는 할머니, 할아버지, 아버지, 어머님들에게 저는 이렇게 말하고 싶었습니다. 조금만 기다리십시오. 곧 통일이 될 것입니다. 저는 정말로 간절히 그렇게 말하고 싶었습니다.' 이쯤에서 통곡이 터졌다. 15만의 울음이었다. 그날 나는 내 일기장에 '당신은 상상할 수 있는가. 15만의 동시 통곡이 어떤 것인지' 라고 썼을 것이다.

7월 24일 오후 1시 평양 체육관 앞에서 환송식을 가진 후 행진을 시작했다. 도로변에는 평양시민들이 나와 꽃을 흔들었다. 아파트와 고층건물마다에도 손이나 꽃다발을 흔들며 잘 가라고 외쳤다. 어제 TV에서 성숙한 시민의식을 보이자고 방송을 해서인지 행진대열로 뛰어드는 사람은 없었다.

평양시 외곽에서 버스를 났다. 버스에 오르던 임수경이 한참이나 뒤를 돌아보았는데 그때 그녀는 무슨 생각을 했을까? 이 길이 귀국 행으로 이어진다면 언제 다시 올지 모른다는 생각? 분단국의 학생으로서 두 수도를 걸어보는 감회, 그런 것이라도 되새겨보았던 것일까?

사리원 근처에서 내려 다시 행진을 했다. 기다리던 주민들이 홍수처럼 차도를 덮어와 호위 차량이 멈춰 섰고 수경이와 그녀와 함께 걷던 미주 여학생이 뒤로 떠밀려갔다. 안전요원들이 가까스로 수경이를 가로막으며 안전! 안전! 하고 쉰 목소리로 외쳐댔다. 사리원 시청으로 향해 갈 때 한 안전요원이 말했다.

– 남으로 갈수록 이산가족이 많습네다. 이런 현상이면 판문점까지 안전하게 도착할 수 있을까 걱정입네다.

사리원 시청에서 환영식이 시작되었다. 시장이 환영사를 했고, 서베를린 녹색당대변인 이스마엘 코산이 답사를 했다.

– 현재 이 지구상에는 독일, 예멘, 코리아 세 곳의 분단국이 있습니다. 그 중에도 통일에 대한 열망이 가장 강한 곳은 코리아라는 것을 이번 행진에서 확인했습니다. 아마도 이산가족들이 많기 때문일 것입니다. 이 이산가족들의 그리움들이 용광로 같아 머잖아 분단의 장벽을 녹여낼 것이라는 확신도 듭니다. 하지만 분절된 시간이 꽤 오래고 이 시간 동안 각자 많은 변화가 있었을 것입니다. 만약 이에 대한 대비 없이 통일이 된다면 분명히 이질화된 점들이 문제가 될 수도 있을 것입니다. 그러므로 분단국들은 '통일 이후 서로 달라진 차이를 인정하고 극복하는 방법, 공통점은 공고히 하면서 통일을 다져가는 일' 도 함께 준비해야 할 것입니다……

(그 1년 뒤 독일과 예멘은 통일을 했는데 가장 먼저 통일이 될 것

이라던 코리아는 지금 어느 지점에서 갈피를 잃었는가.)

임수경의 답사까지 끝났을 때 사리원 사무원이 미주 여학생에게 새 신발을 가져다주었다. 그 여학생의 신발이 인파에 떠밀릴 때 밑창이 찢겨 나간 때문이었다.

– 학생의 찢겨진 신발은 사리원 통일박물관에 보관하겠습네다.

오후 5시였다. 애초 계획은 사리원 외곽까지 행진하다가 숙소로 가는 것이었으나 사고가 날 우려가 있어 숙영지 정방산까지 차편을 이용했다. 정방산에는 50여 개의 텐트가 준비되어 있었다. 텐트 주변을 돌아볼 때 북측 총책이 말했다.

– 임꺽정 아시디요? 이 산이 바로 그의 활동 무대였답네다.

임수경이 받아 말했다

– 어머, 여기가 그 정방산이에요? 저도 홍명희 씨의 임꺽정을 읽었어요.

– 남조선에선 홍명희 선생 책은 판금이 아닙네까?

내가 거들었다.

– 영인본이죠. 저도 읽었습니다. 재작년 서울에 있을 때요.

임꺽정 영인본은 김도연 형이 흑석동 집으로 가져다주었고 나는 그걸 읽느라 다음 날 시위에 불참할 뻔한 일도 있었다.

7월 25일 오후, 열차편으로 개성역에 도착했다. 개성은 인구 80프로가 이산가족이었고, 그 이산가족들이 역 광장으로 나와 임수경을 기다리고 있었다. 도시 인구 전체가 몰려나온 듯했다. 대형사고가 날지도 몰라 모두들 긴장을 했다. 임수경은 안전요원들에 겹겹이 둘러싸여 환영 단상으로 인도되었다. 개성시장의 환영사와 임수경의 답사만 끝낸 후 숙소행 차에 올랐다. 주민들이 차를 가로막고 행진을 하라고 외쳐댔다. 인민회 간부들은 '이 행진을 보려고, 남조선 처녀의 얼굴이라도 보려고 노인들은 새벽부터 나와 있다, 제발 차에서 내려 행진하라, 안전에 대해서는 우리가 책임지겠다, 인민들은 그에 대한 교육도 다 받았다, 얼굴이라도 볼 수 있게 해달라.' 고 항의 겸 애원을 했다. 행진대 실무진들이 대답했다.

– 지금은 임수경 학생이 지쳐 있습니다. 판문점으로 갈 때 개성 시내를 행진할 것이니 오늘은 일단 물러나 주십시오.

7월 26, 판문점 귀환 하루 전날이었다. 오전에는 각자 휴식을 취했고 점심식사 후엔 주요 참가인들의 소개 시간을 가졌다. 브라이언 윌슨 씨는 휠체어를 타고 앞으로 나왔고 마이크를 잡은 사람은 선생이 아닌 휠체어를 밀어준 페르난도였다.

– 브라이언 윌슨 선생님께서 저의 소개부터 먼저 하라고 하십니다. 제가 예수님보다 더 존경하는 분의 뜻인데 감히 어떻게 거역하겠습니까. (환한 웃음으로 장내를 돌아본 후) 예, 저는 엘살바도르 사람 페르난도입니다. 미국에 온 것은 80년 10월입니다. 다섯 달을 걸어서 도착했지요.

윌슨 선생이 페르난도에게 그만 본론을 말하라고 일렀다.

– 1980년 5월, 남한에서도 군인들이 시민들을 학살한 사건이 있었

다고 들었습니다. 같은 시기에 엘살바도르에서도 군인들이 주민들을 학살했습니다.

그는 마른 침을 삼킨 후 뒤를 이었다.

– 리오 삼펄(Rio Sampul)에서인데요, 그때 저는 20세로 아버지를 도와 커피 재배를 하고 있었습니다. 그 지역 모든 농민들은 노임농민이었고 자본가는 미국인이었습니다. 진종일 일해도 받는 노임은 최저 생계비도 되지 않았습니다. 그래서 지역농민들이 단합해 임금인상을 요구했더니 그 즉시 군대가 출동해서 기관총으로 농민들을 난사했습니다. 무차별 학살이었습니다. 살아남은 농민들은 온두라스 국경지대로 도망을 쳤고 그때 정부군의 헬리콥터가 추격해 와 기총소사를 했습니다. 농민들은 숲속으로 피했습니다. 그때 또 지상군들이 저인망으로 좁혀오면서 그 자리에 있던 수천 명의 농민들을 학살했습니다. 뿐만 아닙니다. 주모자급 농민들의 시신을 찾아서는 군도로 자르고 찢어진 위 속에 스프와 커피를 끼얹었습니다. 임산부의 배도 갈라 마치 이구아나 뱃속에서 알을 꺼내듯 태아를 끄집어냈고, 여덟 살 된 소녀를 데려다 윤간을 했습니다. 이 끔찍한 이야기는 저의 증언이 아닙니다. 미 하원의원들이 의회에 제출한 보고서입니다.

80년 5월 광주에서도 술 취한 군인들이 태아를 꺼내 패대기를 쳤다. 월남전에서 한국군이 양민을 학살했던 보고서까지 떠올라 진저리를 칠 때 페르난도가 화제를 돌렸다.

– 이제 브라이언 윌슨 선생님을 소개하겠습니다. 선생님께서는 미 공군 장교로 월남전에도 참전하셨고 이때 회의를 느낀 선생님은 제대 후 법학대학에 들어가셨습니다. 미국의 정책들 대부분은 헌법과 국제법을 위반하거나 무시하고 있었습니다. 전쟁, 다국적 기업, 미국이 지배하고 있는 중남미 여러 나라들에 자행한 학살 등을 확인하면서 당신이라도 그 악을 멈추게 해야겠다고 결심, 워싱턴 DC로 옮기고 변호사 개업을 하는 동시에 반전 평화운동에 뛰어드셨습니다. 그리고 재작년, 87년 9월 1일 미국 정부는 선생님의 다리를…….

청중들의 시선이 빠르게 휠체어로 달려갔다. 무릎 아래의 다리는 흔히 보는 의족도 아닌 쇠기둥이었다. 미국 정부가 선생의 다리를 저렇게 만들었단 말이지? 무슨 이유로? 어떻게? 좌중의 눈길들이 그렇게 추궁했고, 페르난도가 설명했다.

– 미국이 여러 국가에 무기를 공급한다는 것은 여러분들도 잘 아실 것입니다. 선생님과 재향군인회 평화운동단체 회원들은 대량의 무기가 중남미로 수송된다는 것을 알고, 그 무기열차를 세우려고 열차선로에 누우셨습니다. 열차는 멈추지 않고 그대로 통과했고 선생님들의 다리는 이 지경이…….

한숨, 저주의 신음소리가 장내를 휩쓸자 윌슨 선생님이 페르난도로부터 마이크를 받아 환하게 웃으며 말했다.

– 여러분, 저 이렇게 멀쩡하지 않습니까? 슬퍼할 일이 아닙니다. 그날의 비극은 저에게 더 많은 일을 하라는 운명의 암시라고 생각

합니다. 그렇습니다. 그간 저의 관심사는 중남미, 이라크, 팔레스타인에 머물러 있었습니다. 이차대전 이후 최초로 전쟁이 벌어진 곳, 수많은 인명이 살상된 국가는 코리아라는 것도 비로소 알았고 그때부터 남북한에 대한 미국의 정책을 들여다보기 시작했습니다. 브루스 커밍스, 촘스키 선생이 언급한 6·25 와 밀접한 관련문서 NSC-68(국가안전보장회의가 작성한 대소전략 규정)도 찾아보았습니다. 내용은 '냉전은 자유세계가 살아남을 수 있는가 없는가를 결정하는 사실상의 전쟁이다, 세계 모든 곳에서 경제, 정치, 군사적으로 크레믈린의 야망을 꺾을 수 있는 결전(決戰)을 청한다.' 는 것이었고, 촘스키 선생 또한 '한국은 최초의 결전 실천장이었다' 고 했습니다. 연구자들은 '코리아 전쟁, 분단은 20세기 냉전의 구조적(構造的) 범죄' 라고도 합니다만 저는 이 범죄 항목에 '혈연 파괴 범죄' 하나를 더 붙이고 싶습니다. 전쟁으로 인해 가장 피해를 보는 것은 개개인이 아닌 가족 단위라는 것을 이번 행진에서 절절히 깨달았습니다. 저는 이제부터 범죄의 내막을 규명하고 이산(離散)의 고통을 알리는 문화적 코드도 찾을 것입니다. 다큐나, 영화, 저술 모든 수단을 동원해서 이산이라는 고문에 시달리면서 살아가는 코리언들의 처절한 슬픔을 알리는 데 제 여생을 바칠 것을 여러분들 앞에 약속드립니다. 이상입니다.

박수가 가라앉을 때쯤이었다. 북측 행사 총책이 문규현 신부를 데리고 들어왔다. 전혀 예상치 못한 일이었다.

– 남조선 천주교 정의구현사제단에서 파견한 문규현 신부님입니다. 임수경 학생의 판문점 귀환에 동행하기 위해 북으로 왔습네다. 다함께 박수로 맞읍시다.

문 신부가 인사를 하고 내려올 때 내가 앞으로 나가 윌슨 선생님에게 신부를 소개했다.

– 윌슨 선생님, 이분의 형님에 대해 잠깐 소개하겠습니다. 그분도 신부님이며 선생님과 비슷한 일을 겪으셨습니다. 박 정권 때였습니다. 독재자는 의식 있는 청년들을 잡아들여 인혁당이란 누명을 씌우고 사형을 선고했고, 판결 몇 시간 만에 사형을 집행했습니다. 이때 가톨릭 사제들이 몰려가 장례미사를 집전했는데 미사가 끝나기도 전에 경찰이 크레인을 동원해 시신을 탈취하려 했습니다. 이때 이분의 형님, 문정현 신부께서 탈취를 막으려다 크레인에 다리가 깔렸습니다."

– 오, 저런……. 그때가 언제였습니까?

윌슨 씨가 물었고, 문 신부가 영어로 대답했다.

– 75년도였습니다. 14년 전이지요.

– 한번 만나고 싶다고 형님께 전해주세요.

– 그렇게 전하겠습니다.

7월 27일 아침 9시, 자남산 여관 앞에서 행진을 시작했다. 선죽교를 지날 때 나는 그 자리에서 피살되었다는 정몽주를 떠올렸다. 다른 청년들도 그 생각을 하는지 주위를 두리번거리기도 했다.

개성 시가지로 들어섰다. 기다리던 인파들이 꽃대를 흔들었고 울긋불긋한 꽃의 물결이 끝없이 펼쳐져 있었다. 행진 대열이 천천히 지나갔다. 시민들은 질서를 지켰고 아무도 뛰어드는 사람이 없었다. 그런데 울기 시작했다. 멀리서는 꽃물결, 20미터 전방에서는 '조국통일'의 외침, 바로 가까이서는 울음이 터지는 것이었다. 건물 지붕과 남대문 위에 진을 친 시민들도 처음은 꽃대를 흔들다가 조국통일을 외치다가 행진대가 지나가면 울음을 터트렸다. 임수경도 울었다. 행진대들도 고개를 들지 못했다. 내 뒤를 따라오던 윌슨 선생이 나에게 들으란 듯 말했다.

– 창우, 저 울음의 의미는 남한 가족에게 전하라는 통곡의 서한 같지 않소?

– 예, 그런 것 같습니다.

나는 그때 우리 가족이 두고 온 친척들을 생각했다. 할머니가 살아계셨다면 이번 기회에 누군가를 만나보라고 했을지도 몰랐다.

비무장지대를 지나 판문점으로 향할 때 대형 플래카드를 펼쳤다. 백두산 천지에서 임수경의 제안으로 각국의 사람들이 그들 문자로 '평화'라고 썼던 그것이었다. 참전국 16개국 대표들이 플래카드를 나눠 들고 전진했다.

– 판문점 1킬로 전방입니다. 지금부터는 구호를 외쳐주십시오.

– 조선은 하나다! 조국은 하나다!

앞뒤를 나누어 그 구호를 복창했다. 200미터 전방에서 윌슨 선생이 휠체어에서 내려 지팡이를 짚고 의족으로 걸었다. 통일각이 가까울 때 나는 선생의 다리에서 피가 스며 나오는 것을 보았다. 놀라서 선생을 쳐다보자 선생은 견딜 만하다는 듯 눈을 찡긋해보였다.

오후 1시, 통일각 앞마당에 집결했다. 분단선에서 유엔군들이 이쪽을 주시하고 있었다. 우리는 단상을 만들고 전열을 가다듬은 뒤 식순을 열었다. 먼저 서독 녹색당, 미국 짐볼튼 주교가 연대사를 낭독했다. 수석대표와 브라이언 윌슨 선생의 연설이 있었다. 공동성명서 채택 후 내가 임수경에게 태극기를 가져다주었다. 그녀는 몸에 태극기를 두르고 문규현 신부와 함께 군사 분계선으로 향했다. 다무스미스와 오다넬 신부가 뒤를 따랐다. 우리는 제자리에 서서 숨을 죽인 채 그들 뒷모습을 지켜보았다. 분계선에 닿자 유엔군이 수경이 앞을 가로막았다. 문 신부가 그녀 손을 잡고 다시 분계선을 넘으려고 했으나 역시 가로막혔다. 50센티 너비의 낮은 분단선이었다. 딱 한 발이면 되는데 그것이 허락되지 않았다. 수경이가 그 자리에 멈춰 선 채 꼼짝도 하지 않았다. 한 시간쯤 후 윌슨 선생님이 말했다.

– 오늘은 통과시켜주지 않을 것이오. 일단 돌아가서 재차 허가 신청서를 내면서 다른 방법을 찾는 것이 좋을 것 같아요.

내가 임수경에게 그 말을 전하자 그녀는 단식을 선언했다.

아내가 방문을 열고 알려주었다.

"누님이 전화했어요. 전화를 받지 않는다고."

폰을 차에 두고 온 모양이었다. 창우는 일기장 상자를 제자리에 올려두고 거실로 나갔다.

7

서기성이 왔다. 김지철이 그를 조심하라던 말이 떠올랐다. 경숙에게는 믿음직한 청년이었는데 왜 그런 말을 했을까? 경숙은 김지철이 오해했을 것이라고 생각하며 거실로 나갔다.

서기성은 겨레연합(명칭이 바뀜) 현재 회장과 얘길 하고 있었다. 그는 회장에게 조문객 동향을 물었고 회장은 조문객들 이름을 알려주고 있었다.

"오래간만이네."

경숙이 다가가며 인사를 했다. 서기성의 눈빛이 짧게 흔들리는가 했더니 곧 표정을 정돈하고 대답했다.

"아, 한경숙 씨……"

이것 봐라, 나에 대한 호칭도 잊었다? 경숙이 다정하게 말했다.

"내가 조문객 음식을 담당하고 있어. 육개장도 있는데 상 차릴까?"

"아니오, 회장과 하던 얘기부터 끝내야 해요."

그는 회장을 앞세우고 집무실로 들어갔다. 박한길이 용하에게 했던 터무니없는 말들이 떠올랐다.

– 네 형은 내부고발자로 양심적인 선생들을 밀고했어!

남편의 부탁으로 일해 준 김지철까지 첩자로 몰았는데 그 모두 서기성이 날조한 것이었을까?

경숙은 도서실로 들어갔다. 89년도 연보를 꺼내 3월달을 펼치니 핵 실험장 앞에서 찍은 반핵 시위 때 사진이 있었다. 네바다 사막이었다. 인디언들 시위에 우정 참가로 갔던 그 사막에서는 서부극 영화 촬영이 많았고 그로 인해 암으로 죽은 유명배우들은 물론 인디언 피해자들도 여럿이었다. 경숙은 철조망 앞에 큼직하게 걸린 현수막 글씨를 보았다.

'양키들아, 핵실험은 펜타곤에서 하라!'

그 현수막은 서기성의 솜씨였다. 철조망 키보다 높이 걸린 현수막과 그것을 걸어둔 버팀대도 그가 미리 준비해 온 것이었다. 그의 재주는 정말 만능에 가까웠다. 엄청난 돈을 가지고 미국으로 도망 온 월남 전 부통령이 비버리힐즈 호텔에 머문다 하여 그 앞에서 시위를 할 때도 그가 호텔 처마에 현수막을 걸었다. 외방인으로서는 절대로 할 수 없는 일까지도 그는 척척 해낸, 문제 해결의 귀재였다.

8월분 페이지를 열기 전에 그달에 있었던 미주 횡단행진을 되짚어 보았다. 북한에서의 연장 행진으로 서부에서 동부, 백악관을 지나 UN 건물 앞까지였다. 독일, 프랑스 등 유럽과 일본, 호주에서도 동포들이 참가했다. 이 일을 하면서 경숙은 우리 동포들의 디아스포라 영역이 참으로 광대하다는 사실을 알았다. 6 · 25 전쟁 후 포로 교환 때 남북한 다 싫다고 제3국으로 간 사람들, 아르헨티나에서 뿌리를 내렸던 동포들의 후손들을 맞았을 때, 남편 용하는 어서 빨리 동포 분포도부터 작성해둬야겠다고 했다.

페이지를 열었다. 맨 앞장에 백악관 앞 시위 때의 사진이 실려 있었다. 사람들이 짚으로 만든 전두환 허수아비를 밟고 지나가는 스냅이었다. 사진 속 허수아비는 워싱턴 DC '코리아 리포트' 팀 청년들이 중국 시위 팀(그들은 천안문 사태에 대한 농성을 하고 있었다)으로부터 짚을 얻어 부랴부랴 졸속으로 만든 것이었다. 허수아비는 애초 서기성이가 만들어오기로 했는데 그날 그는 오지 않았다. 짓밟기 퍼포먼스가 끝나고 돌아올 때 회원들은 서기성이 무책임하다고 성토를 했지만 경숙은 그가 교통사고라도 당한 게 아닌가 걱정을 했다.

다음 장은 문규현 신부의 기자회견 사진이었다. 2차 방북 때였다. 그때의 일을 떠올리자 미소가 달려와 입가에 걸렸다. 백악관에서 뉴욕으로 행진해 온 다음 날이었다. 곤이가 진희와 함께 맨하턴 할렘가에 있는 벽화를 보러 간다기에 그녀도 따라나섰다. 어디서 총알이 날아올지도 모르는 으스스한 빈민가와 조잡한 스프레이 낙서가 어지러운 벽들을 한참 지나가자 곤이와 진희가 보고 싶어 하던 벽화가 나왔다. 검은 얼굴의 예수가 흰 얼굴의 아이들에게 세례를 주는 그림이었다. 벽을 가득 채운 아이들과 후광으로 돋보이는 예수, 그 많은 백인 아이들이 저마다 환희에 찬 얼굴로 예수를 바라보는 모습을 보며 곤이가 말했다.

– 이 벽화가 검은 페인트로 두 번이나 테러를 당했데요. KKK단 같은 백인들의 소행이었겠지요.

– 그런데 지금은 멀쩡하네?

– 다시 복구한 거지요. 이곳 주민들이 그런대요. 어떤 일이 있어도 흑인 예수를 살리고 지켜낼 거라고.

곤이는 흑인과 인디언들의 수난사에 대해 얘기했다. 인종차별을 겪으면서 하도 기분이 나빠 흑인과 인디언들의 수난사를 찾아봤다면서 몸이 난도질당해 나무에 걸린 흑인의 시신, 인디언 학살전쟁, 전사들이 부족을 구하기 위해 치렀던 수많은 투쟁들을 사례별로 들려주었다. 진희가 곤이에게 완전히 매료된 것은 그 순간이었다. 진희 얼굴에 매혹의 꽃망울이 탁탁 터지는 것을 보고 경숙은 LA로 돌아가면 결혼 발표를 하겠군, 그런 생각을 했는데 그 예감은 적중했다.

오 헨리 거리의 옥외 카페에서 닭 날개에 맥주를 마시면서 시간을 보냈다. 늦은 저녁, 숙소로 돌아오자 남편 용하가 왜 이제 오느냐고 툴툴거리며 대뜸 동전자루와 전화번호를 안겼다.

– 공중전화 부스를 찾아. 국제전화가 가능한 데로 가서 한국에 전화를 걸어. 도연이 지금 눈 빠지게 기다릴 거야. 어서 가.

경숙은 진희에게 동전자루를 들게 한 뒤 함께 플러싱 상가로 갔다. 국제전화부스는 마트 옆쪽에 있었다. 진희가 동전을 넣자 경숙이 국가 코드 82를 시작으로 전화번호를 눌렀다. 신호가 가자마자 김도연이가 받아 본론부터 말했다.

– 형수님, 임수경은 8.15일 귀환한다고 합니다. 전대협에서 마중을 하기로 했는데 학생들 동원이 어렵게 되었습니다.

방북 전에 임수경은 전대협 의장과 최종 귀환 일을 8.15로 정했다, 그날 전대협학생들은 판문점으로 몰려가서 임수경의 무사 귀환을 위해 영접 시위를 할 계획이었다, 하지만 지도부가 대폭 검거된 데다 방학 중이어서 학생들 동원이 어렵게 되었으니 경숙이 직접 북한에 가서 수경에게 8월 말에 내려오도록 설득해 달라…… 이쯤에서 전화가 끊겼다. 계속해서 동전을 넣어야 할 진희가 이야기를 듣느라 동작을 멈춘 때문이었다. 다시 전화를 연결하자 김도연이 다급하게 말했다.

– 수경이를 보호하자면 그때 형수님도 수경이와 함께 내려오셔야 할 것입니다.

– 알았어요. 용하 씨와 상의할게요.

비행기 표를 알아보고 있을 때 다시 연락이 왔다. 임수경은 무슨 일이 있어도 8.15일에 내려가겠다, 그날에도 못 내려가게 하면 호텔에서 뛰어내리겠다고 했다는 것이었다. 박한길이 용하에게 물었다.

– 문규현 신부가 다시 가는 수밖에 없군. 그는 지금 어디 있나?

– 뉴욕 본당에 있습니다만 방북 이후 감시를 받고 있어 외출이 자유롭지 않다고 들었습니다.

– 백인 여성에게 부탁해서 만나자는 쪽지를 보내 봐. 당장.

평화 행진에 참여한 백인 여학생을 통해 쪽지를 전했다. 만나기로 한 장소는 공동묘지였다. 경숙의 역할은 공동묘지에서 신부를 만나 자신들의 거처로 데려오는 것이었다.

경숙은 좀 이른 시간에 공동묘지로 갔다. 산책하는 시민으로 가장하기 위해 가벼운 차림으로 공동묘지 안으로 들어섰다. 인적이 없었고 벤치에는 독수리만한 까마귀가 앉아 있었다. 미미 표현대로 거위만한 다람쥐도 지나다녔다. 왼쪽으로 돌아가니 양 옆으로 큰 십자가 비석들이 저마다 위용을 자랑하고 있었다. 1800년대, 1900년대 초에 세워진 것도 보였다. 신세계로 온 이민자들, 부흥기에서 경제공황 시기까지…… 미국에서 인종 갈등이 없는 곳은 공동묘지가 유일하다고 했다. 백인 위주이며 가끔 히스패닉이 있긴 해도 그들은 인종적 싸움은 하지 않았다. 그러니까 백인들의 무덤 영역에는 흑인과 인디언이 없다는 뜻일 것이다. 경숙이 이곳에 묻힌 사람들은 서로 영계에서도 만나고 있을까, 100년의 세대 간격이 있는 사람들이 부르는 호칭은 뭘까, 엉뚱한 생각을 하다가 맞은편에서 선글라스에 야구 모자를 쓴 동양인이 걸어오는 것을 보았다. 고개를 숙였지만 수염이 보였다. 백인 여학생이 일러준 인상착의와 일치했다. 어떤 식으로 알은체를 해야 할지 갑자기 머릿속이 하얘졌다. 선글라스에 야구모자, 데이트 커플이다! 감히 신부를 두고 어떻게 그런 생각을 했는지 모르겠다. 그녀는 다짜고짜로 신부의 팔짱을 꼈다. 신부가 웃으며 말했다.

— 좀 느슨하게 잡아도 저 도망 아니 갑니다.

경숙은 얼른 팔을 놓았다.

3일 후 기자회견이 있었다. 성당에서였다. 말쑥하게 단장한 문규현 신부가 성명서를 발표했다. 다시 임수경을 데리러 갈 수밖에 없는 상황에 대해서였다. 미국은 물론 국내외 특파원들도 몰려왔다. 기자들이 많았던 것은 북한 행진 때 참여했던 월슨 선생의 서명도 포함되어 있었기 때문일 것이었다. 문 신부는 기자회견이 끝나면 곧장 공항으로 가서 베이징 행 비행기를 탈 예정이었다.

기자회견이 끝나갈 즈음 서기성이가 옆자리에 와서 앉았다. 경숙은 신수가 훤한 그를 보고 안심을 하면서 왜 이제 왔느냐고 물었고 그가 대답을 하려는 찰나에 기자회견이 끝나 모두 성당 밖으로 몰려나갔다.

진희가 도서실 입구로 왔다.

"서기성 씨, 화장장 스케줄을 알아본다면서 회장과 함께 나갔어요."

경숙은 연보 책을 꽂아두고 달려 나갔다. 언제 오느냐고 묻고 싶었는데 이미 차가 떠나고 없었다.

그날 문 신부를 보내고 아지트로 돌아와 보니 서기성은 박한길과 거실에서 이야기를 하고 있었다. 박한길이 그에게 '행진은 UN 앞에서 출발, 킹 목사 기념관을 지나 뉴저지, 펜실베니아를 경유해 다시 UN 앞으로 돌아와 성명서를 발표할 것' 이라고, 일정에 관해 자세히 알려주고 있었다. 박한길은 경계심이 철저한 사람이었다. 그런 그가 지도부도 아닌 서기성을 아지트로까지 불러들였다면 그에 대한 믿음이 깊다는 뜻이었다.

"서기성 씨, 돈 많이 벌었데요."

주방으로 돌아오니 진희가 말했다.

"돈을 벌어? 어떻게?"

"모르셨어요? 영사관에서 발주되는 문화행사는 거의 모두 서기성 씨가 맡아 하잖아요? 지난번 올림픽 공원 노래자랑도 그가 주관했고요."

"그가 영사관 일을 해?"

"요즘은 라디오, 텔레비전 이벤트도 도맡아한다던데요?"

그럼 서기성은 영사관 프락치였고 겨레운동본부가 와해된 것은 그의 공작의 결과였다? 서기성은 애초 경숙에게 접근해왔다. 그는 힘든 일을 도맡아하면서 신임을 쌓았고 경숙은 박한길에게 믿음직한 청년이라고 소개를 했다. 그렇다면 박한길이 UN 앞 선언을 앞두고 별안간 LA로 돌아간 것도 서기성의 암약이었을까? 아니야, 그땐 아팠어. 아파서 먼저 갔던 거야.

8

조문객 발길이 끊겼다. 경숙 누나가 우리도 그만 철수하자고 했다.

"저는 인사 한번 더 하고 갈 테니 먼저 나가 계세요."

창우는 향을 꽂고 영정 사진을 보았다. 찡그린 것이 햇살 아래서 찍은 것 같았다. 언제나 심각하던 그의 얼굴과 뒷짐을 지고 걷던 모습이 떠올랐다. 국가와 민족에 대한 그의 사랑은 한 치의 의심도 없었다. 박식함과 카리스마는 조국의 젖줄을 잃은 회원들에겐 적절한 이유식이기도 했다. 한데 조금씩 변해가더니 평축을 치르고 돌아왔을 땐 송곳이 되어 청년들을 마구잡이로 찔러댔다. 상처를 입은 청년들은 마음에서 피를 흘리며 떠나갔다. 창우가 사진을 향해 물었다.

"본부장님, 왜 그렇게 변하셨던 거예요? 조국은 하나다, 북한 사람도 같은 민족이라고 그처럼 열렬히 주장하던 양반이 왜 갑자기 원한이 맺힌 듯이 비판을 하셨어요?"

미주 횡단 행진이 끝난 어느 날 박한길로부터 호출을 받았다. 그는 대뜸 북한에서 있었던 일, 사리원에서 개성으로 가는 열차에서 회원들이 술을 마셨냐고 물었다.

– 몇 사람이 북한 뱀술을 한 잔씩 돌아가면서 마셨습니다.

– A와 B, C가 통일이 되면 자기들이 한 자리씩 할 거라고 했다는 게 사실인가?

연일 강행군이었다, 피로에 절은 몸과 마음이 술 몇 잔에 헛소리를 하긴 했다. 하지만 농담이었다.

– 통일이 되면 통일 공로부가 생겨 우리 모두에게 공로장을 주어야 한다는 말을 농담으로 주고받았습니다,

박한길이 버럭 소리를 질렀다.

– 모두 장관이 될 거라고 했잖아!

창우는 놀라서 버벅거렸다.

– 잘 모르겠습니다. 저는 건너편 자리에 있어서…….

박한길이 회원들을 소집해서 북한 체제를 탄핵한 것은 다음날이었다.

– 주체사상은 체제옹호용이다. 인민을 위한 사상이나 정치, 그런 건 없었다. 김일성은 자기 우상화 사업에 인민들을 제물로 바치고 있다…….

이때 창우는 쿠바 대사관 직원의 말을 떠올렸다. 돌아와서 확인해 본 결과 그때 청년연합에서는 학생 회담에 파견한 적이 없었다고 했으니 이번 평축 때는 프락치가 제대로 심어진 모양이었다. 그들의 공작이 아니라면 박한길이 그런 내용을 알 리가 없고 또 그렇게 돌변할 사람이 아니었다.

“나 안 데려다줄 거야?”

경숙 누님이 현관에 서서 말했다.

“나가려던 참이었어요.”

창우는 박한길에게 묻고 싶었던 말이 많았다. 제명당했을 때는 억울하고 분해서 이쪽으로 고개도 돌리고 싶지 않았지만 가끔은 그를 변하게 만든 진정한 원인이 뭔지 그것이 궁금하기도 했다.

차 시동을 걸 때 경숙 누나가 말했다.

“몽둥이로 머리를 너무 많이 맞았다더라. 공수부대원들한테.”

“공수부대? 언제요?”

“5 · 18 때. 운이 나빴던 거야. 머리도 아픈 남자를 첩자들까지 흔들어댔는데 온전히 버틸 수가 있었겠어.”

“첩자가 누구였는지 누님은 알고 계세요?”

“짐작이 가는 사람은 있다. 그런 일에 대해 잘 아는 사람이 있으니 확인해보고 알려주마.”

확인해볼 사람이 용하 형은 아닐 것이다. 형은 중요한 일을 맡아 중동에 갔다고 했다.

9

김지철이 찻잔을 경숙 앞으로 밀어주며 말했다.

“박한길 씨, 죽기 전에 병문안을 갔다 왔어요. 만나고 싶다고 해서. 아픈 사람이 그런 부탁을 하는데 거절할 수가 없었소.”

“저에게도 전화를 했어요. 용하 씨가 보고 싶다기에 돌아오면 함께 가겠다고 했는데…….”

“사과를 합디다. 지난날 일은 미안했다고. 자기가 퇴원하면 제대로 운동하고 싶으니 함께 하자고도 했어요.”

“그이는 영구 귀국했잖아요? 미국에 온 건 수술 때문이라고 알고 있는데 미주에서 다시 운동을 해요?”

"현재 겨레연합이 주정부 보조금으로 운영된다면서요? 반미운동 안 된다, 민족 운동만 하라는 조건으로."

"그랬대요? 저흰 발을 끊은 지 오래여서 그런 내막은 알지 못했어요."

"한국으로 돌아간 이후 미국에서의 일과 운동들을 재검토해보았답니다. 자신의 생각들이 매우 경직되어 있었다는 것이 깨달아졌고, 임원들과 회원들에게 상처를 준 것도 보이더라나요. 조직이 허물어진 것도, 지금 겨레연합이 저 지경이 된 것도 다 자기 잘못이었다, 미안하다, 용서해 달라, 이젠 정말 제대로 하고 싶으니 용하와 함께 힘을 보태 달라……"

"5년 전에도 그가 우리에게 사과를 하러 왔었어요. 용하 씨는 그를 만나지 않았지만요."

"나는 건강만 회복하라고 했어요. 아픈 사람, 아니오. 희망이라도 가지라고 그렇게 대답했는데……."

김지철은 모든 임원들 앞에서 손가락질까지 받으며 모욕을 당했고, 그것이 자기 때문이었다고 남편은 오래도록 괴로워했다.

"용하 씨 말이 생각나네요. 자기 때문에 김 선생님이 큰 수모를 받았다고……. 이유가 뭐였죠? 기억이 가물가물한데."

"이중스파이였다는 거요."

"이중스파이요? 선생님이요?"

"그러게 말이오."

평축 참가 신청자가 청년과 기성인들 다 합쳐 120여 명이었다. 사무국장 용하가 김지철에게 '그들의 안전을 보장받아야 한다, 대사관에서는 적대국과도 접촉 통로가 있다고 들었다, 당신은 그 루트를 알 수 있을 테니 그 길을 찾아 달라' 고 부탁했다.

"평축이었소, 국제 행사. 미국에서만도 16개국, 한국전 참전국 국적자들이 참가했어요. 그들과 미국시민권자, 영주권자들까지는 문제가 없었지만 참가신청자 중에 대한민국 여권소지자가 15명이나 있었소. 그들이 북에 가는 것은 불법이잖소? 한데 꼭 가야 한다는 거요. 그러니까 용하는 나에게 '북에 가되, 흔적이 남지 않을 방법을 찾아 오라' 는 거였소. 여권에 남는 흔적이 뭐겠소? 스템프가 아니오? 스템프 없이 비자를 줄 수 있는 상대는 북한사람 말고 또 있겠어요? 그래서 유엔 대표부를 찾아갔던 거요. 몇 월 며칠, 몇 시에 간다고 편지로 미리 알리고 말이오. 참, 북한 대표부 사무실이 유엔 건물 안에 있는 것 알죠?"

"예, 북한이 유엔 안에 사무실을 가질 수 있는 것은 유엔 건물이 정치적으로 미국 영토가 아니어서 가능하다고요. 유엔에 파견된 북측 인사들이 그 건물에서 16킬로 반경을 벗어나면 체포된다고."

"대표부 대사는 내가 간다고 통보한 날, 건물 앞에서 기다리고 있었소. 자기네 사무실 복도에는 감시 카메라가 있다면서, 잘 아는 중국식당으로 날 데려갑디다."

북한에서 평축을 유치한 목적이 서울 올림픽에 대항하기 위해서였으니 참가 인원이 많을수록 좋았고, 그 중에도 남한청년은 선전용으로도 특종감이었으니, 북측에서는 김지철의 방문이 넝쿨째 굴러온 호박이었을 것이다.

"그날 당장 출입국 특별 증서를 발급해줍디다."

"비자가 아니고요?"

"증명서로 된 종이비자였어요. 베이징 공항에서 조선민항을 바꿔 탈 때 증명서를 제시하고, 돌아올 땐 중국에서 그걸 태우거나 폐기하면 남한 청년이 북에 갔다는 공식적인 증거는 남지 않는 거죠."

"창우한테 들은 것 같은데 오래 전이라 잊었네요."

"증명서를 해주면서 대표부 대사가 자기 부탁도 하나 들어달라고 합디다. 렌드 코프레이션(Rand Corporation) 정책연구소에 들어가 달라, 남한 관계자는 들어갈 수 있다고 들었다, 우리는 평축을 무사히 치러야 한다. 그것이 세계인들과의 약속이다, 미국이 북한에 대한 전쟁 시나리오까지는 아니더라도 국지적인 소요 플랜을 가지고 있을 수도 있다, 그걸 좀 알아봐 달라…… 그래서 내가 그 연구소를 방문했던 거요. 총영사관에 있는 대학 후배를 설득해서 말이오. 다행히 그 후배가 동북아 정세와 대응 회의에 참석한 적이 있었던 거요."

"그럼 그러한 계획이 실제로 진행되고 있었나요?"

"미국이 그런 어설픈 생각을 했겠어요? 평축이라면 사회주의권뿐만 아니라 6 · 25 참전국 청년들이 다 참가하는 행사인데 말이오."

“그렇다면 이중첩자로 몰렸던 이유가 북한과 편의를 주고받은 것 때문이었겠네요?”

“서기성 알죠?”

“네, 그렇지 않아도 묻고 싶었어요. 전에 언젠가 그를 조심하라고 하셨는데 이유가 궁금했어요.”

“그가 말했대요. 내가 박한길에 대해 일거수일투족을 총영사에 보고한다고.”

박한길이 남편에게 모욕을 준 것도 서기성의 공작 때문이었을까? 조직의 일차 와해는 평축 행사를 치른 뒤였다. 그때 반 이상이 퇴출당했다. 용하는 모욕감을 참을 수 없어서 자진 탈퇴했다. 그때 박한길은 남편에게 검지를 총대처럼 겨누고 쏘아댔다.

– 넌 고등학생 때부터 정권의 하수인으로부터 장학금을 받았어, 대학시절 넌 학도호국단이었어! 극우 보수 자제들처럼 말이야! 네 형은 내부고발자로 의식 있는 선생들을 밀고했어!

남편이 벌떡 일어났다. 자기 형을 그런 식으로 매도하다니, 그건 박한길이 고른 최악의 언어였다. 남편은 부들부들 떨며 책상으로 가 당장 짐을 쌌다.

“그러니까 그가 총영사관 프락치였단 말이죠? 지금 영사관 문화행사를 독점하고 있다더니…….”

“맞아요, 영사관에서 왔어요. 가끔 궁금해요. 그런 인간도 자기 삶의 가치를 생각해볼까…….”

자기 삶의 가치…… 시숙이 남편에게 말했다지. 최곳값의 인간이 되어라…… 어버이 같은 형을 잃었는데 거기에다 팔레스타인…… 경숙은 용하의 근황을 알리고 사모님 안부를 물었다.

"요즘은 괜찮아요."

김지철 부인은 오래도록 정신병원에 있다. 자기 동생으로 인해 남편이 대사(大使)가 되지 못한 데 대한 죄책감으로 자기 정신을 학대해온 결과였다. 경숙은 남편이 돌아오면 함께 사모님께 문안 가겠다는 말로 작별인사를 했다.

10

안개 속을 걸었다. 죽은 나무들 사이에 벤치가 있었다. 벤치로 가는데 한 젊은 남자가 안개를 헤치고 다가왔다. 낯이 익었다. 젊은이가 쪽지를 주었다. 쪽지에는 '오작교 = 멤버들' 그리고 이름들이 적혀 있었다. 뭐야, 이 이름들? 그 말이 입에서 나가자마자 다섯 남자들이 벤치를 둘러쌌다.

"우리가 그 멤버들……."

거기서 잠이 깼다. 며칠째 계속해서 같은 꿈을 꾸었다. 침대에서 상체를 일으킬 때 의사들이 들어왔다. 회진이었다. 담당의가 오늘은 기억나는 게 있느냐고 물었다. 용하는 고개를 저었다.

"이름도 기억나지 않습니까?"

"네……"

"브레인에는 이상이 없으니 곧 기억이 돌아올 겁니다."

"제가 입원한 지는 정확히 며칠째 됩니까?"

"어제도 똑같은 걸 물었습니다. 기억납니까?"

"아, 그랬던 것 같은데 잊었나 봅니다."

레지던트가 그의 차트를 훑어본 후 대답해주었다.

"혼수상태까지 합쳐서 103일째입니다."

용하가 이 병원에 실려 왔을 때는 의식불명이었다. 간 속에 있던 헤만지오마 혈관이 터져 긴급수술을 했다. 환자는 살렸는데 출혈성 복수가 차올랐다. 이런 환자는 수술을 한다고 해도 살아날 확률이 거의 없었다. 이 병원은 DIA(국방정보국) 소속이었다. 신분도 모르는 환자이니 죽는다 해도 책임이 전가되지 않았다. 의사는 모험을 했고 환자는 기적처럼 살아났다. 하지만 후유증이 따랐다. 자신이 누구인지를 모르는 것이다. 해리성(解離性)도, 해리성 둔주(Fugue)도 아니었다.

"그럼 전 기억이 돌아올 때까지 퇴원하지 못합니까?"

당국에서는 아무런 지시사항이 없었다. 기억이 회복되면 퇴원을 시킬 수 있을지 아닐지는 의사도 모를 상황이었다.

"좀 기다려봅시다."

오전 10시였다. 간호사가 드레싱 카트를 밀고 들어왔다. 동양 여성이었다. 그녀가 주사를 놓아줄 때 그의 입에서 어떤 이름이 흘러나왔다. '경숙아'였다. 간호사가 무슨 말을 했느냐고 물었고 그는 고개를 저었다. 경숙아…… 자기도 모르는 이름이었다. 간호사가 떠나려고 할 때 그가 물었다.

"여기가 어디입니까?"

"병원이잖아요?"

"어느 지역입니까."

간호사는 대답 없이 드레싱 카트를 밀고 나갔다. 용하는 천장을 바라보았다. 바로 눈 위에 화재경보기가 있었다. 경보기를 따라 직선으로 가면 전자 벽시계가 10시 15분을 가리켰다. 이 병실에서 그의 의식과 교류한 것은 시계와 벽, 그리고 문이었다. 시계는 시간분기를 일러주는 뻐꾸기, 10시 50분이다. 잠이 물처럼 젖어왔다. 주사를 맞은 뒤에는 늘 그랬다.

5부

썰물과 밀물

I

경숙은 시신 대기실로 들어섰다. 시신 5구가 있고 한 달 이상 보관되어 있던 무연고 시신 2구는 오늘 화장장으로 나간다. B2 냉장 서랍을 끌어냈다. 머리가 반이 잘려나간 히스패닉계 청년이었다. 농장에서 일하다 기계톱에 그렇게 되었는데 연고자가 없다. B3, 교통사고 사망자다. 성한 곳이 얼굴밖에 없다. 새로운 시신은 청소부 사고 사망, 그밖에 둘은 총기 사망자들이다.

시에서 반출해갈 시신은 B2, B3, 청소부 시신은 유가족이 와서 처리할 것이다. 페이퍼 정리가 끝나갈 때, 용인 둘이 카트를 밀고 들어왔다. 드레스를 입은 여성시신이었다. 죽기 전에 본인이 차려입은 의상이라고 했다.

용인들이 시신을 냉장 서랍에 넣어주고 떠난 후 경숙은 서류를 살폈다. 연령 45, M, 그 옆에 트랜스젠더라고 적혀 있었다. 남성이 여성으로 살다가 갔다. 마지막 가는 길에도 드레스를 입었다. 얀도 화장한 얼굴로 죽었다. 얀의 시신이 부검실에서 처리되었다고 한 날 경숙은 그의 부모 집을 찾아갔다. 때마침 식구들이 모여 있었고 한 옆에는 얀을 위해 미리 준비해둔 듯한 특수 휠체어도 보였다.

– 제가 얀을 맡았던 간호사입니다.

– 알아요, 한데 무슨 일이오?

– 얀의 사망에 대해 몇 가지 말씀을 드리려고…….

– 변명할 필요 없어요. 이미 검사소견을 보았고 확인했으니까.

– 확인을 하셨다면……

– 사망원인, 부검결과, 그 모든 것에 대해서…… 당신이 죄책감을 가지고 있다면서요? 그럴 필요 없어요. 당신은 간호사지 야훼가 아니지 않소?

얀의 죽음을 신의 뜻으로 받아들인다? 병원에서 이미 조치를 취해둔 것이었다. 경숙은 당황스러웠다. 이왕 왔으니 문제점이라도 밝히고 가는 것이 얀에 대한 예의일 것이다.

– 저어……

– 우린 가족회의를 하던 중이었소. 얘기 끝났으면 이만 가보세요.

이튿날 경숙은 이 한직으로 밀려났다. 유가족이 그녀 방문을 병원측에 알린 때문인지 아니면 병원에서 미리 결정한 인사조치인지는 알지 못했고 이제는 더 이상 알고 싶지도 않았다.

2

간호사가 드레싱 카트를 밀고 나갔다. 용하의 눈길이 천장으로 갔다. 화재경보기에서 멈추었다가 벽시계로 갔다. 10시 10분, 식사시간까지 한 시간 반을 기다려야 한다. 용하는 병실을 나가 긴 복도로 걸어갔다. 엘리베이터나 계단이 보이지 않았다. 비상계단은 반대 방향에 있었다. 계단으로 들어서서 아래 위를 살폈다. 층수를 알리는 사인이 없었다. 그는 위층으로 올랐다. 늑골이 당기고 아팠지만 다섯 층을 올라갔다.

마침내 옥상이었다. 이상한 건물이었다. 옥상 난간이 높은 벽으로 둘러져 있어 바깥 풍경을 볼 수가 없었다. 보이는 것은 하늘뿐이었다. 용하는 난간 벽을 만져보았다. 미끈거렸다. 눌러보니 약간 푹신한 느낌이 들었다. 주먹으로 쳐보았다. 어떤 느낌이 징, 하고 파고들었다. 이물질이 팔꿈치를 칠 때 느껴지는 시큰거림 같은 것이었다. 이 속에 전류가 흐르나? 용하가 옷소매로 주먹을 감싸고 다시 후려칠 때 사내 둘이 계단 문 쪽에서 달려나와 그의 팔을 잡았다.

그는 정신과 상담실로 안내되었다. 컴컴한 방이었다. 의사가 가면처럼 웃으며 앉아요, 라고 했다. 그리고 곧장 질문을 시작했다.

"이름이 뭡니까?"

"모릅니다."

"가족은?"

"모릅니다."

"무슨 병으로 수술을 받았지요?"

"간에서 뭔가 들어냈다고 했습니다."

다시 이름, 가족, 주소 등을 순서를 바꾸어가며 물어대다가 불쑥 옥상에는 왜 갔느냐고 했다.

"혹시 주변 풍경이 눈에 익으면 기억이 돌아올까 해서 나가보았습니다."

"벽은 왜 쳤습니까?"

"비닐로 보였습니다. 치면 뚫어져 밖이 보일 것 같았어요."

"벽이 뚫어졌습니까?"

"아니오. 그런데 말입니다. 나를 이 병원에 데려다준 사람이 있을 것 아닙니까? 그를 찾아주십시오. 그는 제 신분을 알 것입니다."

"그것도 하나의 방법이겠군요. 하지만 우리는 보호자의 연락처를 알지 못합니다. 본인이 기억을 찾는 방법밖에 없어요. 이제부터 매일 기억 찾기 치료를 할 것입니다. 상담시간은 오전 10시 반, 간호사가 데리러 갈 것이오"

병실로 돌아오자 용하의 머릿속에 가족-실종신고-경찰서가 떠올랐고 저녁 회진 때 그는 담당의에게 말했다.

"경찰서에 문의해보면 어떨까요? 저에게 가족이 있다면 실종신고를 했을 테니 말입니다."

"좋은 생각이군요. 문의해보도록 하지요."

회진의가 다녀간 뒤부터 용하는 마음속으로 수도 없는 질문과 상상의 인물화를 그렸다. 아내와 자식들은 어떻게 생겼을까. 친구는 있었을까? 직업은? 내가 만약 불법체류자였다면 신고를 하지 못할 수도 있다? 그렇다면 난 어디로 보내질까?

시계 바늘이 저녁 8시에 가 있을 때였다. 간호사가 들어와 가운을 주었다.

"병원을 옮긴대요. 밖은 쌀쌀하니 가운을 입으세요."

"병원을 옮겨요? 가족을 찾은 거지요?"

그때 남자 둘이 들어왔다. 환자 이송원들이었다. 그들은 질문할 기회도 주지 않고 어서 옷을 입으라고 재촉했다. 그가 간호사에게 물었다.

"내 짐은 없습니까? 입고 온 옷 같은 거라도?"

간호사가 고개를 저었고 이송원들은 다시 재촉했다. 엘리베이터를 타고 지하 주차장으로 내려가니 거기 소형 앰뷸런스가 대기하고 있었다. 차창으로 바깥 풍경을 볼 수 있겠다는 생각을 하며 차에 올랐는데 앰뷸런스에는 차창이 없었다.

"먼 거리이니 한숨 자두세요."

이송원이 말하고 문을 닫았다. 앰뷸런스 안은 좁고 어두컴컴했다. 먼 거리를 간다는데도 할 수 있는 일이 아무것도 없었다. 그는 침대에 누워 지금 어디로 가고 있는가, 실종신고는 했는가, 정신신경과에서 기억 찾기를 도와준다고 했는데 별안간 병원은 왜 옮기는가,

그런 궁금증으로 몸을 뒤척이다가 잠이 들었다.

햇살이 죽은 나무들을 비추고 있었다. 그는 그 사이에 놓인 벤치에 앉았다. 한 청년이 그의 옆에 앉으며 쪽지를 내밀었다. 오작교 멤버들이 적힌 그 쪽지였다.

'이분들 중에 세 분이 돌아가셨어요. 박 선생이란 분은 취조 도중 돌아가시고 이웅이라는 선생님은 감옥에서 병을 얻었답니다. 입에서 곰팡이 냄새가 난다고 의무과에 말했지만 무시를 했다나요. 병이 깊어 출옥했는데 그땐 위암 말기로 손쓸 수가 없었답니다. 그리고 김문식 선생님은 출소 후 고문 후유증에 시달리다가 아주 추운 겨울날 안기부 앞에 가서 동사를 했답니다. 술을 잔뜩 마시고요.'

그는 젊은이의 이야기를 듣기만 했다.

'그분들 중 남은 분은 출소 후 작가가 되었어요. '오작교'라는 소설을 썼는데……. 저도 그 소설 읽었어요. 밀고자가 한용국이라고, 제 부친 이름이 실명으로 밝혀져 있었어요. 전 부친한테 내색하지 않았어요. 그런데 부친이 암 투병을 하실 때 먼저 말씀하시더군요. 돌아가신 분들 주소도 일러주면서 기일엔 과일을 보내드리라고……. 부친의 병을 만든 건 죄책감이었겠지요?'

용하는 침대에서 벌떡 일어났다.

"형님!"

계곡에 형님 유골을 뿌리고 내려올 때였다. 출렁다리 앞에서 잠시 쉴 때 조카가 들려준 이야기였다. 형님이 밀고자? 충격이었다. 충격이 가장 먼저 불러온 것은 박한길이 '네 형은 내부고발자로 의식 있는 선생들을 밀고했어!' 라던 말이었다. 아버지에 대한 증오, 아버지의 수기, 형의 적색 콤플렉스 등이 연달아 떠올랐다.

그랬어. 이러한 일련의 기억들은 조용할 때 날을 잡아 각각의 원소를 풀거나 연결하면서 이해와 정리의 값을 찾겠다고 접어두었던 거야. 한데 여긴 어디야?

용하는 주위를 휘둘러보았다. 앰뷸런스 안이었다. '밖은 쌀쌀하니 가운을 입으라' 던 간호사의 말이 떠올랐다. 옥상에서 본 스펀지 벽과 기억 찾기를 도와주겠다던 의사의 말도 생각이 났다. 멀리 갔던 기억이 귀대병처럼 속속 돌아왔다. 그는 급하게 차벽을 두드렸다. 기억을 찾았어, 실종신고 명단을 찾을 필요 없어!

차가 정지하더니 뒷문이 열렸다. 메디칼 센터 앞이었다. 목적지에 도착한 모양이었다. 용하는 자신의 기억 상태를 알린다면 이송원들이 어떻게 나올지에 대해 생각해보았다. 본병원에 알린다면 도로 실려 갈지도 몰랐다. 추이를 지켜보자. 어떤 행동이 필요하다면 이곳이 더 용이할 수도 있다.

이송원은 로비 데스크에서 서류를 내밀고 그에겐 작별 인사도 않고 떠났다. 간호사가 응급치료실로 데려가서 침대를 지정해주었다.

"의사가 올 때까지 여기 계세요."

그가 급하게 물었다.

"화장실은 어딥니까?"

용하는 용변을 보고 주위를 살폈다. 지켜보는 사람이 없었다. 그는 병원 밖으로 나와 전화 부스를 찾아보았다. 근처에는 없었다. 메인도로로 걸어나갔다. 오른쪽으로 돌아 세 블럭을 지나자 세탁소 앞에 전화 부스가 있었다. 좀 전에 본 의료원 벽시계가 10시였으니 LA는 7시일 것이며 아내는 지금 근무시간이다. 콜렉터 콜은 상대가 허락해야만 통화할 수가 있다. 용하는 기억하고 있는 전화번호를 돌이켜보았다. 창우와 곤이…… 그는 콜렉터 콜을 불러 곤이 번호를 알려주었다.

3

"백만 불이야. 금리는 연 12프로, 누구 쓸 사람 없어?"

창우의 질문에 미미가 먼저 대답했다.

"난 필요 없어. 입청결제 사업, 축소할 생각이거든."

곤이 되받았다.

"상품 내놓은 지 얼마나 되었다고 그래?"

"시장 상황을 감안하지 못했던 거야. 좋은 물건인 만큼 소비자도 알아줄 줄 알았지. 엄청난 돈을 들여 신문, TV, 잡지까지 광고를 하면서 상품의 우수성만 강조했던 거야. 미국 서민들 전체가 불경기로 허덕인다는 것은 생각지도 않고."

"한 통에 20벅스였지? 서민들이 이용하기엔 단가가 좀 세긴 했어."

"단가를 낮추고 대량생산을 한다면 어때?"

"낮은 단가로는 우리가 원하는 원자재를 구입할 수가 없어. 많이 팔자고 유해한 원료를 사용할 생각은 더더욱 없고."

창우가 곤이에게 물었다.

"그럼 넌 어때?"

"백만 불에 연 12프로, 거의 무이자 수준……. 유혹적이긴 해. 그 돈이면 공장을 확장하거나 첨단 기계를 도입할 수도, 유명인에게 비싼 초상권을 지불해서 당당하게 프린트를 할 수도 있겠지. 하지만 문제는 현재 디플레이션 시대라는 거야. 투자한 돈을 건질 확률이 미지수라는 거지."

미미가 물었다.

"디플레이션 현상은 정확히 어떤 건데?"

"인플레이 때의 사람들은 과시용을 선호해. 셔츠나 머플러까지도 최고 디자이너의 페인트를 찾고 수천 달러짜리 한정품도 사들여. 하지만 장기적인 불경기 땐 소비 성향이 과시욕이 아닌 자기만족으로 좁혀져."

"자기만족으로 좁혀진다? 어떤 경우인지 사례를 들어볼래?"

"커피로 예를 들 수 있겠군. 다른 건 누리지 못한다 해도 커피만이라도 고급으로 마시고 싶은 거야. 하트나 꽃이 입혀진 커피를 마시면서 이건 특별한 거라고 자기만족을 하는 거지."

"난 바리스타나 커피잔 예술이 커피 마니아들을 위해 개발된 것으로 생각했는데 그게 자기만족 대용이라고?"

"김밥도 그래. 전에는 내용물이나 값이 비슷비슷했지만 요즘 한 줄에 30불짜리도 있어. 그렇게 비싼 김밥이 팔리냐고? 팔린대. 전에 스테이크를 먹던 사람들이 사먹는다나. 고급 햄이나 채를 썬 갈비를 넣는다면 말이야. 그러니까 디플레이션일 때는 주로 먹고 마시는 것 등, 개인 만족으로 소비가 축소되는데 비싼 셔츠를 만든다고 소비할 필드가 있겠어?"

"너 올핸 신상품을 출시한다고 하지 않았어?"

창우가 물었다.

"프린트가 새로운 거야. 초상권이 없는 것으로."

미미가 물었다.

"새로운 프린트? 어떤 건데?"

"다빈치의 인체 비례도야. 해골 프린트도 한 물 갔잖아. 그래서 응용해본 거지."

"'다빈치 코드'라는 소설이 세계적인 베스트셀러인데 그 덕에 주문 왕창 들어올 수도 있잖아?"

"요즘 같은 상황에서는 폭발적인 유행이나 붐 같은 것도 잘 일어나지 않아. 그저 몇 장이라도 더 팔리면 고마운 거지. 한데 투자자는 어떤 사람이야?"

"임수란 할머니. 오래 전 한인축제 때 북한 예술단 왔잖아? 그때 송별 만찬을 베풀어준 분인데 너희들도 보면 알아."

곤의 폰이 울렸다. 전화교환원이었다. 누가 요금부담통화를 신청했는데 받겠느냐고 물었다. 이름이 잘 들리지 않아 곤은 밖으로 나가 상대 이름을 다시 물었다.

"한 용하……"

"연결해주세요, 어서요!"

용하 형의 가라앉은 목소리가 들려왔다.

"곤아, 여기 버지니아 라우틴이야."

"버지니아라니, 형이 왜 거기에 있어요?"

"시디 메디컬 센터야. 여기서 나가야 해. 나에겐 여권도 돈도 없어. 네가 좀 데리러 와야겠다."

"경숙 누님도 함께 가야겠지요?"

"아니야, 아무한테도 알리지 말고 너 혼자 와. 지금은 응급실에 있는데 의사가 오면 어디로 보내질지 몰라."

"알았어요. 빨리 갈게요. 최대한 빨리 갈 테니 꼼짝 말고 기다리세요!"

곤은 친구들에게 급한 일이 있다고 말한 후 식당을 나왔다. 여행사 오너 제임스 리에게 전화를 걸어 비행기 편을 물었다. 이 시간엔 버지니아로 가는 항공편이 없다, 하지만 메릴랜드 행은 9시에 있고 주는 다르지만 라우틴까지는 크게 멀지 않다고 했다.

"메디컬 센터래. 비용이 얼마든 상관없어. 빨리만 도착하면 돼. 모든 수단을 동원해주게."

"알겠습니다. 스케줄을 맞춰보고 연락드리겠습니다."

제임스 리는 이민 3세로 운송과 여행사운영을 겸하고 있었다. 그는 곤이의 상품 운송을 10년째 도맡아 왔다. 중남미 운송 때는 가끔 티셔츠 컨테이너 속에 달러도 숨겨서 밀반출한다는 것, 그 돈을 마약 딜러에게 넘긴다는 것도 알고 있었지만 모른 척해왔다. 제임스 리는 사업만큼 인간관리에도 철저하니 모든 능력을 동원해서라도 이 일을 해결할 것이다.

메시지가 들어왔다. 항공과 차량 편에 대한 스케줄이었다. 메릴랜드 행 1등석 티켓- 메릴랜드 공항 새벽 3시 반 도착, 터미널을 나가면 기사가 자기 이름을 쓴 종이를 들고 있을 것이라는 것 등이었다. 시계를 보았다. 7시 40분이었다. 곤은 아내한테 전화를 걸어 여권과 잠바, 셔츠와 바지 등을 챙겨 공항으로 나오라고 일렀다.

공항 2층 주차장으로 들어설 때 또다시 메시지가 들어왔다. 목적지에 도착하면 전화해 달라는 제임스 리의 문자였다.

비행기가 이륙했다. 메릴랜드까지는 시차가 세 시간, 비행시간도 비슷하다. 도착한 이후에는 쉴 틈이 없을 테니 짧은 잠이라도 자 둬야 할 것 같아 눈을 붙이는데 느닷없이 해골 그림들이 떠올랐다. 대학시절 그림 초대전을 열었을 때였다. 그림들은 호주 원주민들이 그린 엑스레이 페인트였다. 그들이 주로 그린 것은 물고기와 나뭇잎의 뼈대였는데 고정이 아닌 움직이는 형태였고 안료도 프레스코였다. 그때 곤은 사람의 뼈를 그리고 싶다는 강한 충동을 느꼈다. 인간의 뼈는 의지를 품고 있다, 의지의 본질은 인간사랑, 모델은? 붓다보다 미륵에 가까운 사람, 용하 형이다! 미륵은 사람들의 안녕을 담당했다지 않던가! 곤은 세필로 철사 뭉치 같은 지구를, 용하 형이 지구를 안고 있는 뼈대로 그린 후 당자에게 보여주며 말했다.

– 형, 이 뼈의 주인공은 지금 병든 지구가 불쌍해서 안고 있는 거야. 그림 모델은 우리 조직에 있어.

– 박한길 형이구나. 잘 됐다. 요즘 형이 힘들어보였는데 이 그림 보여주면 기운 차리겠다.

곤의 의사는 묻지도 않고 박한길에게 그림을 가져다주었다. 그런 사람이 용하 형인데 이번엔 대체 무슨 일을 당했단 말인가.

메릴랜드 공항 터미널에는 잘 생긴 히스패닉 남자가 '제임스 리' 라고 쓴 하트 모양의 종이를 들고 서 있었다. 동성애자들이 처음 상봉할 때 하는 방식이었다. 무여권, 긴급 후송을 언급했더니 불법적 내막으로 간주하고 상황을 그렇게 설정한 모양이었다. 곤이 자기 신분을 밝혔다.

"제가 제임스 리입니다."

히스패닉 남자가 얼싸 앉았다. 정말 연애를 하려는 상대처럼 은밀한 포옹이었다. 남자가 그의 팔짱을 끼고 주차장으로 향했다. 키 큰 남자와 곱상하게 생긴 동양 남자, 누가 봐도 국제적 동성애자 모습이었다.

"타시죠."

차는 벤츠 리무진이었다. 곤이 차에 오르자 남자의 말투가 사무적으로 변했다.

"목적지엔 7시 전에 도착할 것입니다. 그 동안 주무셔도 됩니다."

무의식 한 가닥이 동성애자에 대한 호기심을 가졌던가? 남자가 자기를 손님으로 대하자 곤은 그만 싱거워졌다.

차가 지방도로로 들어섰다. 사방이 어두웠고 보이는 것은 차 앞으로 달려오는 도로와 교통표지판의 형광 글씨뿐이었다. 알 수 없는 기분이 바람처럼 덮여왔다. 해방감이었다. 지난 주말 아내와 차를 마실 때 주니가 틀리도록 지루했다. 함께 있는 순간들이 꿀처럼 흐르던 시절은 언제였나?

신혼 때 같이 본 영화가 생각났다. '사랑과 영혼', 죽어 유령이 된 남편이 아내를 안아주지 못해 안타까워하는 장면에서 곤이와 아내는 서로 손을 꼭 잡고 흐느꼈다. 흐느끼면서 다짐했다. '귀신이 되어도 너만을 사랑할 거야.'

그때 자신의 사랑은 육체와 정신이 하나였다. 절대로 분리될 수 없는 자웅동체, 그 동체가 진희만을 갈망했다. 아이들을 셋이나 낳아도 변함이 없었는데 어느 날 새벽에 갑자기 시들해졌다. 그녀가 만져주어도 성기는 귀찮다고 돌아누웠다. 그리고 허무 병이 찾아왔다. 세상에 재미있는 일이 없었다. 우울증도 아니었다. 그저 깊고 깊은 허무의 갱도로 매몰되어가는 기분……. 잠이 그의 텁텁한 기분을 누르고 무겁게 덮여왔다.

"다 왔습니다."

메디컬센터 앞이었다.

"여기서 기다려요."

그는 기사에게 지시한 후 병원 안으로 들어갔다. 응급실은 로비에서 오른쪽이었다. 환자는 머리에 붕대를 감은 자와 코에 호스를 꽂은 사람, 둘이 누워 있었다. 용하 형은 세 개의 빈 침대 저쪽에 웅크린 채 잠들어 있었다. 곤이 그를 흔들어 깨웠다.

"형, 나 왔어요."

용하가 벌떡 일어났고 곤이는 옷부터 내밀었다. 용하는 흰 가운을 벗어 던지고 바지와 셔츠를 입었다. 벗은 환자복을 가방에 넣어 침대 밑에 숨길 때 응급환자가 카트에 실려 왔다. 구조원이 환자의 귀밑을 누르고 있었고 그 손에 피가 흥건한 것이 총상 환자 같았다.

"형, 어서 나가요."

그들이 나가려던 순간에 담당의사와 간호사가 들어왔다. 의사가 총상 환자를 살필 때 곤은 용하를 앞세워 응급실을 빠져나왔다. 복도 중간쯤 나올 때 간호사가 등 뒤에서 불렀다.

"형, 내가 상대할 테니 형은 먼저 나가요. 현관 앞에 차가 있어."

곤이가 뒤돌아서며 물었다.

"왜 그래요? 루카한테 무슨 일이 있어요?"

곤이는 환자의 보호자처럼 말했다. 루카라는 이름도 기사의 이름이었다. 간호사가 만약 환자들 이름을 기억한다면 어떻게 대응해야 하나 머리를 굴리고 있을 때 응급실 안에서 간호사를 부르는 소리가 들려왔다.

“아니에요. 가보세요.”

밖으로 나오니 용하 형이 차도 타지 않고 서 있었다. 초췌해보였다. 곤은 용하를 차 안으로 밀어 넣고 뒤따라 앉으며 너스레를 떨었다.

“이거 너무 싱겁잖아. 난 첩보영화 한판 찍을 것으로 기대했는데 말이야.”

차가 도로로 나왔을 때 용하가 마른침을 삼키며 물을 찾았다. 마침 주유소가 다가오고 있었다. 편의점을 겸한 곳이었다. 곤이 기사에게 말했다.

“주유소에 들어가요. 기름도 넣고 용변도 처리합시다.”

곤은 용하를 화장실로 들여보내고 제임스에게 전화를 걸어 환자 안색이 좋지 않다, 한시 바삐 LA로 가야겠는데 여권 문제는 어떻게 되었느냐고 물었다.

“걱정 마세요. 조치해둔 곳으로 기사가 안내해 줄 겁니다.”

차가 달렸다. 곤은 차창 밖을 보았다. 온누리가 옅은 분홍색이었다. 아침이 익어가는 색채, 기운이 넘치는 시간인데 형만 시들고 있다? 이 형을 일깨울 수 있는 묘약이 뭘까.

“형, 그거 알어? 내 인생의 크리스탈 시기는 형과 함께 겨레운동을 하던, 그때였다는 것 말이야.”

형의 몸이 더 까부라지고 있었다. 중국 통 바이어 김 씨는 75세에도 야동을 본다고 했다. 남자를 깨우는 직방 약은 섹스 이야기.

"형, 사실은 말이야. 나 이상한 병에 걸렸어. 아내가 곁에 있으면 내 성기가 기절해버리는 거야."

"……"

"다른 여자를 보면 반응이 지나쳐서 갈망까지 하는데도 말이야. 한번은 섹스 클럽에도 갔었어. 형은 그런데 모르지? 입장료가 1천 벅스야. 비밀도 철저히 보장이 돼. 이용객은 주로 중년이고. 머리를 길게 땋아 내린 예술가 타입 여성과 멋지게 즐기고 있는데……."

반응이 없다. 곤은 형의 몸을 끌어안고 실토했다.

"사실은 그때 말이야, 내가 대륙붕이 쏟아낸 검은 오일에 빠져 있는 기분이었어."

"……"

"형, 형의 전화를 받고 무슨 생각을 했는지 알아? 어, 내 주치의네! 내 탁해진 영혼을 씻어줄 사람……."

"……"

"형, 운동, 다시 시작하자. 품앗이 운동 말고 우리의 운동 말이야. 지상에서 유일한 분단국, 이대로 내버려둘 거야? 100년이나 매국노 세력에 이끌려오는 우리 조국, 방관할 거야? 언제까지 일본의 저 지겨운 주장을 참아줄 거냐구?"

"……"

"형, 나 괜찮은 사람 되고 싶어. 화가는 못 되었지만 애국자라도 되고 싶어. 수컷 행세밖에 할 줄 모르는 내 인간의 급수에서 이젠 벗어나고 싶단 말이야."

대답이 아닌 신음소리가 흘러나왔다. 곤이, 기사에게 재촉했다.

"빨리 좀 갑시다."

차가 고속도로에서 지방도로로 빠져나왔다. 라운드 어바웃을 돌자 경비행장 5마일이이라는 표지판이 보였다. 위조여권을 부탁했는데 경비행장이라니, 곤이 확인 차 물어보았다.

"목적지가 경비행장이오?"

"그렇습니다."

경비행기면 헬리콥터일 것이다. 헬기 최장 순항은 1천 마일이라고 들었다. 중간에서 급유할 생각인가 본데 그렇게 되면 시간이 너무 지체된다. 곤이 물었다.

"여권 준비가 어려워 이 방법을 선택한 거요?"

"그것까지는 모릅니다."

워싱턴 DC까지도 크게 멀지 않으니 차라리 그곳 대사관에 가서 여권발급을 받아 여객기를 타는 것이 빠르지 않을까?

차가 경비행장으로 들어섰다. 활주로가 있는 제법 큰 비행장이었다. 오피스 건물 왼편에는 여러 대의 헬기가, 활주로 쪽에는 소형 비행기 두 대가 세워져 있었다. 기사가 안내한 비행기는 호화 제트기 페놈 300이었다. 아침 먹고 런던을 출발해서 뉴욕에서 점심을 먹는다는 그런 종류였다. 비행기로 다가가자 문이 열리고 트랩이 내려왔다.

기사가 인수인계를 하고 떠났고 조종사는 트랩을 올렸다. 곤은 테이블이 붙은 카우치에 용하를 누이고 실내를 살펴보았다. 폭신한 아이보리 색 커버의 안락의자 둘, 조종석과 객실 사이에 다크 브라운 색 캐비넷이 있었다. 열어보니 냉장고였다. 코냑과 소다수, 미네랄이 들어 있었다. 곤은 냉장고 위 캐비넷에서 담요를 꺼내 용하를 덮어주고 안락의자로 가 앉았다. 비행기가 출발하자 잠이 쏟아졌다.

무엇인가가 발목을 건드렸다. 눈을 떠보니 용하 형이 바닥에 누워 신음하고 있었다. 그를 불렀는데도 비행기 소음으로 듣지 못하자 스스로 기어온 모양이었다.

"형, 왜 그래? 아파?"

몸을 일으켜주자마자 용하가 의식을 잃었다.

"형, 정신 차려! 정신 차리라구!"

미친 듯이 흔들어대자 정신이 돌아오는 것 같았으나 다시 의식이 사라져갔다.

"형, 왜 이래? 어서 눈 떠, 눈 떠 보라구!"

곤은 경숙에게 전화를 걸었다. 용하 형이 위독하다, 앰뷸런스를 대기 시켜달라고 소리치는데도 자꾸만 무슨 소리냐고 되물었다. 곤이 전화를 끊고 문자를 썼다.

'경숙 누나, 용하 형이 많이 아파. 지금 LA로 가고 있으니 공항

으로 앰뷸런스를 보내줘요. 경비행장으로요. 당장요.'

용하 형은 비행기가 도착했을 때까지 깨어나지 못했다. 경비행장에는 대기하고 있는 앰뷸런스도 없었다. 활주로를 찾지 못한 게 분명했다. 다시 전화를 걸려고 주머니에서 폰을 꺼낼 때 앰뷸런스 사이렌 소리가 들려왔다.

4

의사가 MRI 사진을 가리키며 설명을 시작했다. 간에 대한 전문의였다. 그가 간 중간 부위를 가리켰다.

"이 사진이 지난 1월에 찍은 것입니다. 여기 뿌연 부분이 해만지오마입니다. 부위가 간의 4분의 일 정도입니다. 이때 내 진단은 수술은 위험하다는 것이었습니다."

해만지오마는 실핏줄이 지렁이처럼 엉켜서 덩어리를 만드는 혈관종양이다. 그것은 점점 커지거나 악성이면 전이도 빠르다. 양성이라 당장 수술을 하지 않았다 해도 혈관이 터지면 위험할 수도 있었는데 간호사 아내인 자신은 까맣게 모르고 있었다!

의사가 새 사진으로 돌리고 같은 부위를 가리켰다.

"이게 엊그제 이 병원에 도착해서 찍은 것입니다. 간 부위가 좀 작아진 것은 해만지오마를 적출해낸 때문입니다. 이 수술은 엉킨 핏줄들을 세세히 차단한 후 잘라내는 것으로 이처럼 깨끗하게 수술한 것은 신의 솜씨에 가깝습니다. 집도의가 누군지 만나보고 싶군요."

국제연대 톰이 물었다.

"의식은 언제 돌아옵니까?"

"의식이 없는 것이 아니라 재우고 있는 중입니다. 온 근육과 세포가 극도로 긴장해서 회복을 방해하고 있거든요. 스트레스성 후유증으로 수술환자 중 백 명에 한 명에겐 이런 증세가 나타납니다."

톰이 다시 물었다.

"언제쯤이면 완전히 회복이 됩니까?"

"한 달쯤 후면 일상생활에는 큰 지장이 없을 것입니다."

경숙은 몸을 일으켜 외래실을 나왔다. 남편이 자기한테 사실을 알리지 않았다는 것에서 마음이 꼬여서 앉아 있을 수가 없었다. 푸른 눈에 걱정을 눈물처럼 담고 있는 톰에게 그녀는 '니가 사지로 몰았잖아, 그래놓고 형제나 되는 듯이 슬픈 척 해?' 하는 말이 곧 터져 나올 것 같았고, 그녀는 그것을 간신히 우겨넣었다.

휴게소 의자에 앉아 들뛰는 마음을 다잡고 있는데 닥터 리가 톰을 데리고 뒷자리에 앉히며 물었다.

"대체 어떻게 된 일입니까?"

"팔레스타인으로 가다가 당했습니다. 헬기가 출동했다는데 총상을 입은 사람이 셋, 돌아온 사람은 미스터 한뿐입니다."

남편 몸에는 총상 흔적이 없었다. 그래서 돌아올 수 있었던 것 같다. 닥터 리가 다시 물었다.

"돌아오지 않은 사람은 죽었다는 말입니까?"

"바다에 던져지지 않았다면 어디에선가 치료를 받고 있을 것이다…… 우리들의 희망은 그렇습니다."

"다친 사람들 외에 다른 승선자는 없었습니까?"

"선원들과 액티비스트 3명이 남아 있었습니다만 그들은 북동부 해안에서 강제 하선을 당했고 배는 나포되었답니다."

"3명의 액티비스트들은 어떻게 되었어요?"

"어딘가 갇혀 있는 것 같습니다."

"전에도 이런 일이 있었습니까?"

"출항 전에 저지당한 사례는 있지만 항해 중인 배에 특수요원들까지 투입해서 총격을 가한 적은 없었던 것으로 압니다. 짐작컨대 이번 사태는 유태계 큰손들이 개입한 것 같아요. 배에는 유태계 액티비스트도 있었거든요."

"신고나 고발을 할 수는 없습니까?"

"지금으로선 우리가 할 수 있는 방법이 아무것도 없습니다. 미스터 한이 돌아와 준 것만이라도 감사하는 일밖엔……."

경숙은 벌떡 일어나 병실로 돌아갔다. 남편은 아직도 잠들어 있었다. 그녀는 남편 손을 꼭 잡았다.

"여보, 나 직장 때려치웠어. 잘되었지 뭐. 이젠 당신 곁에만 있을 거야. 껌딱지처럼 딱 붙어 있을 거야."

경숙은 용하 손바닥에 자기 얼굴을 묻었다. 여보, 돌아와 주어서 고마워. 내가 없는 곳에서 죽지 않아주어서 정말, 정말 고마워……

"당신 우는 거야?"

남편 목소리였다. 경숙은 놀라 고개를 들었다. 그는 눈을 뜨고 그녀를 바라보고 있었다. 그 눈이 말했다. 내가 당신 곁을 너무 오래 비웠지? 그녀는 남편 얼굴에 입을 맞췄다. 볼, 이마, 눈에까지 거듭해서 입을 맞추자 용하가 그녀의 얼굴을 들어 올리고 자기 입술에 그녀의 입술을 포개놓았다.

5

임수란 씨 집 벨을 눌렀다. 주인이 문을 열고 어서 들어오라고 했다. 거실 벽에는 미군 장교의 사진이 걸려 있었다. 용하와 창우는 주춤하는데 그녀는 그가 자기 남편이라고 주저 없이 밝혔다.

"사별했지요. 20년 전에."

용하가 창우에게 눈으로 물었다. 미군 장교의 미망이라는 얘기는 왜 하지 않았니? 창우도 몰랐다는 듯 고개를 저었다.

"앉아서 기다려요, 차를 내오리다."

그녀가 좋은 곳에 돈을 쓰고 싶다고 해서 왔는데 이번엔 미군부의 함정인가? 노인이 식혜를 내왔다. 식혜를 마시기 전에 확인이 필요했다. 용하가 물었다.

"북한 예술단이 왔을 때 그쪽 예술단장이 친척이라고 하신 것 같은데 지금도 연락하세요?"

"친척, 아니에요. 그 행사에 같이 끼고 싶었고 그래서 한인 회장한테 부탁했던 거예요. 내 안태고향이 그쪽이기도 하고."

"한인 전회장과는?"

"가끔 만나요. 그이 아내와도 친하고."

말 품새가 묻는 대로 톡톡 까보여서 함정을 마련할 사람 같지는 않았다. 질문거리도 막히고 해서 입을 다물자 노인이 물었다.

"신동아인가 잡지에서 읽은 이야긴데, 마르크스 알지요?"

마르크스? 정치인이나 재벌이 아닌 마르크스? 용하는 긴장해서 대답했다.

"공산당을 선언한 사람 말인가요?"

"그랬을 거예요."

"한데 갑자기 그분은 왜?"

"그가 영국에 살 때 자주 이용하던 전당포가 있었다오. 그 건물을 헐었는데, 다락에서 뭐가 나왔는지 알아요?"

용하가 '글쎄요' 라고 고개를 갸웃거리자 그녀가 창우에게 물었다.

"창우 씨는 뭐 같은가?"

"마르크스 선생께서 맡기고 찾아가지 못한 물건들, 그런 것들이 아니겠어요? 회중시계나 만년필 같은……."

노인의 정체가 알 수 없어졌다. 돈을 투자하겠다고 했다가 기부로 마음을 바꾸고, 미군장교의 미망인에서 마르크스, 그리고 지금 저 표정은 뭐지?

"이리 와요. 실물을 보여주리다."

노인이 안방으로 이끌었다. 창우의 눈빛이 호기심으로 반짝였다. 경매에서 노인이 마르크스 물건을 샀고 그 물건을 직접 본다고 생각하는 모양이었다. 용하는 경계심을 늦출 수 없어 창우를 등 뒤로 돌리고 자신이 먼저 안으로 들어갔다. 노인이 침대의 이불을 걷어내고 말했다.

"매트리스를 들어내 봐요."

창우가 용하를 바라보았다. 고개를 끄덕이자 창우가 매트리스를 옆으로 밀었다. 나무 바닥이 드러났다. 가운데가 중심대였고 양 옆이 덧문인지 손잡이 구멍이 있었다. 노인이 문짝을 들어 올리라고 지시했다. 문이 열리자 그 속에는 고무 밴드로 돌돌 묶은 것들이 차곡차곡 채워져 있었다. 달러 뭉치들이었다.

"우와, 현금이네요."

기부하겠다는 돈 같은데 그 돈이 마르크스와 무슨 상관이지?

"저 돈을 왜……."

"전당포 다락에서 나온 것도 바로 이런 현금이었다는 거요."

"아, 네."

"종이끈을 돌돌 말아서 묶은 돈이 현 시세로 백만 달러 정도, 전당포 주인은 그 돈을 남겨두고 죽었답디다. 아차, 싶더이다. 내 나이 여든 다섯, 언제 죽을지 모르잖소. 돈을 굴릴 생각만 하다가는 전당포 주인 꼴이 되겠기에 기부를 결심했던 거요."

용하가 물었다.

"큰돈인데 은행에 맡기시지 않고 왜 현금으로 보관하고 계시는지요?"

"난 현금이 좋습디다. 5년 전, 카지노를 팔았을 때도 1년에 걸쳐 현금으로 받았다오."

남편이 죽은 후 카지노를 운영했다, 돈도 좀 벌었는데 5년 전 아들이 죽어서 팔았노라고 했다.

"아드님께서는 어쩌다가……."

"자동차 레이스로 죽었다오. 장가도 가지 않아 남겨준 가족도 없어요."

용하는 적당한 위로의 말이 생각나지 않아 고개만 끄덕였다. 노인이 다시 입을 열었다.

"내가 죽으면 미군부에서 처리해줄 거예요. 고급 관에 성조기를 감아서 국립묘지에 묻어준다나. 그런 건 아무래도 좋은데 죽은 후 여러 날 방치되거나 부패할까봐 그게 좀……."

문득 깨달아졌다. 모든 인간이 가진 가장 큰 이해력, 그건 자식과 죽음이다. 서걱거리던 감정들이 단번에 사라지고 그 자리에 연민이 차올랐다.

"그런 일이 없도록 하겠습니다. 저희들이 책임지겠습니다."

노인의 눈에 맑은 눈물이 고였다.

6

한 선생님 댁에서 임수란 씨 초대 모임을 갖기로 했다. 통협 어르신 남궁환 선생님은 물론 혁기, 김지철에게도 연락을 했다. 음식은 미미와 곤이, 창우네가 준비할 것이다. 아내 경숙은 갈비 20인분을 재고 구우면서 이제야 사는 것 같다고 콧노래를 불렀다. 용하는 병원에서의 일을 떠올렸다. 퇴원 이틀 전이던가 아내의 손을 자신의 팬티 속으로 밀어 넣으며 '요즘은 새벽마다 선다, 커튼 치고 한번 할래?' 라고 속삭이자 아내는 손을 빼내면서 '빨리 회복하려면 기운 아껴야 해.' 라고 했다. 성기가 발기하는 것도 힘을 쓰는 일이다? 그때 터져 나오는 웃음을 참느라 애를 먹었다.

차가 101번 북편 도로로 들어섰다. 한 선생님 댁은 안젤리노 해이츠, 20분 후면 도착할 것이다. 아내가 물었다.

"임수란 노인 지정 병원이 GS(good samaritan)라고 했지?"

"왜, 병력을 확인해 보고 싶은 거야?"

"그 병원에서 이력서 가져와 보래. 취직이 되면 노인을 보살피는 일도 쉽지 않겠어?"

"숙아, 1년만 쉴래? 보험 든 것도 있고 그간 쓸 돈 충분해."

아내는 사망사건을 파헤치려다가 한직으로 밀려났고 결국은 사표를 던지고 말았다. 동정이나 정의감 행사에도 지략이 필요하다, 순진하면 보복당하는 것이 사회구조라고 거듭해서 일러주었건만 아내의 천진함은 길들여지지 않은 것이다.

"내가 당신 월급 잘 관리한 것 알잖아. 저축한 돈도 제법 돼. 1년이 아쉽다면 2년쯤 쉬어도 문제없어."

아내의 대답이 엉뚱했다.

"걱정마, 나 이제 말이 쏟아져나오는 그 병 다 나았어. 두 번 다시 그런 일 없을 거란 말이지."

한 선생님 댁에 도착했다. 거실에는 김지철이 남궁 선생, 한 선생과 이야기를 나누는 중이었고 미미, 진희, 창우 처는 부엌일을 돕고 있었다. 한 선생 사모님이 임수란 씨는 안방에 있다고 알려주었다. 용하는 한 선생과 남궁 선생, 두 어른을 바라보았다. 구십이 넘었음에도 얼굴에는 젊은 미소가 흘렀다. 한 선생이 미주 독립운동사를 들려줄 때가 언제였더라? 5 · 18 때 적십자사 복도에서 만난 이후, 그해 여름이었다.

– 수많은 애국지사들이 미국 각지로 흩어져 학교를 세우고 민족교육을 했지. 지방회 설립은 물론 전국연합체 '대한인국민회' 를 중심으로 독립운동을 했고…….

'신한부인회' , '대한여자 애국단' 여성들의 활약사, 권총과 달러를 몸에 감고 태평양을 건너 상해 임시정부로 갔고, 태극클럽을 조직하고 '태극학교' 를 세워 모국어를 가르쳤던 일, 150에이커의 대규모 농장을 경영해 교육사업과 더불어 임시정부에 무기자금을 보냈다는 한 선생님 부친 이야기는 모두 역사의 보석이지 않았던가. 남궁환 선생님이 고개를 돌려 용하에게 말했다.

"박한길이 병원에 있을 때 문안 갔었네. 회복하면 통일 운동에 자신을 바치겠다고 했는데 시간이 기회를 주지 않았어."

북한 예술단이 떠날 때 남궁 선생님이 꾸짖던 일이 떠올랐다.

- 그대들 활동을 보고 민족운동이 다시금 활성화되는 것 같아 매우 기뻤는데 그 노력 얼마나 갔다고 벌써 민족 편가르기인가? 일제시대 미국에서의 민족운동사가 분열에 시달리긴 했지만 결국은 한 뜻으로 단결을 했네. 그대들이 선포하지 않았나. 조국은 하나라고. 선포도 공약이네. 공약을 지키게!

사모님이 식사 준비가 되었으니 식당 방으로 오라고 했다. 긴 식탁에는 흰 탁보가 깔렸고 탁보 가장자리를 빙 둘러가며 '대한독립만세' 라는 자주색 한글이 수 놓아져 있었다.

"이 탁보, 해방 전해에 태극학교 여학생들이 돌아가면서 수를 놓은 거예요. 자세히 보면 솜씨가 다 달라요. 귀한 기념품이지만 그냥 두면 더 빨리 삭는다 해서 가끔 이렇게 써요."

미미와 진희, 창우 처가 음식 접시를 날랐다. 어른들 앞에 놓인 갈비가 잘게 잘라져 있었다. 오랜만의 모임이라 여성들의 성의가 접시마다 가득했다. 식사와 후식까지 끝난 뒤 남궁 선생님이 입을 열었다.

"오늘 이 자리에서 임 여사가 고백하고 싶은 게 있다고 합니다. 어떤 얘긴지 한번 들어볼까요?"

임수란 노인이 니트 코트 앞섶을 여미고 입을 열었다.

"저는 지은 죄가 많습니다. 돈만 내놓고 내 죄는 무덤까지 가져가려고 했는데 이 댁 사모님께서 자기 죄를 밝히는 것도 하나의 미덕이라고 용기를 주셨습니다. 제 얘기에 부디 마음 다치는 분이 없기를 바랍니다."

노인은 물 잔을 들어 한 모금 마시고 이야기를 시작했다.

"저는 평양에서 태어나 소학교 졸업반 때 공주로 이사를 갔어요. 공주고녀를 나와 이화여대 영문과에 톱으로 들어갔지요. 담임교수가 저에게 한국말을 배우고 싶어 하는 외국인이 있다, 가르쳐보겠느냐고 물은 것이 47년 11월이었고 그 며칠 후 박 마리아 부총장께서 저를 부르셨습니다. 그분의 남편이 나중에 부통령이 된 이기붕이었지요."

부총장의 첫 질문은 우에리 씨와는 어떤 관계냐는 것이었다.

– 우에리 씨는 선교사 부인이자 제 출신고녀 음악교사였습니다. 저는 그분의 사적인 일을 도왔고 그분은 저에게 영어를 가르쳐주셨습니다.

박 마리아는 서류봉투를 내밀면서 소공동에 있는 낙랑클럽에 가서 시인(詩人) 아이린에게 전하라, 그분이 일할 곳을 알려 줄 것이라고 했다. 시인은 클럽 리더였다. 회원들은 지식층 여성들로, 이승만의 정치와 외교를 돕는 밀실 여전사들이었다. 내가 서류봉투를 전하자 시인은 곧 봉투를 개봉했고 그 속에는 놀랍게도 내 성적표와 대학 입학 때 첨부한 우에리 선생의 추천서가 들어 있었다. 시인이 물었다.

– 서양문화와 시사에 밝다고? 어떤 서양문화이며 시사인지 설명해보겠어?

– 우에리 선생님은 레코드 수집가였습니다. 제가 한 일은 레코드를 연도와 음악 풍으로 정리해드렸고 미국 본교단에서 오는 서류와 신문들을 주제별로 스크랩 해드렸습니다.

시인은 어디엔가 전화를 걸어 '적격자가 있다, 지금 곧 보내겠다'고 영어로 말했다. 찾아간 곳은 반도호텔이었고, 프런트로 데리러 나온 사람은 정장을 한 미국남자였다.

임수란 씨가 호텔에 대한 설명을 했다.

"반도호텔은 없어졌다고 들었는데, 현재 롯데호텔 앞자리에 있었어요. 호텔 건너편이 초창기 미 대사관이었구요."

김지철이 물었다.

"미군정 CIC 지부가 그 호텔에 있었다고 들었는데요?"

"맞아요. 그 일대가 미군정과 정부에 매우 중요한 장소였죠. 조선호텔은 미군 수뇌부의 숙소이기도 했어요. 유학파 루이스 임이 웨이트레스로 위장 취업한 곳도 그 옆, 조선호텔이었어요. 위장 취업 건은 낙랑클럽 밀실 여전사들도 부러워한 무용담이었지요."

"정부수립시대 물밑 공작에 대해서는 나름으로 파악하고 있었습니다만 위장취업 사건은 듣지 못했는데요?"

"루이스 임이 미국에서 유학을 할 때 이승만이 청혼한 일이 있었대요. 프란체스카 여사와 만나기 전에요. 광복 후 두 사람은 서로 필요를 주고받는 협력관계로 발전했지요."

루이스 임은 유학에서 돌아와 학교를 운영했다. 광복 당시에는 전문학교를 대학으로 승격하기를 원했으나 제반여건이 순탄치 못했다. 그때 동아일보 송진우가 찾아와 현재 이승만에게 가장 다급한 것은 '미 군정청 수뇌들과의 연결' 이라면서 그 일을 추진하라고 조언해 주었다. 루이스 임은 곧장 조선호텔로 가서 웨이트리스로 취업한 후 미군정 수뇌부들에게 접근, 한민당과 이승만을 연결시켜주는 물밑작업을 했다. 이승만은 그 공로를 인정해 루이스 임에게 민주의원 대표 자격을 주어 UN에 파견하여 단독정부 수립 공작을 맡겼고, 한국 이름이 임영신이였던 그녀는 그 임무까지 성공리에 마쳤다.

임수란 씨가 얘기의 물꼬를 반도호텔로 되돌렸다.

"당시 반도호텔에는 CIC(미군방첩대), CID(미군범죄수사대) 등 여러 첩보 지부가 있었어요. 제가 따라간 곳은 4층 정보 수집실이었어요. 보스가 페이퍼를 내밀데요. '모든 일과 업무는 철저히 비밀을 지킬 것' 에 대한 각서였어요. 아이린과 부총장에겐 사령관 부인에게 한국말을 가르친다고 할 것, 업무시간은 오후 1시부터 밤 10시까지, 월급은 70불, 수락하면 용지에 사인을 하라더군요. 70불, 고액이었어요. 저는 1초도 망설이지 않고 사인을 했어요."

임수란 씨가 주머니에 넣어온 메모지를 꺼내 무릎에 놓고 뒤를 이었다.

"저에게 맡겨진 일은 곳곳에 심어둔 세포들, 그들이 수집해온 정보를 검토 분류하는 일이었어요. 애매한 것은 재확인 표시를 해두면 다른 정보원들이 확인하고, 그게 사실일 경우 영문으로 번역, 타이핑을 했어요. 저는 문서분류와 번역을 했고 타이핑은 나이 든 미국여성이 했지요."

처음 받은 번역문건이 놀랍게도 아이린과 루이스 임, 김수임에 대한 정보였다. 김수임은 재학생들에게 인기 있는 선배였다. 미인에다 실력까지 뛰어났고 동문 중에서는 처음으로 미 군정청 정식 직원이 되어 여자대학생들의 위상을 세워준 선배였다. 그런 선배에게 악의적인 정보가 첨부되어 있었다. '최상급의 우리 여자를 엉뚱한 놈이 차지하고 있다니, 말이 돼?' 경찰고위급이 했다는 말이었다.

"전 그 정보를 탈락시켰어요. 존경하는 선배가 더럽혀지는 것 같아서가 아니라 그 정보로 선배를 이용할 일이 생길지도 모른다는 계산에서였죠. 제가 그분의 위치를 훔치고 싶었달까요……."

그 정보의 근원지는 사교장이었고 선배가 사교계 출입을 한 것은 아이린 때문이었다. 아이린과 선배는 대학동창이자 절친한 친구였다. 아이린은 자주 사교모임을 열었고 선배는 친구에 대한 예우로 참석했던 것인데 거기에 드나든 정계 고위급과 경찰간부들이 김수임에게 만나줄 것을 애원했고, 선물공세로 환심을 사려고 했지만 선배는 눈길 한번 주지 않았다.

김지철이 조심스럽게 끼어들었다.

"우리가 알기로 김수임 씨는 건국시기 북한 간첩이었어요. 그럼에도 신분상승에 발판이 될 수 있었습니까?"

노인이 조용히 대답했다.

"김수임 선배…… 간첩 아니에요. 코뮤니스트 이강국(李康國)을 사랑했던 건 사실이지만요."

"김수임 씨는 미 군정청 고문관 베어드 씨와 동거를 했고, 동거 목적은 미군정 정보를 빼내 이강국 씨에게 넘기기 위해서라고 했는데요?"

"먼저 아셔야 할 것은, 이강국 씨는 정보나 탐하는 스파이급이 아니었어요. 정부요인 급이었지요. 여운형 선생이 구상한 3파연립정부에 우파 이승만, 김구, 김성수, 좌파에 이강국, 이주하로 지목했듯이 통합정부 건국을 위한 기둥적인 인물이었어요. 그리고 베어드 씨는 선배가 이강국 씨와 연애할 당시에는 직장 상사였을 뿐이었어요. 상사가 미 군정청 고문관이긴 했지만 정보와는 거리가 먼 부서에 있었구요. 다시 말해 정보를 빼내서 이강국씨에게 넘겼다는 것은 앞뒤가 맞지 않는다는 얘기죠."

"그런데 어떻게……. "

"이강국에게 체포령이 내려졌을 때 선배가 상사인 베어드 씨에게 은닉을 부탁했던 거지요. 미국인의 집은 치외법권이었으니까요. 베어드 씨는 부하직원의 부탁을 거절하지 않았고, 이강국 씨가 월북 때 자기 지프를 이용한 것도 묵인했어요. 그러니까 베어드 씨와의 동거는 이강국 씨의 월북 이후였던 거지요."

"베어드 씨는 파워가 있었고 보호막도 될 수 있었음에도 김수임 씨는 결국 간첩으로 몰렸습니다. 그분을 무너뜨린 최종의 올가미는 무엇이었습니까?"

"선배에게 흑심을 품었던 남자들이 벼르고 있을 때, 못 먹는 감 찔러라도 보고 싶어 안달이 났을 때, 남파 공작원을 체포했어요. 그 공작원 입에서 이강국의 옛 연인이 김수임으로 발설되었고 그때 경찰 고위급들은 쾌재를 불렀겠죠. 건방진 년, 나에게 수모를 준 대가가 무엇인지 두고 봐라, 살인보다 더 무서운 죄, 간첩죄를 씌워주마…… 신문마다 대서특필했어요. '김수임 전격 체포! 가택 압수수색에서 권총 세 자루, 실탄 180발, 북한으로 보내려던 많은 기밀물건들이 발굴!' 실제로 집에서 나온 건 베어드 씨의 권총 한 자루뿐이었어요!"

"그럼 날조를 숨기려고 민간인 김수임 씨를 육본 고등군법회의에서 재판을 받게 했단 말이군요."

"군법으로 가두고 고문을 했어요. 남성들도 견디기 힘들다는 물고문, 전기고문, 그리고 사형선고! 전쟁이 나자 그 악마들은 선배를 끌어내 총살해 버리고 달아났다면서요? 뒤가 무서워 수사 기록도 다 없애버렸다면서요?"

임수란 씨가 거의 외치듯이 말했다. 선배를 이용해서 신분상승을 노렸다는 사람의 말투가 아니었다. 사람들은 의아해서 서로를 바라보았고, 김지철은 어색함을 틈타 기밀문서를 언급했다.

"연전, AP통신에서 조작의혹을 제기했어요. 미국국립문서보관소에 보관된 기밀 자료에는 당시 경찰발표는 사실과 다른 점이 많다고요. 베어드 씨 파일, 1천 페이지가 넘는 파일 어디에도 정보를 넘겼거나 김수임 씨에게서 의심쩍은 행동을 보았다는 기록이 없었어요."

남궁 선생이 나섰다.

"결과적으로 베어드 씨의 친절이 올가미가 된 거죠. 북에서는 이강국을 미제 앞잡이로 숙청해버렸으니까요."

경숙이 물었다.

"김수임 씨가 감옥에 갇혔다면 직접 만날 수는 없었겠네요?"

"만났어요. 육본 감옥에서요. 선배가 식음을 전폐해서 저를 들여보낸 거지요. 형무소로 넘기기 전에 죽으면 안 된다, 반드시 먹이라고 대령이 말하더군요. 미음 그릇을 들고 감방으로 들어갔죠. 하마터면 죽 그릇을 떨어뜨릴 뻔했어요. 온 얼굴이 뭉개져 사람 같지 않았어요. 그런 사람에게 억지로 먹게 할 수 없어 우두커니 앉아 있었더니 그분이 스스로 수저를 들더군요. 아들 때문이었겠죠. 살아야만 젖먹이 아들을 볼 수 있었을 테니까요."

여기저기서 아프게 한숨을 쉬었다. 노인이 말머리를 돌렸다.

"정치 정보로 넘어갈게요. 최초로 취급한 정치정보는 단독정부수립에 관한 것이었어요. 정부수립에 깊이 관여한 사람은 외국인으로선 유엔총회 대표 메논이었구요. 그는 영국 옥스퍼드 출신으로 조선은 단일민족으로 둘로 나누어질 수 없다고 여러 차례 강조한 사람이에요."

"맞아요, 메논……. 미인계에 넘어간 멍청이……."

"그가 서울에 온 것이 48년 1월 하순이었어요. 그에 관한 첫 번째 정보는 김구와 김규식을 자신의 숙소로 초대했다는 것, 김구 선생께서는 '단독정권은 민족비극을 초래한다'고 강조했고 메논은 '그런 일이 일어나지 않도록 적극적으로 협조하겠다'고 약속했다는, 호텔 웨이터가 보내온 내용이었어요. 사흘 후에 들어온 정보는 '어제 이승만의 비서가 낙랑클럽 아이린에게 밀서를 전했고, 아이린은 밀서를 받은 즉시 백화점에 가서 옷을 샀다'는 것이었어요. 다음날 아침, 웨이터가 보낸 내용은 '잘 차려입은 아이린이 자신이 대접할 거라면서 미리 꼬냑 값을 지불하고 메논의 객실로 들어갔다, 내가 술을 가지고 갔을 때 그녀는 영문 시를 읽었고 메논은 진지한 얼굴로 듣고 있었다. 그녀가 호텔을 떠난 것은 새벽 5시경이었다.'는 것이었어요."

2월 10일 단독정부수립이 거의 결정되었다. 미인계에 혼을 빼앗긴 메논이 이승만의 뜻을 지지한다고 선포한 것이었다.

남궁 선생님이 한마디 툭 던졌다.

"대한민국 건국의 아버지는 메논이군."

"메논은 자서전에서 말했어요. '내가 이성에 지배당해 업무수행을 그르친 일은 딱 한 번이었다. 내 실수로 인해 고통 받은 사람들을 생각하면 지금도 가슴이 아프다……' 반면 아이린은 죽기 전까지도 그때의 일을 자신의 과업으로 자랑했어요. '나와 메논의 우정이 없었다면 이승만 박사는 대통령이 될 수 없었을 것이다' ……"

남궁 선생이 되받았다.

"내 경기중학교 동창이 있어요. 동란 때 G-2(정보관계) 총책이었던 윌러비(Willoughby) 소장의 직속 부하였는데 그 친구, 공산주의에 대한 알레르기만 빼면 꽤 괜찮은 사람이었어요. 그 친구의 큰누나가 아이린과 친했는데 어느 날 아이린이 누나에게 '얘, 나는 대한민국 건국을 위해 팬티까지 벗은 사람이야' 라고 자랑하더랍니다."

사모님이 끼어들었다.

"그 대가로 그이는 유엔 총회 한국대표가 되었지요. 시대의 동아줄마다 잽싸게 낚아챈 것은 개인의 능력이라 치더라도 직업이 시인이라는 것이 씁쓸하지 않아요? 일제시대는 숱한 동족 여성들을 군 위안부로 몰아넣더니……."

"누가 그러는데 우리나라만큼 역사가 불쌍한 나라가 없대요. 나라를 팔아먹은 세력이 그 나라를 100년간이나 지배하는 나라도 지구상에는 없고……."

"그 당시 저는 그분이 멋졌어요. 카리스마도 있었고요. 어느 날 그분이 저를 불렀어요. 유엔에서 단독정부 수립이 가결되고 김구 선생이 '단독정부 수립 안 된다, 이 문제를 북한에 가서 김일성과 의논하겠다' 는 성명서를 발표한 직후였어요."

정보문건을 정리하고 있는데 상관 데이비드가 자기 방으로 좀 들어오라고 했다. 그는 아내가 죽어 귀국했다가 돌아온 지 얼마 되지 않았고, 그간의 업무에 대해 물을 것으로 짐작했는데 뜻밖에도 낙랑클럽에 가보라, 아이린이 기다린다는 것이었다. 기뻤다. 만약 사교장에 나가라고 하면 드레스도 한 벌 살 생각으로 클럽에 갔는데 아이린이 내린 지시는 대학가 침투였다. 대다수의 학생들이 김구 선생의 반탁운동에 동조했다, 신탁통치도 반대한 김구가 북한에 간다는 것이 말이 되느냐, 학생들을 설득해서 북행을 저지시키라는 것이었다. 그런 지시라도 흥감해서 먼저 연희, 아니 연세대학으로 갔다. 총학 사무실에는 몇 명의 학생이 띄엄띄엄 앉아 각자 자기 일을 하고 있었다. 내가 총학회장을 찾자 채플 시간표를 검토하던 신학대 회장이 그는 곧 올 것이다, 아직 체제가 잡히지 않아 단과대학 회장 모두가 한 사무실을 쓰고 있다고 말할 때 총회장이 들어왔다. 나는 내 신분을 밝힌 후 미리 생각해두었던 조작 내용을 극비사항처럼 말했다.

– 아시겠지만 제가 다니는 학교는 정치적인 일에 가담하지 않아요. 총장, 부총장의 지침이 그래요. 하지만 우린 유관순이라는 대단한 선배를 가진 학교잖아요? 정치적인 일에 가담하면 퇴학을 당한다는 공포가 있긴 하지만 그렇다고 정의를 갈망하는 의식들까지 묻어버릴 수는 없기에 학내 비밀조직을 만들었어요. 그 조직원들이 어제 장시간 토론을 했고 그 결과는 어떤 방법으로든 김구 선생의 북한행을 막아야 한다는 것이었어요. 소련 주도의 신탁통치를 우린

반대해왔잖아요? 그런데 이젠 소련 산하인 북한으로 가요?

회장은 빙긋이 웃으며 알았다고 대답했다. 다음으로 서울대에 갔더니 회장은 자기가 '전국학생연맹' 의장이고 어제 연맹회의에서도 그렇게 결정이 났다, 모든 학생들이 동원되어 김구 선생을 한 발짝도 못 나가게 할 것이니 걱정 말고 돌아가라고 했다. 고려대도 마찬가지였다. 그때서야 깨달아졌다. 정부 측에서도 미리 작업을 해둔 것이었다.

"아이린에게 그대로 보고를 했어요. 그러자 당일 시위까지 살펴보고 전체 상황을 알려달라고, 재지시를 내리더군요."

48년 4월 19일 월요일이었다. 경교장 앞은 학생들이 겹겹이 둘러싸고 있었다. 열 겹 스무 겹으로 빽빽이 띠를 두르고 '못 갑니다! 못 갑니다!' 하고 외쳐댔다. 울부짖는 학생도 있었다. 그 정도만 보고해도 될 것 같아 정동길로 내려오는데 뒤에서 누군가가 나를 불렀다. 연세대에 갔을 때 뒤쪽에 앉아 책을 읽던 학생이었다. 그가 차 한잔 하겠느냐기에 다방으로 따라갔다. 그는 차를 마시면서 '미국이 원한 신탁통치 기한은 30년이었다, 소련이 미국을 설득해서 5년으로 줄인 것이 소련이 신탁을 주도한 것으로 와전되었음을 아느냐?' 고 물었다. 미국의 신탁 기한까지는 몰랐다고 대답하자 '김구 선생이 반탁을 하게 된 원인은 동아일보 오보 때문이었다, 그 신문에서 신탁통치는 소련의 주장에 의해서 실시되었다고 보도했는데 그건 성조지의 기사, 미국이 언론 플레이를 했던 그 기사를 그대로 베낀 것' 이라고 했다. 시위에 참가한 학생의 입에서 나올 정보는 아니었다. 확실한 진단이 필요해서 나는 다탁에 놓인 그의 책을 가리켰다.

– 독일 책 같은데 독문과세요?

그는 고개를 끄덕인 후 표지를 열어 저자의 사진을 보여주었다. 동양인 남자였다.

– 이미륵 작가입니다. 독일 대학에서 교수로 계시면서 쓰신 것인데 제목은 '압록강은 흐른다' 입니다.

이미륵 씨는 대학 때 3.1운동을 한 후 독일로 망명한 조선인이라고 친절하게 알려준 후 약속이 있다면서 그만 일어나자고 했다. 전차를 탄다기에 함께 덕수궁 쪽으로 내려오다가 중명전(重明殿) 앞에서 그가 발길을 멈추고 여기가 어떤 곳인지 아느냐고 물었다.

– 대한제국이 강탈당한 곳 아닌가요?

중명전은 을사늑약이 강행된 곳이었다. 나는 과 친구와 지나가다가 우연히 들었던 것뿐인데 남학생은 마치 동지라도 만난 듯 기뻐했다.

– 전날 말씀하신 학내 비밀조직 말예요. 인원이 몇 명이나 돼요? 시위 같은 일이 아니어도 할 수 있는 일은 많고, 또 우리가 도울 수도 있어요.

꼬리를 보이면 위험할 수도 있어서 나는 솔직히 '우리 학교엔 아직 그런 조직 없다, 내 간절한 소망이고 머잖아 조직을 만들겠다는 생각에서 그렇게 말한 것' 이라고 대답했다.

– 그럼 날 따라 가 볼래요? 우리가 하는 일을 보면 도움이 될 거예요.

"그가 바로 학생비밀조직의 리더였어요. 조직 이름은 죽비(竹篦), 친일파와 국가를 사기치거나 정치 모리배들을 감시하면서 그들의 행적을 기록하고 있었어요."

남궁 선생이 나섰다.

"그때 학생들 사회에 그런 조직도 있었소? 내가 알기로 당시 3대 대학 학생지도자들 모두가 이승만 수하 꼭두각시들이었는데……. 한데 그들이 조사한 인간들은 어떤 종자들이었소?"

"김지웅에 대한 것이 가장 많았어요."

"김지웅이라면 안두희를 사주해서 김구 선생을 암살한 그놈 말이오?"

"네, 당시 그는 국방부 고문, 헌병사령관 보좌역, 국회의원 비서 등의 직명으로 국방부, 헌병사령부, 서북청년회, 국회 등을 자유롭게 출입했대요."

"김지웅 그자, 내가 좀 알아요. 해방이 되자마자 중국군 소장의 정복 차림으로 서울에 나타나서 자신은 하북성에서 중국군 정보군관학교를 졸업하고 중국 제4방면군 여단장을 지냈으며 중국 이름은 왕금산(汪金山)이라고, 국방부와 정치권을 찾아다니며 자기소개를 했어요. 당시 군부는 일본군관학교와 독립군 출신, 좌우익계 모두가 합류되어 있어서 개인의 행적에는 별로 신경 쓰지 않아 아무도 그의 정체를 제대로 파악하지 못했어요."

"그 작자, 관동군 헌병대에서 통역을 하다가 그만두고 제남, 서주를 돌아다니며 아편 밀매와 첩자를 했다더군요. 연안의 조선독립동맹과 중경의 임시정부의 정보를 관동군과 간도 특설부대에 제공했구요. 죽비 멤버 중 한 사람의 부친이 그자에게 당했다면서 이를 갈았는데, 제가 또 김지웅 끄나풀 노릇을 하게 된 거예요."

"김지웅 끄나풀?"

"네, 제가 그 짓을 했어요."

49년 2월 어느 토요일이었다. 일을 끝내고 나오는데 호텔 로비에 낙랑클럽 한 멤버가 기다리고 있었다. 한 달 전 외국 사절단에게 들여보낼 여학생을 물색해오라고 했을 때 거절했는데 이번엔 무슨 일일까? 여인이 단도직입적으로 물었다.

– 국회의원 비서실에서 연락원을 구한단다. 간단한 일이라는데 하겠니?

나는 물론 수락했고 여인은 밖에 대기하고 있는 자가용으로 나를 데려갔다. 차 번호가 4561, 죽비 그룹 김지웅 란에 기재되어 있던 그 번호였다.

"그 당시 저는 무엇이든 이용하자는 생각이었어요. 죽비그룹 기록도 필요하면 팔 수도 있다는 계산이었던 거지요."

운전기사가 내려준 곳은 국회의원 비서실이 아닌 김지웅 개인 사무실이었다. 김지웅은 서류봉투 하나와 개성행 이등실 열차표를 내밀었다. 열차를 타고 지정석으로 가면 모직 코트를 입은 여성이 앉아 있을 것이다, 여성에게 봉투를 전하고 나는 개성 전 역에서 내리라고 했다. 봉투 속에는 광목으로 돌돌 말아 싼 돈과 편지가 들어 있었다. 나는 열차를 타고 지정석으로 갔다. 30대 중반의 여성이 앉아 있었다. 지방으로 다니며 화장품 장사를 한다는데 눈썹을 짙게 그리긴 했지만 착해보였다. 나는 봉투를 건네면서 역에 내리면 오빠가 기다리고 있을 것이고, 이 봉투를 전하면 수고비를 지불할 것이라고, 그가 일러준 대로 말해주었다. 내가 열차에서 내릴 때 여인이 학생 오빠가 자기 얼굴을 어떻게 알아보느냐고 물었다. 그에 대한 지시까지는 받지 않아 잠시 당황하다가 간신히 오빠가 알아볼 거라고 대답하고 서둘러 열차에서 내렸다.

이틀 후 약속한 돈을 받으러 갔을 때 사무실 안에서 남자들이 하는 얘기가 들려왔다.

– 그 여자, 단속 잘하고 있겠지?

– 물론이오. 한데 그년 영악한 점도 있더랍니다. 자기에게 봉투를 맡긴 여학생을 잡아라, 범인은 그 아이라고 하더랍니다. 한데 김지웅 실장, 음부에 암호를 숨겼다는 얘긴 어떻게 고안해낸 것이오?

– 내가 중국의 정보군관학교 출신 아니오. 소련 스파이 년을 잡았을 때 암호문을 음부에 숨겼던 기억이 났던 거요.

– 오 검사, 재판에 넘어가면 그 간첩 년 얼굴 대질을 요구하면 어쩌오?

– 공개하지 않고 수사하는 것으로 하겠소. 재판이 마무리할 때까

지만 잡아두었다가 그 뒤엔 없애버리는 게 안전할 거요.

다음날 신문마다 국회 프락치 사건을 대서특필했다. '행상으로 가장한 여인이 개성에서 38선을 넘어 북으로 가는 것을 붙잡았다, 그녀는 남로당특수공작대원 정재한이었다, 몸수색 결과 음부에서 암호문이 나왔다, 암호문은 손가락 한 매듭 크기로 돌돌 말렸고 둘레는 밀랍으로 봉한 것이었다, 그 암호문에는 김약수, 노일환, 김진웅 등 13명의 급진파 의원들이 북과 내통한 사실이 상세히 기록되어 있고 북진통일 반대 운동을 위해 노력할 것이라는 맹세가 강조되어 있었다'는 것이었다. 나는 암호가 음부에서 나왔다는 것에서 김지웅의 날조 실력, 참으로 대단하다고 혀를 내둘렀다.

임수란 씨가 물을 청해 마신 후 다시 화두를 돌렸다.

"김수임 선배 얘기로 돌아가지요. 사회주의자 이강국이 김수임의 연인이었다는 실토 하나만으로는 체포할 수가 없잖아요. 잡힌 그 공작원을 역이용해서 날조 사건을 만들었던 거예요."

김지웅 사무실은 2층 벽돌 건물로 적산가옥을 접수한 것이었다. 1층은 사무실로 사용했고 2층은 개인밀실이었다. 김지웅이 나를 밀실로 데리고 들어가 외제 핸드백을 내밀었다. 가방 속에는 빳빳한 새 돈(신권) 두 뭉치가 들어 있었다. 어제 찍은 돈이라고 했다. 그리고 옷장에서 투피스 양장 한 벌과 모자를 꺼내주었다. 옷은 백화점 라벨도 붙어 있었다. 파티장에 가서 누굴 살피라는 임무라고 짐작했다.

– 오늘 임무 끝나면 그 돈과 가방, 옷, 모두 가져도 돼.

나는 그 옷을 입고 가방을 들었다. 오후 5시였다. 밖에는 차가 대기하고 있었다. 미 군정청 차로 위장한 지프였다. 차가 조선서적인쇄 건물 앞으로 갔다. 주식회사 간판이 걸린 그곳은 조폐공사였다. 나는 가방을 열고 돈의 표면을 보았다. 조선은행권, 여기서 나온 돈인데 또 왜 여기에 온 걸까? 인쇄소 안에서 승용차 한 대가 나왔다. 운전수가 나에게 내려서 그 차에 타라고 했다. 차를 옮겨 탈 때 인쇄소 안에서 남자 두 사람이 나왔고 내가 탄 승용차는 급히 달렸다. 운전수가 명륜동 고서점 앞에서 차를 세우고 서점 주변을 살피며 '이강국이 김수임과 동거를 한 집이 이 어디라던데' 라고 혼잣말로 중얼거렸다. '지금 내가 선배 일에 동원된 것인가?' 운전수가 고개를 돌리며 '여기서 내리라, 이제 집으로 가도 된다' 고 했다.

다음날 데이비드 심부름으로 미 대사관에 다녀왔을 때 그는 전화를 받고 있었다. 데이비드는 '누가 미군철수에 대한 정보를 북한에 넘겼다고?' 라고 말한 후 폭소를 터뜨렸다. 미군철수는 비밀이 아니었다. 지난 날 데이비드는 술이 취해서 '미군철수는 북한을 끌어들이기 위한 전략적 후퇴' 란 말도 한 적이 있었다. 한데 누가 그런 저급한 정보장사를 한단 말인가? 데이비드가 알았다, 우리 쪽에 온 정보도 살펴보겠다고 말한 후 전화를 끊었다.

이틀 후 '김수임 전격 체포!' 란 기사가 신문마다 도배를 했다. 김수임이 미군철수에 대한 정보를 북한에 넘겼고, 이강국의 남한 연락원을 집에 숨겨주었고, 그들이 지방으로 가는 월급 트럭을 습격했고, 이때 김수임은 그들의 현금 탈취를 돕기 위해 흰색 투피스에 리본이 달린 모자를 쓰고 망을 봐주었고, 육군특무대에 사형수로 수감 중인 빨치산 중책 이중업(李重業)을 비밀리에 빼내 월북시켰다…….

흰색 투피스에 리본이 달린 모자, 그건 김지웅이 나에게 입게 한 그 옷이었다. 심장이 얼어붙어 숨도 쉴 수가 없었다. 임무가 끝나면 입으라던 옷을 신문에 밝힌 것은 무슨 뜻인가? 지난 2, 3년 사이 수많은 살해사건들이 떠올랐다. 민족 태두들이 거의 암살당했고 같은 패거리들의 연쇄 살인도 끊이지 않았다. 김지웅에게 김구 암살자로 안두희를 천거했던 육군중령 장은산은 김창룡에게 살해되고 김창룡은 그의 부하에게 사살되었고 잘 써먹고 폐기처분하듯 살해해버린 사람도 부지기수였다. 내가 위기감에 마음 졸이고 있을 때 아이린이 나를 불렀다. 그이는 김수임의 친구였다. 해를 끼치진 않을 것이라 싶어 클럽으로 갔더니 아이린이 침통한 얼굴로 '친구 김수임이 감옥에 갇혔는데 식음을 전폐하고 있다, 니가 가서 미음이라도 좀 먹게 하라……' 고 당부했다.

"제가 미음 그릇을 들고 육군 감옥에 들어가게 한 것은 아이린이었어요. 저는 김수임 선배의 그런 모습을 보고 죽비 그룹을 생각했어요. 살인이나 암살사건이 날 때마다 멤버들은 어서 권총을 구해서 놈을 처단해야 한다고 벼르고 있었거든요. 저는 그들에게 고백을 했어요. 아이린이 심부름을 시켜서 김지웅을 만났다, 그가 김수임 옷을 입히고 조폐공사 앞으로 가게 했다…… 그런 심부름을 처음인 것처럼 말했죠."

리더가 이제는 정말로 놈을 처치할 때라고 결심을 했다. 과거에도 현재에도 수많은 민족이 놈의 살기 화살에 죽어갔다, 살려두면 더 많은 생명이 희생될 것이니 죽여 없애야 한다…… 멤버들이 권총을 구하려고 백방으로 알아볼 때 나는 데이비드와 함께 조선호텔 디너쇼에 갔다. 쇼가 끝난 뒤 나는 데이비드 사저로 따라갔고 함께 술을 마시다가 그가 잠든 사이 권총과 실탄을 훔쳤다.

D-데이였다. 나는 그룹멤버 3인과 함께 지프를 타고 김지웅 사무실과 좀 떨어진 골목에서 대기하고 있었다. 그들의 계획은 내가 김지웅을 차고 아래까지 유인해오면 멤버 둘이 권총으로 그를 사살한 후 지프를 타고 도주하는 것이었다. 저녁 7시에 김지웅이 건물에서 나왔다. 나는 지프에서 내렸고 그가 건물 옆 차고 앞까지 왔을 때 내가 그를 부르며 뛰어가다가 넘어지는 척을 했다. 그가 나에게로 다가왔다. 나는 일어나 옷을 털며 말했다.

– 아이린 선생님이 조선호텔에 좀 오시라고 했어요. 오늘 조선호텔에서 김해송 악단 쇼가 있다고, 거기 오시면 소개시켜줄 사람이 있다고…….

그때 건물 쪽에서 '자네, 차 안 끌고 나와!' 하는 소리가 들렸다. 소리의 주인공이 김지웅이었다. 내 앞에 선 남자는 차림은 같았지만 운전수였다. 이 자는 김지웅이 아니라고 돌아서서 고개를 젓는 순간 멤버가 총을 쐈고 운전수가 쓰러졌으며 사태를 알아차린 김지웅이 공포탄을 쏘아댔다. 나는 대기한 지프로 달려갔고, 차가 시동을 걸 때 건물 안에서 남자들이 쏟아져 나왔다. 김지웅이 운전수를 자기모습으로 위장시키고 있다는 것은 그때 알았다.

"차가 떠날 때 운전수가 일어서는 걸 보았어요. 총알이 허벅지를 스쳤던 거예요. 저는 검거될 것이고, 열차의 그 여성처럼 괴물 간첩으로 둔갑하겠지요. 아니면 테러리스트……. 그날 밤 데이비드를 찾아갔어요. 도와 달라, 살려 달라, 그렇게만 해주면 평생 당신의 노예로 살겠다고 울면서 애원했어요."

"……"

"그가 저를 미군 수송선에 태워주었어요. 그의 도움이 없었다면 저는 어떻게 되었을까요……."

임수란 씨가 잠깐 쉬었다가 덧붙였다.

"수송선에서 베어드 씨를 만났어요. 그분이 말하더군요. 자신은 지금 본국으로 추방을 당하고 있다고."

경숙이 물었다.

"데이비드, 그분이 남편분이시죠?"

"맞아요. 그가 자기 집 주소를 주었어요. 비어 있더군요. 그는 8개월 뒤에 들어왔고, 우린 교회에서 결혼식을 올렸어요."

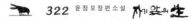

"그분 성품은 어땠나요?"

"그는 선량한 사람이었어요. 나이가 20세가 연상이었지만 무엇이든 잘 챙겨주셨어요."

미미와 진희가 주스 잔을 들고 나왔다. 얘기를 한 사람도 경청자들도 목이 탔던지 서둘러 주스들을 마셨다.

7

호텔 회의실을 빌렸다. 발언 테이블 양 옆으로 참석자 테이블이 길게 놓였고 브라이언 윌슨과 한석균 옹, 남궁선생, 톰 클락, 김지철, 용하 아우들이 차례로 앉았다. 경숙과 미미는 외국인 앞에 생수와 영문 페이퍼를 놓고 자기 자리로 돌아갔다. 회의가 시작되었다. 용하는 결혼식 때 입었던 낡은 정장에 페이퍼를 들고 발언 테이블로 나왔다.

"오늘 이 자리에 참석해 주신 모든 분들께 진심으로 감사드립니다. 특히 멀리서 와 주신 윌슨 선생님께는 온 마음을 다해 감사드립니다. 전화로 말씀드렸듯이 오늘 우리는 1백만 불을 어떻게 쓸 것인가, 그 방법에 대한 의견을 나누려고 이렇게 모였습니다. 먼저 임시회의에서 나왔던 제안들부터 말씀 드리겠습니다."

그날 임수란 씨의 피날레 발언은 자신의 돈을 용하 재량에 맡긴다는 것이었고 용하는 그 자리에서 돈을 가장 잘 쓸 수 있는 방법에 대해 토론을 제안했으며 지금 그가 보고하려는 내용이 그때 나온 안건들이다.

"1. 미주 한인들을 위해 써야 한다, 한인들이 운영하는 대형 마켓, 식당, 심지어 구멍가게까지 히스패닉 노동자들을 고용하고 있는데, 임금체불로 고발이 끊이지 않고 있다, 현재 백화점 수준인 한 개의 대형 마켓과 대형식당 둘이 파산을 했다, 잘 살아보겠다고 미국까지 온 동포들이 얕은 이기심과 무지로 도산당하는 것이 딱하지 않느냐, 그들에게 캘리포니아는 히스패닉계 노동력이 없으면 도시 전체가 마비된다, 그 중요성을 일깨워줄 교육센터를 열어 '더불어 사는 법' 을 가르쳐야 한다. 2. 북한의 기근을 도와야 한다. 3. 미국이 대북 제재를 풀어주도록 압력을 가하는 데 써야한다. 4. 현재 문제보다 미래 재앙을 막는 일에 써야 한다. 5. 통일 이후 이질감 없이 융합할 수 있는 문화운동을 해야 한다. 6. 통일 사업의 불씨를 되살리고 남북 연방제에 대한 연구가 급선무다…… 등입니다. 단계적으로 말씀드리자면 첫째, 북한의 기근부터 돕자. 둘째, 그 돈으로는 한두 차례로 끝나고 말 것이다. 셋째, 남한에도 북한 기근을 돕는 단체가 59개나 있으니 그 문제는 남한에 맡기도록 하는 게 옳다. 넷째, 누구도 중단시킬 수 없는 '통일운동재단' 을 설립하고 전 세계인이 통일을 지지하는 투표운동을 벌이자, 그건 지구와 세계운동을 하고 있는 '아바즈(AVAAZ)' 에 의뢰하면 될 것이다. 아바즈는 지구온난화, 전쟁, 지역분쟁 등 지구상 모든 문제에 관여하며 세계인이 함께 풀어가는 운동을 하고 있다…… 등등입니다. 최종 결정은 '재단설

립'이 우선이고 컨텐츠는 오늘 이 자리에서 선생님들 의견을 들어보고 정하기로 했습니다.

용하는 눈을 들어 좌중을 살펴본 뒤 하던 말을 계속했다.

"먼저 윌슨 선생님의 고견을 듣겠습니다. 선생님께서는 현재 한국전쟁과 진상에 대한 다큐멘터리를 제작하고 계십니다. 코리아의 모순과 분단에 대해서도 누구보다 잘 알고 계시니 기탄없이 말씀해주시길 바랍니다."

윌슨 씨가 마이크를 당겨서 말했다.

"이 자리에 강지섭 씨가 와 있습니다. 여러분들도 아시겠지만 지섭 씨는 국제 다큐전에 아주 중요한 작품을 출품했고 그 작품으로 특별상을 받았습니다. 지섭 씨는 상을 받은 '생명' 외에도 여러 나라의 다큐를 찍었습니다. 먼저 그에게서 세계를 다니며 보고 느낀 모순, 갈등에 대한 얘기부터 들어보도록 하지요."

사람들이 두리번거리며 지섭을 찾았다. 끝머리에서 지섭이가 천천히 몸을 일으켰다. 사람들은 놀라워했고, 미미는 진작에 봤는지 굳은 얼굴로 고개를 숙이고 있었다.

"저는 지난 20여 년간 여러 나라를 다녔습니다. 주로 혁명가, 반체제 인사들을 만났고 그분들의 영상기록도 했습니다만 제대로 조명하는 데는 한계가 있었습니다. 우선 그분들의 풍습과 정서 등의 주요 디테일을 찾아낼 수 없어서 내 조국의 사회 모순으로 시선을 돌려 '생명'을 찍었던 것인데, 분에 넘치는 상을 받았습니다. 이 자리에서 제가 할 수 있는 이야긴 이 정도 같습니다. 이상입니다."

윌슨 씨가 지섭에게 말했다.

"어젯밤에 우리가 나눈 대화 있지 않습니까. 리비아에 대한 견해는 다시 생각해봐야 할 문제인 것 같은데요?"

톰이 거들었다.

"지금 세상은 다민족 집합체이고 글로벌시대입니다. 그 말은 다른 민족에 대해 서로 배우고 이해하는 시스템이 가동되고 있다는 뜻일 것입니다. 윌슨선생님이 말씀하신 리비아에 대한 견해, 우리도 듣고 싶습니다."

"제가 국가정의, 사회정의, 혁명의 정의에 대해 눈뜬 것은 가다피의 자서전을 읽고부터였습니다. 특히 감동을 받은 대목은 '자국의 아름다운 해변은 거의 유럽인들이 차지하고 어린 소녀들은 유럽인의 성욕 처리장이 되는 것이 견딜 수 없었다, 그래서 혁명을 꿈꾸었다'는 것이었습니다. 그는 소망대로 백인들을 몰아내고 나라를 세웠고, 국민 생활도 상급으로 올렸습니다. 그 나라 생활수준은 제 눈으로도 직접 확인을 했습니다. 물론 집권 기간이 오래다 보니 혈족들의 자본 착복 등 부정부패도 있었습니다만, 그럼에도 최악의 가난이나 모순은 없었습니다. 사회는 대체로 안정적이었고 교육수준은 높았으며 주변국 어느 나라보다 잘 살고 있었습니다. 그런데 말입니다. 부와 자유의 혜택을 받고 있는 젊은 세대들은 체제에 불만이 많았습니다. 그들의 체제 불만이 미국과 유럽의 음모세력을 불렀고 그리하여 가다피 정권은 처참하게 무너졌습니다. 제가 강조하고 싶은 말은 그 이후입니다. 파괴된 것은 가다피 정권뿐만 아니라 리비아란 국가와 국민입니다. 해마다 백만 이상의 리비아 난민들이 지중해를 넘고 있다는 사실입니다…… 솔직히 말씀드리자면 저는 지금 깊은 혼란에 빠져 있습니다. 제 아이가 장애아란 것에 충격을 받아 '생명'을 찍었지만, 허기만 더 커지고, 인류의 진정한 행복은 이 지구상에 도착하지 않을 것이라는 절망감이 수시로 찾아들어 어떤 판단도 제대로 할 수 없는 처지입니다. 저의 두서없는 발언 양해해 주시길 바라며 이만 줄입니다."

지섭이 자리에 앉자 윌슨 씨가 마이크를 잡았다.

"제가 강지섭 씨로부터 중동 얘기를 듣고자 했던 까닭은 미국 백악관에 있는 플레이북을 언급하기 위해서입니다. 플레이북은 정책입안자들이 만들어서 대통령에게 주는 지침서입니다. 미국 역대 대통령 거의 모두 지침서대로 정책을 결정해왔습니다. 그 지침서에 후세인과 가다피 제거 목록도 있었다는 것입니다. 북한은 어떠냐구요? 당연히 있습니다. 전직 중앙정보부 요원이었던 애드워드 스노든의 말을 빌자면 '미국과 남한은 정보를 공유하고 있지만 북한에 대한 모든 결정권은 미국이 가지고 있다'고 했습니다. 그 말의 의미는 미국은 언제든지 작전을 개시할 수 있다는 뜻입니다. 그럴 경우 중동의 난민 문제보다 더 큰 비극이 초래될 것입니다. 생각해보십시오. 남과 북에 어떤 국가들이 인접해 있습니까? 중국과 일본, 체제가 전혀 다른 강대국들입니다. 김정은 제거 시 만에 하나 중국과 소련을 자극하는 일이 있다면 그땐 반드시 아시아 전체 전으로 확대될 것입니다."

참석자들의 얼굴에 걱정과 다급함이 소름처럼 돋아나고 있었다. 윌슨 씨가 물을 마신 후 뒤를 이었다.

"통일운동 좋습니다. 전 세계인들이 통일을 지지하는 투표운동을 벌이는 것도 멋진 아이디어입니다. 하지만 가장 중요한 것은 북한 체제를 일방적으로 붕괴시키는 시나리오를 거부하는 운동도 함께 해 나가야 한다는 것입니다. 이상입니다."

뜨거운 박수가 터져 나왔다. 용하가 마이크를 받아 윌슨 씨의 제안을 당장 실행하고 그 운동에 최선을 다하겠다고 약속했다.

8

경숙은 큰 피켓을 들고 연방청사 쪽으로 걸어갔다. 오래 전에는 청사 앞에 잔디가 깔려 있었다. 그때는 하루가 멀다 하고 시위꾼들이 몰려와 진을 쳤다. 청사는 시위를 금지시키고 잔디밭을 콘크리트로 도배를 해버렸다. 그때부터 사람들이 피켓을 들고 일인 시위를 했다. 국제연합에서 배정할 때도 있었고 개인이 혼자 할 때도 있었다. 이라크와 아프카니스탄 때는 용하가 6개월간 출근을 했다. 오늘 남편 용하는 품앗이로 피켓팅을 나왔다. 보름 후에는 미주 전역에서 다민족들이 코리아를 위한 피켓팅을 해 줄 것이다.

용하의 피켓 글자가 점점 커보였다. 스톱 워! 용하가 그녀를 발견하고 손을 들어보였다. 경숙도 손을 흔들었다. 스톱 워, 그 아래 글자가 다가왔다. '착한 총알아, 넌 쏜 자에게로 되돌아갈래?'

경숙이 다가서며 말했다.

"여보, 나 보고 싶었지?"

"그럼, 이렇게 보고 있어도 보고 싶은걸."

"사무실에 옛날 동지들 다 와 있어."

"동부에서도 왔어?"

"응, 모두 해서 열 명쯤 되나…… 이름은 다 까먹었어."

"괜찮아. 가서 볼 텐데 뭐."

용하는 자기 피켓을 고정대에서 내리고 경숙이 것을 받아 꽂아주었다. 종일 피켓을 들고 서 있으려면 팔이 아파 삼발이 버팀틀에 고정대를 세우고 피켓을 올리도록 용하가 고안해낸 것이다. 경숙이 피켓 아래 서고 용하는 높이를 조정했다. 조임쇠로 안정시켜준 후 용하가 경숙의 피켓 글자들을 읽었다. 문장이 길었다.

아프칸의 한 소녀는 미군에게 강간당했고 그 아비에게 명예

살해되었다.

다른 소녀는 학교에 간다고 테러를 당했다.

7세 어린 소녀는 그 아비가 40세 남자에게 신부로 팔았다.

선쟁터 여인들과 아이들은 오늘도 총알받이로 죽어간다!

용하가 경숙 옆에 나란히 다가섰다.

"숙아, 박한길이 했던 말 기억나지? 우리 형이 의식 있는 선생들을 밀고 했다는 것…… 사실이었대. 그 일로 세 분의 교사들이 요절했고……."

경숙이 남편의 손을 잡고 속 대답을 했다. '나도 고백할게 있어. 우리 아버지 얘기, 천석꾼 집안 외아들이었다, 토지개혁 때 북에서 쫓겨 왔다고 했던 것, 거기까지는 사실이야. 피난민을 도왔고, 고향 사람들을 위해 좋은 일 했다는 건 다 거짓말이었어. 우리 아버진 사람 괴롭히는 악마였어. 엄마를 거의 매일 때렸어. 발로 걷어차서 콩팥 한 짝이 터진 적도 있었어. 서북청년단에도 가담했고, 누군지 모르지만 사람도 죽였대. 그때 받은 돈으로 어떤 여자랑 도망을 쳤다는데…….' 남편이 뒤를 이었다.

"아프더라. 죄책감이 얼음못처럼 마음을 찌르고……."

경숙은 또 속 대답을 했다. '당신 탓이 아니잖아? 고칠 수 있는 문제도 아니고.' 남편이 계속했다.

"문득 깨달아지더라. 형님의 과거에는 내가 침범할 영역이 없다는 것, 후회나 반성의 여백도 오직 자기 인생에만 있다는 것……."

"……"

"그래서 다시금 결심했던 거야. 민족성품을 괴물로 만든 원흉은 분단이다. 통일운동에 목숨을 걸자. 그 길만이 민족의 품위를 지키는 일이고 통일은 곧 의식혁명인 까닭이 거기에 있다……."

"통일은 의식혁명? 멋진 말인데?"

"난 어땠어? 잘못된 생각으로 당신을 괴롭히거나 실망시킨 일 많았겠지?"

"그런 기억 없는데?"

"나와 살아온 35년, 후회한 적 없어?"

"그런 걸 왜 해? 당신은 내 인생의 등급을 올려준 사람인데."

"인생의 등급?"

"내가 어릴 때부터 봐 온 여성들은 남편에게 학대당하거나 가족의 울타리 안에 갇혀 있거나, 철저한 개인주의에 빠져서 사는 사람들이었어. 난 그렇게 살고 싶지 않았거든. 다른 삶을 소망했고, 당신이 이루어준 거지. 사회나 조국의 넓은 마당, 아무나 뛰어들거나 볼 수 있는 것도 아니잖아? 통일이나 의식혁명시대가 오기 전부터 나는 이미 누렸……"

경숙의 말이 끝나기도 전에 남편이 그녀를 껴안고 키스를 했다. 아랫도리가 불룩해지고 입술도 뜨거워졌다. 경숙이 살짝 밀어내며 속삭였다.

"여보, 여기서 누우라고? 잔디도 없는데?"

용하가 웃지도 않고 대답했다.

"그렇군. 우린 침대가 어울리는 나이지. 저녁엔 카운트다운 없이 즉각?"

"오케이!"

용하가 윙크를 하고 돌아섰다. 경숙은 남편의 등을 바라보며 어젯밤에 나눈 이야기를 생각했다.

– 숙아, 아노브 박사의 말씀인데, 앞으로 와야 할 인류혁명은 가장 정상적이고 완벽한 남녀의 섹스 같은 것이어야 한대. 이념과 실천이 한몸이 되는 것, 참다운 세상은 그때야 오는 거래.

뒤이어 얀과 아딜이 떠올랐다.

아딜과 얀 둘 중 하나라도 여자였다면 얀은 죽지 않았을까?

Boil

윤정모 장편소설

제1판 1쇄 발행 2017년 3월 15일
개정1판 1쇄 발행 2017년 12월 25일

지은이 윤정모
펴낸이 이규배
펴낸곳 문학과행동
출판등록 2015년 8월 3일 제 2015-000059호
주소 서울시 강서구 까치산로 22길 29-7 문학과행동사
전화 02-2647-6336
인쇄제본 (주)아이엠피
표지캘리그라피 김호룡
편집디자인 우필아트 010-9880-2764
공급처 작은숲 070-4067-8560

ISBN 979-11-956780-2-0 03810

값 13,000원